AF202171

Uli Hoffmann, ein Gutachter und Angestellter der Immobilienfirma »Traumresidenz«, lebt in einem Reihenmittelhaus in einer kleinbürgerlichen Vorstadt nahe Kiel. Sein Verdienst und sein Ansehen in seiner Firma sind bescheiden, doch er hält treu an dieser Stelle fest, auch wenn es tief in ihm brodelt. Nach außen hin wirkt er unauffällig, man könnte fast sagen, langweilig. Seine Frau Martina ist Hausfrau. Das Paar ist kinderlos.

„Uli, kannst du nach der Arbeit noch Milch und Butter mitbringen? Der Bus fährt hier nur alle zwei Stunden, das ist mir zu anstrengend. Weißt du, ich bräuchte schon mal ein Auto, alle Frauen hier haben ein Auto, dann könnte ich alles erledigen, hörst du mir überhaupt zu? Uli?“

Hoffmann steht unter der Dusche. Wenn seine Frau mit ihm spricht, fordert sie entweder etwas oder sie nörgelt an ihm herum. Sie wirkt stets frustriert, zum einen hat sie keine Aufgabe, zum anderen fehlen ihr die Mittel für die kleinen Freuden des Lebens. Dieser Kreislauf, den sie selber nicht zu ändern bereit ist, lässt sie verbittern und vorschnell altern. Schuld sind immer nur die anderen, an erster Stelle ihr Ehemann. Er könnte doch eine bessere Position anstreben, viel mehr verdienen und diesem langweiligen Leben ein Ende machen. Aber da stößt sie auf taube Ohren.

Hoffmann möchte diese öden Litaneien nicht hören. Er hat andere Gedanken, er muss heute noch zu einer kleinen internen Feier in seinem Büro.

Er freut sich darauf und singt unter der Dusche.

Martina Hoffmann reißt die Badezimmertür auf und schreit: „Uli, hörst du nicht, was ich sage? Wir brauchen Milch und Butter. Ich habe überlegt, dass ein Auto für mich die Lösung wäre."

Hoffmann dreht das Wasser ab und beginnt sich abzutrocknen.

„Gut, Martina, dann geh arbeiten, denn ich kann nicht mein Auto, den Hauskredit, unsere Urlaube und ein Auto für dich bezahlen."

„Ach Uli, ich bin doch mit fünfzig für einen Job auf dem Arbeitsmarkt schon viel zu alt, außerdem, wer sollte das Haus und den Garten pflegen?"

„Der Garten ist gerade mal zweihundertdreißig Quadratmeter groß und besteht nur aus Wiese. Meistens mähe ich doch wohl den Rasen, hör auf mit deinen Ausreden."

Martina Hoffmann zieht sich beleidigt ins Wohnzimmer zurück. Diese Art von Gesprächen des Ehepaares münden immer in darauffolgender Sprachlosigkeit.

Hoffmann kämmt sein Haar, parfümiert sich ein und pfeift fröhlich. Er verlässt das Haus grußlos, er hat einfach keine Lust mehr, in das unzufriedene Gesicht seiner Frau zu sehen. Von seinem Haus bis ins Büro fährt Hoffmann fünfunddreißig Minuten, für ihn eine Zeit der Ruhe und des Friedens, eine Zeit des Entkommens.

Frau von Wolf, die Chefin des Unternehmens, hat alle Mitarbeiter zu einer Versammlung ihres Immobilienunternehmens eingeladen. Das schicke Büro liegt in der Innenstadt Kiels an einer beliebten Einkaufspassage und zieht allerlei vorbeischlendernde Kunden an. Durch attraktive Werbung kennt man in Kiel die Immobilienfirma »Traum Residenz«. Teure Hausangebote hängen geschmackvoll gerahmt im Schaufenster. So mancher gerät da ins Schwärmen.

Die Feier beginnt mit einer Rede von Frau von Wolf.

„Wir sind heute hier zusammen, um unseren signifikanten Erfolg des letzten Jahres zu feiern. Kritiker und Konkurrenten haben nicht an uns geglaubt, sahen uns und unsere Firma in der letzten Wirtschaftskrise vor dem sicheren Bankrott, aber das ist ja unser Geheimnis: Während andere in schwierigen Situationen in die Knie gehen, schütteln wir uns kurz und starten neu durch. An

Schwierigkeiten gehen wir nicht unter, sondern wir lernen daraus, wachsen und werden stärker und erfolgreicher.

Das Projekt „Wohnen im schönen Mühlengarten" war das beste Geschäft der letzten Jahre. Unsere Fusionierung mit dem Bauträger Haase war die beste Idee, die ich in den vergangenen letzten zwanzig Jahren hatte.

Günstig am Stadtrand Einfamilienhäuser, Doppelhaushälften und Reihenhäuser bauen und schnell wiederverkaufen.

Wer hat daran geglaubt? Doch kein Mensch. Ein Baugelände nahe einer Großmüllhalde. Die Gegend, grün, weitläufig und schön, aber eine Großmüllhalde, nur drei Kilometer entfernt, die stinkt doch, oder? Wer will dort schon wohnen?

Herr Hoffmann, hatten Sie nicht allergrößte Bedenken? Sie schauten mich vor zwei Jahren mit zerknautschtem Gesicht an, schüttelten heftig den Kopf und sagten, dass Sie hier niemals kaufen würden. Sie nicht, aber hunderte andere schon. Mut, die schöneren Dinge gegen die schwierigen abzuwägen, gehört bei solchen Entscheidungen dazu. Fehleinschätzungen können einem Unternehmen das Genick brechen, aber zum Glück habt ihr mich."

Alle Mitarbeiter lachen laut. Hoffmann stellt sichtlich zerknirscht sein Glas ab. Er fühlt sich wie immer unterbewertet und unbeliebt.

Frau von Wolf hält laute Lobesreden, besonders auf Herrn Kubi, der die meisten Objekte im Mühlengarten verkauft hat.

„Tja, so sieht halt Erfolg aus: Unser Herr Kubi gibt nicht nach, er bleibt so lange dran, bis ihn die Kunden einladen, bei ihnen zu übernachten, besonders die älteren Damen."

Helles Gelächter. Hoffmann wirkt deprimiert, holt sich ein Lachsbrötchen und noch ein Glas Sekt Er sitzt alleine auf einem Bürostuhl.

Ein Kollege, Herr Peterson, gesellt sich zu ihm, fängt ein Gespräch an: „Hey Mann, was machst du noch hier, Uli, du bist doch als Gutachter viel zu kompetent für diesen abgefuckten Laden. Du könntest woanders ´ne Menge Kohle machen, Mensch, du hast doch studiert, warum lässt du dich so behandeln?"

Hoffmann blickt zu seinem Kollegen und schaut resigniert ins Leere: „Sie meint das ganze Gerede nicht so, es ist halt manchmal schwer, ich sehe das Leben eben negativer als andere. Dieser Kubi, der Schleimer, geht mir ganz schön auf den Geist."

Hoffmann trinkt einen kräftigen Schluck, sein Glas ist leer. Er holt sich sofort ein neues. Er geht zu Wein über und schenkt sich in ein großes Glas edlen Chianti ein.

„Ich glaube, die Wolf ist scharf auf den Kubi, hast du gesehen, wie sie ihn anschaut? Vielleicht läuft da bereits eine kleine Liaison mit ihrem Liebling", mutmaßt Peterson.

„Der hat doch bestimmt noch nie ein Buch gelesen, der liest doch nur seine Porsche-Gebrauchsanweisung und verbringt seine gesamte Zeit mit aufheulendem Motor vor billigen Discos, um den jungen Dingern zu imponieren. Wenn die Immobilienblase platzt, ist der doch der Erste, der nichts mehr machen kann, denn außer dumm zu quatschen und Leute zu verarschen hat der doch gar nichts drauf", antwortet Hoffmann zynisch.

„Mensch Uli, mit Dummheit alleine kann man nicht solche Mörderumsätze machen, irgendwas muss der Typ auch können, ich hätte auch gerne mal solch einen Erfolg."

Hoffmann sitzt zerknirscht in sich zusammen gesunken auf dem Bürostuhl. Er kippt den letzten Schluck Chianti auf ex in seinen Hals, danach schenkt er sich Bowle ein. Kubi hat einen Riesenschuss Wodka in die Bowle gegossen. Sie brennt in Hoffmanns Hals, tut ihm aber gleichzeitig gut.

Alle Mitarbeiter tanzen jetzt zu heißer Discomusik, die Stimmung wird immer aufgeheizter. Die Sektkorken knallen. Eine Mitarbeiterin, Frau Nitschke, eine Endfünfzigerin mit ausladenden Hüften, tanzt Hoffmann an. Sie greift nach seiner Krawatte und möchte ihn auf die Tanzfläche ziehen, grinst ihn vielversprechend an. Hoffmann bleibt steif sitzen, wehrt die Annäherung peinlich berührt ab. Frau Nitschke schnappt sich schnell einen anderen Mitarbeiter und tanzt wie ein wild gewordenes Huhn. Sie scheint stark angetrunken. Hoffmann ist erleichtert, diese Hyäne los zu sein.

Der Alkohol fließt jetzt in Strömen, erst Sekt, dann Wein, später Whiskey. Männer und Frauen beginnen zu flirten, lachen, tanzen angeregt miteinander. Die Musik wird lauter, die Stimmung wilder. Hoffmann würde so gerne mitfeiern, aber er hat eine innere Bremse, die ihn zwingt, nur Zuschauer zu sein.

Kubi springt bei Tom Jones' Titel »Sex Bomb« plötzlich auf einen Schreibtisch und beginnt zu strippen. Alle stellen sich im Kreis auf und klatschen.

Kubi, mittlerweile in hautenger, gut gefüllter Unterhose, bewegt seine Hüften auf erotische Weise, die Frauen kreischen.

Frau von Wolf dreht sich etwas beschämt zur Seite, ihr ist das Ganze jetzt peinlich. Doch der Großteil des Büros heizt ihn an weiterzumachen.

Hoffmann schaut aus der zweiten Reihe zu. Dieser Kubi ist ein gut gebauter attraktiver Mann, bei dem die Frauen Schlange stehen.

Hoffmann hat selber nie erlebt, dass auch nur eine Frau sich für ihn interessierte, außer seine Ehefrau, die er kennen lernte, als er mit einem Kollegen in einer Kneipe war. Sie hatte damals eine gutaussehende Freundin, die sofort auf seinen Kollegen ansprang. Zurückblieb die langweilige und nicht so attraktive von den beiden Frauen. Es blieb ihm damals nichts anderes übrig, als mit ihr ein Gespräch zu beginnen. Daraus entwickelte sich bald eine Beziehung. Anfangs noch aufregend und neu, entstand schnell Routine und Langeweile.

Hoffmann schätzt seine Frau als Weggefährtin, aber verliebt ist und war er nie in sie. Sie ist in seinen Augen langweilig, eine chronische Nörglerin und nicht besonders attraktiv. Sie legt keinen Wert auf Kleidung und geht nur einmal im Jahr zum Frisör. Martina Hoffmann hat nie etwas aus ihrem Leben gemacht, sie hat nur kurz in ihrem Beruf als Industriekauffrau gearbeitet, konnte sich damals aber im Team schlecht integrieren, jedoch waren immer die anderen daran schuld. Als sie Hoffmann heiratete, war die Idee, jemals wieder zu arbeiten, trotz Kinderlosigkeit schnell vom Tisch. Frau von Wolf ist da schon eine ganz andere Nummer. Sie ist als Immobilienmaklerin die erste Adresse in Kiel, sie trägt figurbetonte Kleidung, die außergewöhnlich scheint. Sie ist in ihrem Modebewusstsein eine Trendsetterin und fällt jedem mit ihrem attraktiven Äußeren sofort ins Auge. Ihre schwarzen, modern geschnittenen Haare umrahmen das braungebrannte, sorgfältig geschminkte Gesicht. Eine teure Parfumwolke hängt schwer im Raum, wenn sie in der Nähe ist. Frau von Wolf hat zahlreiche Verehrer, hält sich aber mit ihrem Privatleben sehr bedeckt. Jeder weiß, dass sie unverheiratet ist, aber mehr auch nicht.

Seine heimliche Schwärmerei für seine Chefin behält Hoffmann streng für sich, denn er weiß, dass er nicht den Hauch einer Chance bei ihr hätte.

Er hält ihre gelegentlichen Erniedrigungen seiner Person aus. Leicht fällt ihm das nicht, vor allem, wenn andere dabei sind.

Aber da gibt es auch schöne Momente. In vielen Angelegenheiten sucht Frau von Wolf Hoffmanns Rat, denn er hat ein scharfes Auge für rechtliche Belange, weiß genau, wo die Grenzen des Machbaren im Immobiliensektor sind. Frau von Wolf würde liebend gerne auch mal über die Grenzen des Gesetzes hinausgehen, lässt sich aber stets von Hoffmann zurückhalten. Das gibt ihm dann eine Wertigkeit, die er aufsaugt wie Sauerstoff. Diese kurzen, intensiven Momente und seine heimliche Verehrung halten ihn seit Jahren treu in der Firma.

Hoffmann schnappt sich seine Jacke und macht sich auf den Heimweg.

Auf dem Flur steht Kubi, er zieht sich gerade wieder seine Hose an.

„Na, ist Ihr Auftritt zu Ende?", fragt Hoffmann abfällig.

„Die Weiber wollen alle mit, das Spiel ist so einfach, du brauchst nach nichts auszusehen, fährst einen Sportwagen und wupp hast du jede Schönheit in der Kiste." Kubi ist stark angetrunken. „Hey Hoffmann, ich muss mal mit dir quatschen, ich hab Schwierigkeiten, die alte Hansen will mich verklagen, ich brauch dich, ich lass es mich was kosten, du musst mir da raushelfen, ohne dass die von Wolf was merkt, ich … ich komm mit nach draußen. Du bist doch unser Gesetzesguru, hast studiert, bist was Besseres, aber ich lass es mich was kosten, ich zahl dir alles, was du willst, hey, hörst du überhaupt zu, du Aristokratensau?"

„Herr Kubi, schlafen Sie doch erst mal Ihren Rausch aus, morgen können wir über alles reden."

„Bullshit, nimm doch mal den Stock aus deinem Arsch, ich muss jetzt mit dir reden, aber erst mal trinken wir Brüderschaft, guck doch, was ich in meiner Jacke habe, einen echten schottischen Whisky."

„Das ist Diebstahl, Frau von Wolf hat viel Geld dafür bezahlt", entgegnet Hoffmann erzürnt.

„Frau von Wolf, nicht so förmlich, sach doch Gabi zu unserer Chefin, die ist so heiß, sag ich dir, unter uns, die Gabi ist eine Rakete im Bett, musste mal ausprobieren, so was gibt's nicht alle Tage, schade, dass sie schon so alt ist. Aber die wär was für dich, hey Hoffmann, du stehst doch auf die, willst du sie nicht mal richtig durchrammeln? Komm, Hoffmann, das haste dir bestimmt schon mal vorgestellt, wenn du an dir rumspielst."

„Also jetzt reicht es mir, diese Obszönitäten muss ich mir nicht anhören, lassen Sie mich durch, ich muss nach Hause."

„Ach komm, ich helf dir, an die Alte ranzukommen, ist ganz leicht, die ist so liebesbedürftig, will immer schmusen, hier, ich geb dir einen Feigling aus." Kubi steckt Hoffmann einen kleinen Schnaps in die Jackentasche.

Angewidert schubst Hoffmann Kubi zur Seite, er will nur noch raus aus dieser schrecklichen Situation.

Kubi fällt torkelnd zu Boden und flucht unverständlich hinter ihm her.

Voller Wut über die derben Aussagen und dass er bei seinen intimsten Gedanken erwischt worden ist, setzt sich Hoffmann in seinen alten 3er-BMW. Er muss erst einmal kräftig durchatmen und die gesagten Worte verarbeiten. ‚Was für ein asozialer Mensch dieser Kubi doch ist, der kennt keine Grenzen‘, denkt Hoffmann aufgebracht.

Hoffmann lässt sein Auto an und fährt mit quietschenden Reifen los, er fährt wie in Trance, eine unglaubliche Wut steigt in ihm hoch. Wieder und wieder sieht er Kubis betrunkenes Gesicht vor sich, diesen entsetzlichen, ungebildeten Mann, der ihn entwürdigend behandelt hat, der selber immer Erfolg zu haben scheint. Er kann mit Leichtigkeit, Dummheit und Ignoranz einfach alles erreichen. Hoffmann denkt an sein schweres, langes Studium, das er mit Bravour abgeschlossen hat, während Kubi wohl gerade mal den Hauptschulabschluss geschafft hat. Was mochten bloß alle Frauen an diesem Idioten? Hoffmann ist fassungslos.

„So ein Drecksack!" Hoffmann schlägt angewidert auf sein Lenkrad. Als er gerade das Ortsschild seines Dorfes sieht, fällt ihm ein, dass er noch Milch und Butter mitbringen soll.

Hoffmann möchte kein Drama zuhause, er kann sich schon ausmalen, welche Wortlitaneien seine Frau auf ihn niederlassen würde.

Abrupt dreht er wieder um und fährt in Richtung Kiel. Er möchte die Lebensmittel an einer Tankstelle kaufen, denn jetzt ist kein Laden mehr offen. Die Nacht ist dunkel, es fängt zu regnen an.

Hoffmann gibt Gas, die Straße ist frei, eine breite Bundesstraße. „Käme ein Reh, hätte es Pech gehabt", denkt sich Hoffmann auf ignorante Weise. Die Welt, diese Bundesstraße, gehört heute Nacht nur ihm.

Sein Tacho steigt auf einhundertzwanzig Kilometer pro Stunde an. Erlaubt sind hier achtzig.

Mittlerweile regnet es in Strömen.

Hoffmanns Aufregung und seine aufkeimende Unzufriedenheit mit seinem Leben kommen zu einem Höhepunkt, seine Gedanken kreisen um seine unbefriedigende Position, sein niedriges Gehalt, das laute Gelächter seiner Kollegen auf seine Kosten, seine nörgelnde Ehefrau. Zur Krönung sieht er immer wieder die Bilder des strippenden Kubi vor sich, wie er wahrscheinlich Frau von Wolf ganz heiß macht. Er sieht Bilder von Frau von Wolf und Kubi vor sich, wie sich beide wild lieben. Er sieht Bilder von lachenden Mitarbeitern, sie lachen laut und schallend – über ihn.

Hoffmann presst seine Lippen zusammen, er drückt auf das Gaspedal.

In seinem Tunnelblick sieht er plötzlich zwei Lichter vor sich, die Rückleuchten eines Fahrzeuges.

Hoffmann gibt Gas, das kleine Auto vor ihm hat ihm gerade noch gefehlt. Die Umrisse des Fahrers lassen auf eine Frau schließen, jetzt braucht Hoffmann keine Gegenwehr zu fürchten, er kann auftrumpfen, endlich … „Du kleine Schlampe, los, fahr schneller, sonst hau ich dir hinten drauf, los, du Miststück, gib Gas, ich hab's eilig, hau ab, mach den Weg frei!", stößt er hervor.

Er fährt dicht auf, blendet mehrfach auf. Hoffmann setzt sein Fahrzeug als Waffe ein, bedroht wissentlich die Fahrerin vor ihm, fühlt sich überlegen und möchte die Situation auskosten. Es gibt ihm eine kurze Befreiung, endlich kann er die Ventile öffnen und seine angestaute Wut herauslassen. Keiner kann ihn daran hindern. Immer wieder fährt Hoffmann gefährlich nah an den vor ihn fahrenden Kleinwagen heran, blendet provozierend mehrfach auf. Hier hat er das Sagen, jetzt lacht keiner mehr. Hoffmann atmet schwer …

Plötzlich ist das Fahrzeug verschwunden …

Nathalie ist müde, sie hatte Spätdienst in ihrer Praktikumsstelle im Krankenhaus und musste zwei Stunden länger als geplant arbeiten. Sie ist eine fleißige und ehrgeizige Studentin und würde nicht jammern, wenn mal Not am Mann wäre, doch jetzt ist sie froh, dass sie auf dem Heimweg ist. Nur noch zehn Kilometer, dann könnte sie endlich in ihr Bett kriechen. Sie lächelt, bald hat sie ihr Praktikum abgeschlossen und kann weiter studieren. Zum Diplom als Psychologin sind es nur noch zwei Jahre.

Ihre Eltern kamen vor dreißig Jahren aus Polen nach Deutschland. Sie hatten keine adäquate Ausbildung und konnten nur Hilfsarbeiten verrichten. Doch ihr Vater war ein guter Bauhelfer, lernte schnell und hatte nach ein paar Jahren eine eigene kleine Baufirma. Nathalies Mutter arbeitete als Putzfrau und hatte einen beträchtlichen Kundenstamm. Die Familie kaufte ein altes Siedlungshaus und der Vater richtete es über Jahre, immer am Wochenende, zu einer kleinen Perle her.

Nathalie ist stolz auf ihre Eltern. Sie haben sie ermutigt zu lernen, nach ihrem Abitur sollte sie studieren. Ihre Eltern trugen gerne alle anfallenden Kosten. Nathalie wollte einen Nebenjob beginnen, aber die Eltern waren dagegen, Nathalie sollte lernen und nicht abgelenkt werden.

Sie ist das einzige Kind der Familie Polska. Jetzt sitzt sie in ihrem alten, schon etwas rostigen Kleinwagen, den ihr Vater einem Kollegen günstig abgekauft hat, damit die Tochter immer sicher nach Hause kommen sollte. Nathalie kämpft um klare Sicht in der Finsternis und in dem strömenden Regen.

Sie hält ihr Lenkrad krampfhaft fest und versucht sich auf die Straße zu konzentrieren. Der Regen schießt aggressiv auf die Scheiben. Die Scheibenwischer, auf schnellster Stufe, quietschen laut, dabei arbeiten sie nicht genug, um eine gute Sicht zu verschaffen. Zudem sind die Scheiben beschlagen, die schwache Lüftung kann die Feuchtigkeit nicht vertreiben.

Nathalie kann nur verschwommen sehen. Sie verlangsamt ihre Fahrt, plötzlich sieht sie von hinten aus dem Nichts zwei Scheinwerfer, sie blenden sie, da der Fahrer hinter ihr ziemlich dicht auffährt. Die regennasse Windschutzscheibe reflektiert das aufblendende Licht noch zusätzlich. Nathalie fühlt sich unsicher, ihr Herz hämmert, sie fühlt sich bedrängt, kann fast nichts mehr sehen. Sie würde gerne rechts ranfahren, um den drängelnden Fahrer vorbeizulassen, aber nirgendwo wäre Platz, neben Nathalie ist der Wald. Jetzt blendet der Hintermann auch noch auf, fährt beinahe an die Stoßstange ran. Nathalie fühlt aufkommende Panik, sie kann keinen klaren Gedanken mehr fassen und fährt schneller, um den Drohgebärden des Autofahrers zu entgehen, vielleicht beruhigt er sich dann wieder. Ständig schaut die angespannte, junge Frau in den Rückspiegel, alles, was sie sieht, ist ein bedrohendes, blendendes, grelles Licht, reflektiert von Mengen an Regenwasser. Sie zittert am ganzen Körper. Nathalie fängt an zu wimmern, sie fühlt sich gefangen, weiß nicht, wie sie dieser Situation entrinnen kann. Angespannt drückt sie sich ganz nah an die Windschutzscheibe, um den Verlauf der Straße zu erkennen. Zu allem Übel laufen die Scheiben nun noch stärker an. Nathalie versucht hektisch, mit ihren Händen eine bessere Sicht zu erlangen, und wischt ein größeres Loch auf die beschlagene Scheibe, doch alles verschmiert und sie kann kaum mehr etwas sehen. Das grelle, aufdringliche Licht des Hintermannes beherrscht ihr ganzes Denken. Wieder dreht sich Nathalie um, möchte wissen, wer ihr das antut, wer dieser schreckliche Mensch ist. Die Linkskurve sieht sie nicht mehr und fährt geradeaus in den Wald, sie schreit …

Das Fahrzeug ist verschwunden!

Hoffmann ist entsetzt, er hält an, fährt zurück, er kann nichts sehen, das Fahrzeug scheint verschollen. Er parkt sein Auto, rennt ziellos an der Straße entlang, schreit laut:

„Hallo, ist hier jemand, hallo, hören Sie mich, wo sind Sie, ich hole Hilfe." Er hört das Klatschen des strömenden Regens auf den Blättern.

Hoffmann wird panisch, er rennt in den Wald, er kann die Hand nicht vor Augen sehen, er rennt gegen einen Baum, verletzt sich, schreit laut auf.

Er setzt sich auf einen Baumstumpf, die Hände hält er vor sein Gesicht, seine Schläfen pochen heftig. Er überlegt panisch, wie ein Auto in einem Wald verschwinden kann. Er ist vom Regen völlig durchnässt und fröstelt im aufkommenden Wind der kalten Novembernacht.

Angestrengt versucht er nachzudenken, was er tun könnte. Panik übermannt ihn, er kann kaum denken. Er rauft sich seine Haare, er stöhnt in der Ohnmacht seiner schrecklichen Situation, er wippt seinen Körper gleichmäßig, seine Augen sind vor Entsetzen weit aufgerissen.

Plötzlich erinnert er sich, ein paar Tage zuvor eine Taschenlampe in seinen Kofferraum gelegt zu haben, um damit einen Keller zu besichtigen.

Sofort rennt er an sein Auto, sucht die Taschenlampe. Im Kofferraum liegen sämtliche unnützen Gegenstände herum, Handtücher, Regenschirme. Hoffmann schleudert alles auf die Straße, sucht hektisch fluchend nach der Lampe. Endlich hält er sie in der Hand.

Er rennt in der Eile der Panik an die Stelle, an der er das Auto vermutet, dort leuchtet er in den Wald, die Bäume wirken gespenstisch groß unter dem Taschenlampenlicht, ein ohnmächtiger, angsterfüllter Schauer ergreift seinen ganzen Körper.

Er ruft erneut und laut: „Hallo, ist hier jemand? So antworten Sie doch, geben Sie mir ein Zeichen. Es wird alles gut, ich rufe die Rettung, geben Sie mir doch ein Zeichen.

Seine Stimme verhallt ohne eine Antwort in der dunklen Nacht. Er hört nur das laute Prasseln des nicht enden wollenden Regens.

Hoffmann sucht nach einem anderen Weg, er sieht plötzlich Autospuren auf dem lockeren Waldboden, in einer Art Lichtung, einem gerodeten Stück Wald. Es riecht nach frisch gesägtem Holz und Harz. Er folgt der Spur und kann von Weitem eine Böschung erkennen. Als er beinahe atemlos an der Böschung ankommt, sieht er, dass das Auto dort tief, sicherlich zwölf Meter, hinuntergestürzt ist. Er klettert die matschige, steile und steinige Böschung beschwerlich hinunter, hält sich an den nassen Steinen und Wurzeln fest, die Taschenlampe hält er zwischen den Zähnen. Die letzten Meter rutscht er aus und fällt direkt vor den rauchenden, zertrümmerten Kleinwagen. Hoffmann schreit vor Schmerzen auf, er hat sich seinen Arm verstaucht. Das Auto liegt auf dem

Kopf. Erschrocken schaut Hoffmann auf die Situation, dann wird er schnell tätig, versucht die Tür zu öffnen, er schreit dabei unentwegt und versucht die junge Frau zu erreichen, die unnatürlich gekrümmt und im Airbag eingeklemmt auf dem Fahrersitz sitzt und sich nicht rührt. Hoffmann kann die Fahrertür nicht öffnen, der Körper der jungen Frau lehnt schwer dagegen, er versucht es mit der Beifahrertür. Er kann sie mit Druck öffnen, jetzt kann er in das Gesicht der jungen Frau sehen, ihre Augen sind geöffnet, Blut rinnt aus Mund und Ohren, Hoffmann schüttelt die Frau, er sucht nach einem Puls, aber er findet keinen, sie ist tot. Hoffmann schreit auf, er presst seine zitterige Hand auf seinen offenen Mund.

Hoffmann weiß in diesem Moment, dass er diese Frau auf dem Gewissen hat. Er hat einen Menschen getötet.

Die Gedanken wirbeln durch sein Gehirn, was soll er tun, wer kann ihm helfen? Er muss jetzt eine Entscheidung treffen.

Hoffmann ist voller Erde und Laub. Seine Hände sind voller Blut, wo kommt das nur her, hat er das Blut der jungen Frau an seinen Händen oder ist es sein eigenes Blut?

Er starrt entsetzt auf seine zitternden Hände, er kann im Schein der Taschenlampe keine Verletzung seiner Hände erkennen.

Das Blut muss von der Frau stammen.

‚Was soll ich tun, was soll ich denn nur tun? Ich bin geliefert, ich bin besoffen, ich bin geliefert, ich komme in den scheiß Knast.' Gedankenstürme rasen durch sein Gehirn.

Hoffmann ist sonst ein ordentlicher Mann, hält sich abgesehen von gelegentlichen Rasereien mit dem Auto an alle Gesetze und Regeln, die das Leben den Menschen im Alltag auferlegt.

Er betrügt niemanden, macht seine Arbeiten in der Firma stets gewissenhaft, überweist seine Rechnungen immer pünktlich. Und doch hat er jetzt einen entsetzlichen Gedanken.

Er überlegt, wie er diesen Unfall vertuschen kann.

Wäre es möglich, das Auto zu verstecken, aber wie? Er hat keine Werkzeuge dabei, wie etwa eine Schaufel, die er dazu brauchen würde, um das Auto mit Erde zuzudecken. Aber vielleicht könnte er das Auto mit buschigen Tannenzweigen gut verstecken, zumindest eine gewisse Zeit lang. Niemand würde ihn für diese Tat zur Verantwortung ziehen können.

Hoffmann rennt an sein Auto, er holt einen kleinen Besen und macht sich an die Arbeit.

Er versucht alle Fahrspuren, die in den Wald führen, glatt zu fegen, er kniet auf dem Boden und bringt mit seinen Händen Laub auf die Fahrrillen und verteilt es in verzweifelnder Eile, seine Taschenlampe legt er auf einen Baumstumpf, um sicherzugehen, dass er alle Spuren erwischt hat. Der starke Regen macht ihm dies fast unmöglich.

Er geht mit der Taschenlampe den ganzen Weg auf und ab, um sicher zu sein, dass er keine Stelle vergessen hat. Der strömende Regen nimmt ihm die Sicht, immer wieder wischt er das Wasser aus seinem Gesicht.

Dann rennt er zur Böschung. Erneut rutscht er auf dem nassen Waldboden bis nach unten zum Autowrack.

Hektisch sucht Hoffmann nach großen Tannenästen und wirft sie auf das Auto.

Immer wieder schaut er in das Innere des Autos, sieht die Hand der jungen Frau. Ein schmaler Ring schmückt den Ringfinger.

Er wirft hektisch und gedankenverloren Äste auf das Auto, als er plötzlich ein Auto herannahen hört.

‚Verdammt, ich habe meinen Kofferraum offen, hoffentlich hält der Idiot nicht an.'

Hoffmann lauscht angestrengt, das Auto verlangsamt seine Fahrt, fährt dann aber weiter, ohne anzuhalten.

Hoffmann rennt wie ein Wahnsinniger, getrieben von unsagbarer Angst, zurück zu seinem Auto. Er sammelt die Kleidungsstücke und Handtücher von der Straße auf, die er hektisch beim Suchen der Taschenlampe hinausgeworfen hat.

Er schließt den Kofferraum und fährt das Auto etwas tiefer in den Wald hinein.

Dann rennt er mit seiner Taschenlampe zurück, Hoffmann hat den Eindruck, dass die Taschenlampe an Leuchtkraft verliert.

Die Nacht ist rücksichtslos schwarz.

Er sammelt weiter Äste, dann sieht er ein letztes Mal das Gesicht der Frau, er hat den Eindruck, dass sie ihn anschaut. Ein grauenhaftes Bild im schwachen Lichtstrahl der Taschenlampe.

Voller Panik deckt er mit den letzten Ästen das gesamte Auto zu. Jetzt kann man nichts mehr von dem Auto erkennen.

Hoffmann atmet schnell, er hat hart gearbeitet. Körperliche Arbeit gehört sonst nie zu seinen Aufgaben.

Sein Herz schlägt ihm bis zum Hals.

Erneut sucht er alles nach Spuren ab. Er kann nichts mehr finden.

Noch eine Weile verharrt Hoffmann an dem Ort, dann steigt er in sein Auto und macht sich auf den Weg nach Hause.

Er schaut in den Rückspiegel, ob ihn jemand verfolgt, die Straße ist menschenleer, die Nacht rabenschwarz.

An seinem Haus angekommen, fühlt sich Hoffmann so ausgelaugt wie nach einem Marathonlauf.

Er schließt die Haustür auf, seine Frau ruft seinen Namen laut und vorwurfsvoll: „Uli, wo warst du denn, es ist halb 4 Uhr nachts."

Als Martina Hoffmann ihren Mann erblickt, schreit sie auf,

„Um Gottes Willen, du blutest am Kopf, und der ganze Dreck an deiner Kleidung, was ist denn passiert?"

Hoffmann schaut in den Flurspiegel und kann nicht glauben, was er da sieht.

Sein Gesicht ist schmutzig, voller Erde, auf seiner Stirn klafft eine sechs Zentimeter große Fleischwunde, sein Gesicht, sein Hals und seine Hände sind voller Blut. Seine nassen Haare kleben am Kopf.

Seine gesamte Kleidung ist mit Erde und Matsch beschmiert. Hoffmann hat nichts davon bemerkt, er war zu beschäftigt.

„Lass mich bitte jetzt in Ruhe, ich muss dringend schlafen, morgen habe ich viele Termine!"

„Ich glaub, ich hab mich verhört, Uli, um Gottes Willen, was ist nur passiert? Bitte sage es mir."

Martina Hoffmann stellt sich ihrem Mann in den Weg. Sie ist sehr erschrocken und verlangt Aufklärung.

Hoffmann hält seine Frau am Arm fest und schaut in ihre fragenden Augen: „Martina, diese Frau, sie war plötzlich da, ich habe nichts gemacht, außer mit meinem Auto auf der Landstraße zu fahren. Ich war vielleicht ein wenig nah, die hat die Nerven verloren, fährt die doch in eine Böschung, sie ist gestorben, einfach gestorben, ich habe nichts falsch gemacht, sie hat die Nerven verloren, verstehst du?"

Hoffmann fällt schluchzend auf seine Knie. „Ich kann nicht in den Knast, das halte ich nicht aus, die bringen mich dort um, ich kann nicht."

Martina Hoffmann kann die schrecklichen Worte ihres Mannes kaum glauben, gerade er, der langweiligste Mann auf Erden, soll eine junge Frau genötigt und in den Tod getrieben haben, das erscheint absurd.

„Weißt du, die Dunkelheit da draußen ist so grausam, du siehst die Hand vor Augen nicht.

Ich hab sie dann gesucht, bin rumgerannt, habe gerufen.

Mit meiner Taschenlampe habe ich eine Böschung gefunden, dort ist ihr Auto runtergestürzt.

Es lag auf dem Kopf, sie war tot, ihre Augen waren weit offen. Sie blutete aus ihren Ohren und ihrer Nase.

Ich bin geliefert."

Hoffmann wimmert, auf dem Fußboden liegend.

Martina Hoffmann setzt sich zu ihrem Mann auf den Boden und fragt ihn: „Hast du die Polizei gerufen?"

„Nein, ich, ich habe alle Spuren beseitigt, habe das Auto mit Ästen zugedeckt, ich will nicht in den Knast, verstehst du, das halte ich nicht aus, ich bin doch betrunken, ich hätte sofort meinen Führerschein verloren, dann könnte ich nicht mehr arbeiten."

„Das war nur ein schrecklicher Unfall, du kannst jetzt nichts mehr ändern, wir gehen jetzt schlafen. Du gehst duschen.

Hoffmann nickt müde, zieht sich seine verschmutzte Kleidung aus und geht duschen.

Martina Hoffmann nimmt die Kleidung ihres Mannes und steckt sie samt Schuhen in einen großen Müllsack.

„Morgen früh waschen wir zuerst dein Auto, es gibt vielleicht Waldspuren an Reifen und Lack."

Hoffmann fällt sofort in einen tiefen Schlaf, Martina Hoffmann denkt noch lange nach.

Am nächsten Morgen fühlt sich Hoffmann krank, alle Glieder tun ihm weh, sein Kopf hämmert, sofort erinnert er sich an die grauenhaften Geschehnisse der vergangenen Nacht.

Er meldet sich in seinem Büro krank, gibt vor, eine Magenverstimmung zu haben.

Martina Hoffmann ist im Garten, sie holt den Müllsack mit den Kleidern und Schuhen ihres Mannes und legt alles in den Kofferraum des Autos. Sie ist froh, dass sie im Besitz einer Garage sind, sonst würden die ohnehin neugierigen Nachbarn sich gewiss fragen, warum das Auto so verschmutzt ist.

„Uli, komm, wir müssen das Auto waschen und den Müllsack entsorgen, ich möchte alles in zwei Stunden erledigt haben."

„Ich weiß nicht, ob ich das kann, Martina, ich habe das Gefühl, den Boden unter meinen Füßen zu verlieren, mir ist schlecht und schwindelig, ich habe keine Kraft mehr, ich kann nicht mehr."

„Halt den Mund", zischt Martina Hoffmann scharf. „Zieh dich jetzt sofort an, in der Küche steht dein Frühstück, iss jetzt sofort, dann fahren wir los."

Uli Hoffmann steigt wie gerädert aus seinem Bett und folgt den Anweisungen seiner Frau. Er macht alles wie in Trance.

Zusammen fahren sie in eine Gegend, die ihnen fremd ist, niemand soll sie erkennen.

Als Erstes fahren sie zu einer Mülldeponie. Sie geben an der Kasse an, einen Sack Restmüll entsorgen zu wollen. Sie bezahlen und fahren auf einen riesigen Müllberg.

Martina Hoffmann zieht ihre Latexhandschuhe an und schüttet die Kleidung aus dem Sack. Dann vergräbt sie die einzelnen Kleidungsstücke und die Schuhe an verschiedenen Stellen, es stinkt bestialisch.

Hoffmann schaut teilnahmslos zu, er ist nicht im Stande mitzuhelfen.

Danach fahren sie zu einer Auto-Selbstwäsche. Martina Hoffmann strahlt das Auto mit einem Hochdruckreiniger ab. Dann seift sie es gründlich ein. Diese Prozedur macht sie zweimal hintereinander, der Schweiß rinnt ihr über die Stirn. Sie scheuert mit einem Schwamm die Felgen blitzblank.

Hoffmann schließt die Augen, seine Stirn hämmert, er sieht die Bemühungen seiner Frau nicht, er sieht sich selber wieder einmal als Opfer, warum musste ihm das alles passieren? Er pflegt seine Quelle des Selbstmitleides, eine Untugend, die Uli Hoffmann schon als Kind nutzte. Wenn ihm damals aus seiner Sicht ein Unrecht widerfuhr, in der Schule, unter Mitschülern, später während des Studiums, konnte er über Tage, sogar über Wochen darüber untröstlich sein. Nach einer Weile stellte sich dann noch Wut ein, eine Wut, die keinen Ausgang fand und in seinem Inneren blieb. Niemand konnte ahnen, dass dieser schwächliche Junge wütend war, denn keiner sah diese Wut. Nur Uli Hoffmann kannte dieses ohnmächtige Gefühl, das brennende Feuer im Bauch. Bei seiner Mutter, Inge Hoffmann, die ihn alleine großzog, durfte er niemals nach außen die Contenance verlieren. Sie hatte eine kleine Änderungsschneiderei. Ihre Begabung und ihre Ordnung verschafften ihr einen beträchtlichen Kundenstamm. Viele wohlhabende Klienten kamen, um Kleider und Anzüge ändern zu lassen. Sie konnte sich mit ihrem Einkommen ein selbstbestimmtes Leben für sich und ihren Sohn leisten. Sie hielt das Geld jedoch beharrlich zusammen, sparte eisern für schlechtere Zeiten. Extras gab es so gut wie nie. Geld auszugeben musste für Inge Hoffmann auch einen Nutzen darstellen. Kirmes oder Klassenfahrten für ihren Sohn waren eine reine Verschwendung. Sie, die selbst in der bitteren Armut des

Krieges aufgewachsen war, hatte gelernt, auch Weniges zusammenzuhalten. Der Ton in ihrem Geschäft war derselbe wie zuhause. Man musste perfekt sein, gebildet, freundlich und zuvorkommend. Obwohl sie immer freundlich wirkte, so war sie in Wirklichkeit zutiefst unnahbar. Nie erzählte sie von Schwierigkeiten oder ihrer Einsamkeit, alle Gespräche hatten nur geschäftlichen Charakter oder waren nichtssagende Plänkeleien über das Wetter. Inge Hoffmann ließ niemanden an sich heran, noch nicht einmal ihren Sohn. Sie war umgeben von einem großen Geheimnis. Ihr Sohn war ein halbes Genie, außerordentlich intelligent, freundlich und hilfsbereit. So erzählte sie es allen. Die Wahrheit zeigte ein anderes Bild: Uli Hoffmann war ein einsames, eher unterentwickeltes Kind, das keine Freunde hatte. Zum Spielen mit Klassenkameraden durfte er nur selten, denn seine Mutter brauchte oft Hilfe ihres Sohnes. Mal musste er neues Garn kaufen, mal besorgte er Lebensmittel, er war immer auf dem Sprung. Der Lebensmittelpunkt in der Kindheit von Uli Hoffmann waren seine Mutter und ihr Geschäft. Sie war wenig herzlich zu ihm. Einzig und allein, wenn Uli krank war, wurde er aufopferungsvoll gepflegt. Darin war seine Mutter unschlagbar. Deswegen war Uli dann öfter einmal unpässlich, hatte Bauchmerzen, Fieber oder Bläschen an der Lippe. Er konnte dann sicher sein, dass seine Mutter ihn beachtete. Sie war dann davon überzeugt, dass Uli durch die bösen Keime der anderen krank geworden war, dass andere ihn mit Absicht quälten, damit er krank wurde. Es waren immer die schlechten Menschen da draußen schuld an jeglicher Veränderung.

Der Vater des jungen Uli Hoffmann war früh verstorben, er litt an einer schweren Lungenkrankheit.

Uli hat nie einen Vater vermisst. Seine Mutter und er, das war seine Welt.

In die Schule ging Uli nicht gerne, Auseinandersetzungen mit anderen ging er stets aus dem Weg. Das Lernen fiel ihm leicht, er hatte immer gute Noten, doch für die anderen Kinder und die Lehrer war er ein unsichtbares Kind, eines, das nicht auffiel, eines, das nicht existierte. Auch für die Kunden seiner Mutter war Uli unsichtbar, er verhielt sich so, wie es seine Mutter forderte. Er lebte sein Leben so, wie es seine Mutter von ihm erwartete. Seine Wünsche und Sehnsüchte waren tief vergraben in einem Niemandsland. So schien Uli immer zufrieden und glücklich, wenn er in der Nähe seiner Mutter war. Dort war seine Sicherheit, denn Mutter wusste immer Rat, wusste über alles Bescheid.

Sie entschied, welcher Weg gegangen wurde.

Wenn Inge Hoffmann eine Meinung zu einem Thema hatte, so war das auch die Meinung des kleinen Ulis, später auch des großen Ulis.

Seine Mutter konnte nicht falsch liegen.

Als Hoffmann studierte, wurde seine Mutter schwerkrank, er unterbrach sein Studium und pflegte sie. Sie starb unerwartet schnell an Gebärmutterkrebs.

Hoffmann war nach dem Tod seiner Mutter lange Zeit wie betäubt.

Beinahe wollte er anfangs nicht weiterleben und spielte mit dem Gedanken, ihr zu folgen. Aber sterben, das konnte er sich selbst nicht antun.

Als er ein halbes Jahr später entschied, weiter zu studieren, ging es ihm allmählich besser.

Er lernte damals in kleinen Schritten, alleine zu leben. Manchmal spürte er sogar einen winzigen Augenblick so etwas wie Erleichterung. Seine Mutter war fort und kam nicht zurück, er war auf eine Weise befreit von der Klammer des Einmischens, von den starren Ansichten und von ihren großen schwarzen Flügeln, die wie eine Bedrohung auf ihm gelastet hatten.

Menschen leben in so unglaublichen, zum Teil morbiden Verhältnissen, dass man sich fragt, ob hier der Ursprung, die Wurzel keimt, die später einmal im Gehirn einen Schalter umlegt und aus einem Menschen ein Monster werden lässt.

Er schüttelt ungläubig den Kopf. Er muss morgen wieder im Büro erscheinen, das Leben muss weitergehen.

Martina Hoffmann steigt verschwitzt, aber zuversichtlich ins Auto, sie ist sich sicher, nun alle Spuren beseitigt zu haben.

Beide fahren nach Hause. Hoffmann legt sich sofort hin, er kann und will nicht mehr nachdenken.

Seine Frau kann aber nicht damit aufhören. ‚Werden noch Spuren am Unfallort zu finden sein? Hatte jemand ihren Mann gesehen, hat er Fingerabdrücke hinterlassen?'

Sie weckt ihren schlafenden Mann. „Uli, wach auf, wir müssen heute Nacht noch einmal zu der Unfallstelle fahren, wir müssen sicher sein, dass du nichts übersehen hast. Du warst in der Nacht zu aufgeregt, da macht man die meisten Fehler, bitte Uli, steh jetzt auf, wir müssen alles gemeinsam besprechen!"

„Lass mich in Ruhe, Martina, ich kann nicht mehr, ich habe alles kontrolliert, da ist nichts mehr, jetzt geh aus dem Zimmer, ich brauche Ruhe."

Martina Hoffmann kann nicht glauben, dass ihr Mann nichts unternimmt, um sich und auch sie vor dem Schlimmsten zu schützen. Ihre Gedanken kreisen um eine mögliche Verhaftung ihres Mannes, um sein zerstörtes

Leben, auch um ihr eigenes. All ihre Träume und das bisher geführte gemütliche Leben scheinen in Gefahr zu sein, alles droht zu zerfallen.

‚Kriminalisten haben heute weitgehende Möglichkeiten der forensischen Untersuchung, viele Täter werden durch die Genanalyse überführt. Uli hat geblutet, gewiss ist noch irgendwo sein Blut zu finden, dann wäre es vorbei, aber vielleicht würde jeder denken, dass es sich um einen normalen Unfall handelte, wenn man die Äste wieder entfernen würde.‘

All diese Gedanken schwirren durch ihren Kopf. Sie muss handeln. Ihr Adrenalinspiegel bleibt unverändert hoch.

Hoffmann schläft drei Stunden, dann steht er wie gerädert auf.

„Hör mir zu, Martina, wir werden nirgendwo hinfahren und erneut Spuren hinterlassen, niemand wird das Auto in nächster Zeit finden, wir werden einfach weiterleben müssen, ich habe Hunger, hast du was gekocht?"

„Mein Gott, Uli, wie kannst du einfach weitermachen, ich habe Angst, unser Leben könnte zerstört werden."

„Ach, darum geht es dir, um deine Sicherheit! Meine Sorgen, meine Ängste sind dir doch egal, Hauptsache, dein bequemes Leben wird nicht verändert. Du weißt doch gar nicht, wie hart ich arbeite, damit wir uns diesen Standard leisten können. Von dir kommt nicht besonders viel Unterstützung."

Hoffmanns Stimme wird lauter, sein schwelender Zorn gegen seine Frau bricht sich Bahn.

Martina Hoffmann zieht sich beleidigt zurück, wie immer, wenn ihr Mann aufbegehrt.

Hoffmann brät sich zwei Spiegeleier und macht sich ein Brot. Butter ist keine mehr da, er kann darüber nur mit dem Kopf schütteln. Seine Frau schafft es nicht, die einfachsten Dinge wie den Einkauf zu erledigen.

Am Abend schauen beide stumm fern. Hoffmann liegt auf der Couch, seine Frau sitzt im Ohrensessel. Hoffmann weiß später gar nicht, was er da gesehen hat, seine Gedanken sind woanders. Werden seine Mitarbeiter ihm etwas anmerken? Kann er so weiter machen wie bisher? Morgen früh muss er wieder ins Büro.

Hoffmann überlegt sich Taktiken, wie er den Tag unauffällig bestreiten kann, niemand soll etwas bemerken.

Am nächsten Morgen ist Hoffmann fit und schon früh wach, seine Frau liegt noch im Bett, aber auch sie ist wach, hat kaum geschlafen.

Hoffmann duscht, frühstückt, Brot ohne Butter, liest die Tageszeitung. Nichts steht drin über eine möglicherweise vermisste Frau. Hoffmann atmet auf.

Er setzt sich in sein blank geputztes Auto und fährt grußlos von zu Hause in sein Büro.

Er schließt um 8 Uhr morgens als Erster die Bürotür auf. Die anderen trudeln erst gegen 10 Uhr morgens ein. Das ist Hoffmann gerade recht, so kann er in Ruhe seine Akten studieren und den Tagesablauf planen. Es ist herrlich ruhig und er hat eine wunderschöne Sicht nach draußen, die Bäume tragen die letzten Blätter, bevor der Winter bald nur noch einen kargeren Blick zulassen wird.

Hoffmann ist geradezu beflügelt, alles in den Griff zu bekommen. Eine unglaubliche Leichtigkeit umgibt ihn, trotz der Geschehnisse am Vorabend. Er hat diese schlimme Erfahrung überstanden und möchte das Leben jetzt noch einmal neu anpacken.

Seine Chefin Frau von Wolf kommt heute schon früher ins Büro. Sie hat allerbeste Laune. Sie steckt in jedem Büro frische Blumen in die Vasen. Hoffmann bekommt gelbe Rosen, er errötet wie immer, wenn Frau von Wolf so nah an ihm vorbeigeht, um die Rosen in die Vase zu stellen. Ihr Parfum betört ihn, am liebsten würde er sie in seine Arme nehmen und leidenschaftlich küssen. Tausend Male hat er es in Gedanken getan, leider nur in

Gedanken. Jetzt bekommt er nur mühsam seinen Mund auf, um ein kurzes „Danke" zu hauchen.

„Herr Hoffmann, wir haben heute Großbesichtigung, ich möchte, dass sie Kubi begleiten, er hat Schwierigkeiten mit einer Kundin, vielleicht können Sie schlichten?"

„Mit Kubi, dem Stripper? Was hat er denn wieder angestellt?"

„Ach, Sie kennen ihn ja, er hat Frau Hansen, der Kundin von der neuen Immobilie, Sie wissen schon, das gelbe Haus im Mühlengarten, versprochen, dass sie bei der Gestaltung der Böden und Küche Mitspracherecht erhält. Frau Hansen wollte viele Extras haben, diese aber nicht bezahlen. Die Verhandlungen mit ihr glichen einem Drama. Um mit dem Bau fertig zu werden, musste der Bauträger zügig zu Ende bauen. Naja, Sie können sich sicherlich denken, dass er nicht die Wünsche von Frau Hansen berücksichtigt hat. Das Blöde ist nur, dass Kubi ihr das mündlich versprochen hat.

Jetzt will die Kundin klagen und vom Kaufvertrag zurücktreten. Die Übergabe des Hauses sollte in zwei Wochen sein. Eine Situation, die für mich sehr unangenehm ist. Ich bitte Sie, lieber Herr Hoffmann, hier zu schlichten, denn zurzeit spricht nur noch ihr Anwalt mit uns.

Kubi ist nicht der beste Verhandlungspartner, er kennt das Wort Diplomatie nicht und nimmt alles wie ein kleiner Junge zu schnell persönlich."

„Naja, es ist letztendlich seine Schuld, er hat Frau Hansen Mitspracherecht zugesichert, ihr viele Dinge versprochen, bloß damit sie den Kaufvertrag unterschreibt. So etwas nenne ich Betrug, das ist unentschuldbar," entgegnet Hoffmann.

„Ach, kommen Sie, Herr Hoffmann, Sie kennen Kubi, ohne ihn wären wir pleite. Ich bitte Sie, auch wenn ich spüre, dass Sie Kubi nicht leiden können, er ist, wie er ist, aber er ist ein Spitzenverkäufer, mein bester Mann, er geht manchmal über Leichen, aber er bringt viel Umsatz ins Haus."

Hoffmann verspricht Frau von Wolf, dass er sich um den Fall kümmern werde. Er kann ihr wie immer nichts abschlagen.

Ihm graut bei der Vorstellung, zusammen mit Kubi im Auto zu sitzen, er, der ihn so entblößt hat, ihm soll er auch noch aus der Patsche helfen.

Stunden später, kurz vor Mittag, erscheint ein verschlafener Kubi im Büro, er trägt einen Kaffeebecher in einer Hand und einen Stapel Akten in der anderen.

„Moin, ihr Luschen", begrüßt er alle im Büro.

Dann verschwindet er im Büro der Chefin, schließt die Tür hinter sich.

Hoffmann blickt auf und fragt sich, warum er die Tür geschlossen hat. ‚Was macht der mit der Chefin, was geht da vor sich?' Ungeduldig wippt er mit einem Bein.

Seine Eifersucht wird immer größer. ‚Was macht dieser verdammte Versager in ihrem Büro?', denkt Hoffmann und starrt auf die Tür.

Er nimmt seine Akten und klopft vorsichtig an die Tür seiner Chefin, wartet aber nicht auf Einlass, sondern öffnet sofort die Tür.

Sein Herz donnert, was wird er vorfinden, seine Eifersucht ruft Phantasiebilder hervor, er sieht Frau von Wolf und Kubi, wie sie sich wild lieben.

Doch er erblickt Frau von Wolf und Kubi ernst über die Akten des Rechtsanwaltes gebeugt.

Kubi geht auf Hoffmann zu und legt freundschaftlich den Arm um ihn.

„Mann, ich wusste, dass du mir da raushilfst, bist ja der Studierte hier in dem Laden, der Gesetzesguru, ich bin doch bloß der Heini Blöd, konnte in der Schule nichts lernen und bin halt Makler geworden, einfach ohne Lehre, ist doch auch irgendwie cool, oder?"

„Ich hoffe, ich kann Ihnen hier noch mal raushelfen, denn Sie haben das Gesetz gebrochen."

Kubi lacht schallend: „Ich breche jeden Tag das Gesetz, auch ohne deine Hilfe."

Frau von Wolf schlichtet die Situation und bittet Kubi, sich zurückzunehmen und die Hilfe Hoffmanns dankbar anzunehmen, denn er sei der Einzige, der ihm aus der misslichen Lage heraushelfen könne.

Hoffmann genießt diese Sätze wie reine Bergluft für seine zerknitterte Seele. Frau von Wolf glaubt an ihn, schätze ihn als Verhandlungspartner, traut ihm zu, eine schwierige Situation wieder in den Griff zu kriegen.

Endlich hat Hoffmann einen Aufschwung durch das Lob empfangen. Er lächelt zufrieden.

Kubi zwinkert ihm zu und packt ihn am Arm.

„Komm, ich lade dich jetzt zum Mittagessen ein, wir gehen ins »Casablanca«, da kriegst du die besten Muschelspaghetti."

Widerwillig geht Hoffmann mit Kubi zum Mittagessen.

Nach einer für alle anderen Verkehrsteilnehmer unüberhörbaren Fahrt in Kubis PS-starkem und mondänem Auto versucht sich Hoffmann aus dem tiefen Sportsitz zu befreien, seine alten Knochen schmerzen.

Mit einem kräftigen Ruck schafft er es, aus dem Auto zu kommen.

Im »Casablanca« angekommen, begrüßt Kubi die Wirtin, eine ältere, opulente italienische Mama, mit einem Kuss. Die Opulente führt die beiden zu einem schönen Tisch. Kubi steckt ihr einen kleinen Schein in die Schürze.

Hoffmann studiert angestrengt die Karte. Er geht nicht oft zum Essen aus und ist unsicher, was er bestellen soll.

Kubi bestellt erst mal eine Flasche Chianti. In zwei eleganten hohen Gläsern wird der Rotwein serviert.

Er lehnt sich weit zu Hoffmann herüber und flüstert: „Hey, eigentlich kann ich dich ja Uli nennen, wir duzen uns doch alle im Büro, jetzt, wo wir zusammenarbeiten."

„Naja, eine Zusammenarbeit würde ich das hier nicht nennen, hier geht es doch eher darum, Ihren Arsch aus der Scheiße zu ziehen", entgegnet Hoffmann.

„Das stimmt, aber ich zeig mich erkenntlich, wirklich, äähh … ach komm, lass uns Brüderschaft trinken, Uli, was soll das Geplänkel?" Kubi hebt betont feierlich sein Glas und stößt mit Hoffmann auf einen erfolgreichen Tag an.

Die beiden unterschiedlichen Männer essen delikate Muschelspaghetti und zum Dessert frisches Tiramisu.

Hoffmann genießt diese Freiheit und die Freuden für den Gaumen. Wann hat er das letzte Mal so köstlich gegessen und Wein in der Mittagspause getrunken, er kann sich nicht erinnern. Aber es gefällt ihm. Kubi führt ein völlig anderes Leben, er ist frei von Verantwortung und Zwängen, so scheint es zumindest. Er macht nur das, was ihm Spaß bereitet.

Hoffmann bewundert Kubi, weil der frei von der Leber einfach erzählt, was ihm gerade einfällt. Er achtet nicht auf eine eloquente Ausdrucksweise, es ist ihm schlicht egal, was die anderen von ihm denken. Hoffmanns Augen mustern Kubi.

Kubi trägt geschmackvolle Kleidung, Ziegenlederschuhe, eine moderne Lederjacke, erstklassige teure Hemden oder Poloshirts und eine Rolex.

Seine Haut ist leicht gebräunt und zart wie ein Kinderpopo. Seine Hände sind manikürt und tadellos Er benutzt ein auffälliges Aftershave. Seine blonden Locken werden durch Haargel gezähmt. Kubi ist ein schöner Mann. Aber was geht wirklich in ihm vor, man kann ihn einfach nicht genau einschätzen. Einmal ist er nett und großzügig, ein andermal kalt und berechnend, er betrügt gerne, Erfolg haben um jeden Preis, das treibt Kubi an.

Kubi bezahlt das Essen, gibt noch ein überaus großzügiges Trinkgeld, legt den Arm um Hoffmann, beide Männer verlassen angeheitert das Lokal.

Im Porsche fällt Hoffmann wieder in den tiefen Sitz, etwas steif schnallt er sich an.

„Uli, halt dich fest, wir fahren zu der Museumsgalionsfigur Hansen, der zeigen wir mal, wer die Hosen anhat."

„Halten Sie sich lieber zurück und lassen Sie mich das regeln", wirft Hoffmann ein.

„Ganz wie der Aristokrat mir befiehlt", gibt Kubi zum Besten.

Wenig später kommen die Männer mit lautem, dumpfem Motorgeheule beim Haus der Frau Hansen an. Es wirkt sehr gepflegt und freundlich.

Hoffmann nimmt die Akten unter seinen Arm und bittet Kubi noch einmal, sich bei Frau Hansen zurückzuhalten.

Er klingelt, Frau Hansen kommt an die Tür. Hoffmann erklärt ihr, dass er gekommen sei, um die Probleme zu besprechen, und bittet sie um Einlass. Kubi lehnt locker an der Hauswand.

Frau Hansen schaut kalt und wütend auf Kubi und möchte nicht mit ihm sprechen, sie erlaubt allerdings

Hoffmann hereinzukommen. Kubi breitet seine Arme aus und nuschelt: „Dann eben nicht!", und schlurft in sein Auto zurück.

Hoffmann betritt das geschmackvoll eingerichtete Haus von Frau Hansen. Die Einrichtung besteht aus schweren englischen Möbeln, die hochglänzend und unbenutzt erscheinen. Staub findet hier keine Bleibe. Frau Hansen bittet Hoffmann, am Esszimmertisch Platz zu nehmen. Sie bietet ihm Kaffee an, den er gerne annimmt, er fühlt noch den schweren Wein in seinen Knochen und muss dringend nüchtern werden.

Hoffmann legt seine Akten auf den Tisch.

Frau Hansen bringt den Kaffee und setzt sich dazu. Hoffmann beginnt das Gespräch mit einer Entschuldigung der gesamten Firma und fährt dann fort: „Ja, wissen Sie, Frau Hansen, Herr Kubi kann manchmal ein rechter Hitzkopf sein, er versucht immer, allen Kunden mit allen ihren Wünschen gerecht zu werden, und verspricht Dinge, die er selber noch mit anderen abstimmen muss, und überfordert sich damit selber."

„Hören Sie, Herr Hoffmann, ich hab mir von Anfang an gedacht, dass dieser Mann nicht ganz ernst zu nehmen ist, aber er hat sich an mich rangemacht und mir den Himmel auf Erden versprochen. Ich sollte mir Gedanken machen, und zwar ganz in Ruhe, ob ich nicht ein paar Extras haben möchte, für denselben Preis, verstehen Sie. Er hat mir schöne Augen gemacht, mir ständig Komplimente vorgeheuchelt.

Wissen Sie, ich bin seit fünf Jahren Witwe und empfänglich für Aufmerksamkeit.

Ihr Kollege hat das schamlos ausgenutzt, er war nur bis zu dem Notartermin aufmerksam und freundlich, an dem er seine Courtage erhalten hat. Danach konnte ich ihn nicht mehr erreichen. Ständig war die Mailbox an. Meine Anfragen beantwortete er nicht, auch auf meine E-Mails kam keine Reaktion.

Als ich den Bauträger in dem Haus vorfand, wusste er absolut nichts von meinen Entscheidungen bezüglich der Küche. Herr Kubi hat noch nicht einmal mit ihm darüber gesprochen. Der Bauträger hatte die ursprünglich geplante Küche schon eingebaut. Also die, die mir absolut nicht gefällt. Ihr lieber Kollege da draußen hat mir verbindlich zugesichert, dass ich eine Landhausküche mit deutlich mehr Extras einbauen lassen kann, und zwar für denselben Preis.

Wissen Sie, wie ich mich da fühlte, ich lasse mir so ein kriminelles Verhalten nicht gefallen. Die schönen Komplimente sollen mir egal sein, da bin ich selber schuld, dass ich den Humbug geglaubt habe, aber betrügen lasse ich mich nicht."

„Das Verhalten meines Kollegen ist unentschuldbar, er handelt manchmal unüberlegt. Die Bauträger kämpfen oft mit immer höheren Kosten und können unseren Wünschen nicht entsprechen. Ich denke aber, dass Kubi Sie wirklich attraktiv fand, denn das sind Sie auf jeden Fall, wenn ich mir das zu beurteilen erlauben darf. Wir haben nicht immer so freundliche, aufgeschlossene Kunden wie Sie, dann geht der Charme von Herrn Kubi manchmal mit ihm durch."

„Kann sein, Herr Hoffmann, meine Entscheidung steht dennoch fest, dieser Mann ist ein Betrüger, er hat mich hintergangen, oder sagen wir es mal so, er hat mich total verarscht. Ich glaube, Sie würden mit Menschen nicht so umgehen, oder?"

„Darum geht es hier nicht", entgegnet Hoffmann, „wir müssen eine Lösung finden, denn bei einem Rechtsstreit gibt es nur Verlierer."

„Ja, Herrn Kubi, der wird verlieren!"

„Sie tragen aber die Beweislast, Frau Hansen."

„Also, das wird jetzt immer schöner, gehen Sie jetzt, es hat keinen Zweck, Sie denken auch nur an das Geschäft. Der Mensch bleibt zurück." Hoffmann steht auf.

„Versuchen Sie bitte, Geschäft und Gefühl voneinander zu trennen, Frau Hansen."

„Das Geschäft hat Ihr Kollege nicht eingehalten, dafür wird er bezahlen, ich lasse mir so ein Verhalten nicht gefallen", entgegnet Frau Hansen erzürnt.

„Es ist doch auch klar, dass ein Kunde nicht allen Luxus bestellen kann und dann nur den Standard bezahlt."

„Das entscheiden dann die Anwälte, aber glauben Sie mir, ich werde allen Menschen davon erzählen, mit welchen Methoden Sie arbeiten."

Die wütende Frau Hansen schließt die Tür.

Hoffmann weiß, dass diese Frau seine Firma verklagen wird, sie ist fest entschlossen, Verhandlungen sind ausgeschlossen.

Erschöpft sinkt Hoffmann in den Porsche seines Kollegen.

„Und ...? Komm, Uli, sag schon, was hat die alte Krähe gesagt, hat alles geklappt?"

Hoffmann schaut müde durch die Windschutzscheibe,

„Es hat nicht geklappt, da ist nichts zu machen, Sie haben diese Frau zutiefst verletzt, haben sie belogen und betrogen. Wie konnten Sie nur glauben, aus dieser billigen Nummer unbeschadet wieder rauszukommen, Frau Hansen war die Frau eines Richters. Wie können Sie nur so dumm sein."

Kubis Gesicht verfinstert sich augenblicklich, seine anfängliche Fröhlichkeit und Gleichgültigkeit sind wie weggeblasen,

„Ich dachte, du kriegst das hin, verdammt, Uli, du machst doch den ganzen Tag nichts anderes, das gibt's doch nicht, was für eine Scheiße ist das denn?! Jetzt ist die Situation schlimmer als vorher. Hey Uli, du bist kein Schlichter, du hast die ganze Sache noch befeuert, Mann!" Kubi haut seine Faust auf sein Lenkrad, schaut mit dunklen und bösen Augen zu Hoffmann hin.

Hoffmann erschrickt zunächst über das Verhalten von Kubi, dann wird er sehr wütend, hektisch steigt er aus dem Auto, bleibt mit seiner Jacke am Türgriff hängen, zieht diese aggressiv zurück, zerreißt sie dabei und geht zu Fuß weiter.

Langsam fährt Kubi neben Hoffmann her.

„Hey, was soll das jetzt, war das alles, was du draufhast, Uli, hörst du mich. Steig jetzt ein. Uli, hey, ich rede mit dir." Hoffmann läuft mit starrem Blick des Weges und reagiert nicht auf Kubi. „Arschloch!", ruft Kubi und fährt mit Vollgas los.

Hoffmann setzt sich auf eine nahegelegene Parkbank. Er legt die Hände vor sein Gesicht. Was war nur alles passiert? Noch vor zwei Tagen war sein Leben normal, langweilig, ohne große Aufregung. Jetzt ist er ein Mann, der eine Autofahrerin genötigt hat, einer, der den daraus resultierenden tödlichen Unfall vertuscht hat. Dafür gibt es Gefängnis, das war ohne Zweifel klar.

‚Was, wenn mich jemand gesehen hat, es ist vielleicht nur eine Frage der Zeit, bis die Polizei mich abholt, mich verhört, die Beweislast mich erschlägt, ich in einer verfluchten Zelle sitze, weggesperrt.'

Hoffmann fängt an zu zittern, erst ganz leicht, dann schüttelt es ihn, er kann es nicht stoppen. Verstört schaut er sich um, hat Angst, jemand könne ihn beobachten und wissen, was in ihm vorgeht. Sein Herz rast wie verrückt, Hoffmann hat das Gefühl, sterben zu müssen. Er beugt sich nach vorne, wippt seinen Körper hin und her, um ihn zur Ruhe zu bringen. Eine alte Frau mit Rollator bleibt vor ihm stehen und fragt, ob alles in Ordnung sei.

„Lassen Sie mich zufrieden, lasst mich doch alle in Frieden!" Hoffmann rauft sich die Haare.

Die alte Frau läuft kopfschüttelnd weiter.

Hoffmann kann sich nach zehn Minuten wieder fassen und läuft in sein Büro.

Seine Beine sind bleischwer, er trägt die Last einer Tötung mit sich.

Im Büro angekommen, wartet schon Frau von Wolf aufgeregt auf Hoffmann.

„Was ist nur passiert? Kubi hat mir erzählt, Sie hätten das Ganze verhauen?"

„Verhauen, ich …?!" Hoffmanns Stimme überschlägt sich, alle Wut und Frustration entladen sich plötzlich.

„Ich sage Ihnen jetzt mal die Wahrheit, dieser großspurige Angeber ohne den leisesten Hauch von Intelligenz, ich würde sogar noch weitergehen, ohne ein einziges Gramm Hirn, besitzt die Frechheit, sich über Menschen noch aufzuregen, die er schändlich betrogen hat. Und danach gibt er noch all seinen anderen Mitmenschen die Schuld an seinen kriminellen Machenschaften. Und Sie fragen mich wirklich ernsthaft, ob ich die Sache verhauen hätte?"

„Also Herr Hoffmann, ich muss doch bitten, Ihr Ton mir gegenüber ist unangemessen, bitte beruhigen Sie sich. Mir ist mit so einem Schreianfall auch nicht geholfen. Wir müssen einen Weg finden, eventuell ein Nachlassen des Kaufpreises, um Frau Hansen wieder in die richtige Spur zu bringen, ich dachte einfach, dass sie die zündende Idee hätten … Ich werde morgen selber zu Frau Hansen fahren und mich der Sache annehmen, wir können uns einen Rechtsstreit mit der Witwe eines angesehenen Richters nicht erlauben."

Hoffmann fühlt sich leer, er packt seine Jacke unter den Arm und fährt nach Hause.

Frau von Wolf kann diesen Ausbruch nicht verstehen, sie fragt das Team, ob mit Hoffmann alles in Ordnung sei oder jemand weiß, warum er so ungewohnt aggressiv reagiert hat. Niemand kann sich sein Verhalten erklären.

Kubi schaut aus seinem geöffneten Büro, er spielt mit einem Tennisball, schleudert ihn an die Wand und fängt ihn wieder auf. Sein Gesicht ist konzentriert und angespannt.

In Hoffmanns Kopf hämmert es, er hat wie so oft wenig Wertschätzung seiner Person erfahren. Es ging immer nur um die anderen. Frau von Wolf denkt nur an die Firma und ihren besten Mann Kubi. Für ihn wäre sie sofort in die Bresche gesprungen.

Er drückt auf sein Gaspedal, am liebsten würde er auch in den Wald fahren, so wie die junge Frau, ein Knall, dann hätte sich alles erledigt, sein erbärmliches Leben wäre zu Ende, es würde ihm sowieso niemand nachtrauern. Aber es fehlt wieder der Mut, Mut hat Hoffmann selten.

Voller Selbstmitleid rollen Hoffmann die Tränen über das Gesicht. An einem Feld hält er seinen BMW an und weint bitterlich. Er weiß, dass sein Leben vorbei ist, er kann die Dinge nicht mehr rückgängig machen, er muss damit leben, er weiß nur noch nicht wie.

Zuhause angekommen fährt Hoffmann in seine enge Garage. Wie hasst er nur diese engen Mauern, sein Haus ist auch zu eng, alle Räume sind klein und mickrig, so wie er klein und mickrig ist. Frau von Wolf sagt immer, man wohnt so, wie man ist. ‚Ja, das stimmt, ich bin nur eine graue Maus und wohne in einem Mauseloch', denkt Hoffmann. Lange sitzt er an seinem Lenkrad und denkt nach. Er braucht einen Plan, Struktur, Aufgaben, er muss sich ablenken von seinem Grauen, der Wahrheit.

Mit hängenden Schultern schließt er die Wohnungstür auf. Im Flur hängt er ordentlich seine Jacke auf und legt seine Schlüssel in die kitschige Perlmuttschale.

Er setzt sich ins Wohnzimmer und macht den Fernseher an, er holt sich ein Bier aus dem Kühlschrank. Essen findet er keines, neben dem Kühlschrank liegt ein Zettel, DIN A4, vom Rechenblock seiner Frau.

Hoffmann liest den beschriebenen Zettel, die Zeilen teilen Folgendes mit:

Lieber Uli,

Ich halte es mit Dir nicht mehr aus, nicht weil Du eine Frau zu Tode gebracht hast, sondern weil Du mich ignorierst und sehr unfair behandelst. Ich kann für Dein Handeln nichts und trotzdem habe ich Dir geholfen. Ich brauche Ruhe und muss nachdenken.

Ich bin bis auf Weiteres bei meiner Schwester, falls Du interessiert bist.

Martina

„Diese dumme Kuh!", entfährt es Hoffmann und er zerreißt den Brief in tausend Fetzen und verbrennt ihn.

‚Schreibt diese Idiotin von einer Tötung einem Mord, mein Gott, wenn jemand in der Wohnung gewesen wäre.' Hoffmann kreist im Wohnzimmer vor Aufregung auf und ab. Er wirft die Hände vor das Gesicht und schüttelt ungläubig den Kopf.

Er weiß, dass seine Frau ihrer Schwester alles erzählen wird und er dann geliefert ist. Sie hat ihn in der Hand.

Hoffmann sucht die Nummer von Viola, der Schwester seiner Frau.

‚Diese grauenhafte Kuh hat mir gerade noch gefehlt, hoffentlich spricht sie mit mir.'

Viola Meyer ist genauso verwöhnt aufgewachsen wie Hoffmanns Frau Martina. Die beiden Schwestern hatten eine komfortable Kindheit. Sie brauchten nicht wirklich je etwas zu leisten und erhofften sich, gut zu heiraten. Viola hatte immer Pech mit den Männern, keiner konnte es lange mit ihr aushalten. Dabei war Martina die deutlich attraktivere und nettere Schwester. Früher, wohl gemerkt. Am liebsten würde Hoffmann seine Frau für immer bei ihrer Schwester lassen, oder da, wo der Pfeffer wächst. Aber er kann es sich nicht leisten, dass Martina über seine Tat redet.

Hoffmann findet den kleinen Zettel mit der Nummer von Viola. Zittrig ruft er an.

Viola meldet sich sofort nach dem ersten Klingeln.

„Hallo, ich bin's, Uli, gib mir doch mal Martina."

„Augenblick, Uli, ich frag Martina, ob sie mit dir sprechen will."

Nach einer gefühlten Ewigkeit kommt Martina an das Telefon.

„Was willst du, Uli", fragt sie genervt.

„Bitte, Martina, wir können über alles reden, ich bin sehr gestresst zurzeit, bitte lass mich nicht im Stich."

„Im Stich hast du mich gelassen, ich muss nachdenken, mach dir aber keine Sorgen, du weißt, was ich meine."

Hoffmann rauft sich die Haare, die Andeutungen an seine Tat lassen ihn erschaudern.

„Martina, bitte komme nach Hause."

„Nein, Uli, heute nicht, auch nicht morgen, ich brauche mehr Zeit, mach es gut."

Martina Hoffmann legt auf. Hoffmann setzt sich auf die Couch, er könnte jetzt tatsächlich einen Mord begehen, er könnte seine Frau jetzt und hier erwürgen.

Hoffmann setzt sich in sein Auto und geht einkaufen, er muss nur die nächsten Tage überstehen, dann wird er schon sehen, was passiert.

Im Einkaufszentrum findet er sich wenig zurecht. Er läuft wie ein Zombie durch die Gänge.

Dann findet er den Gang mit den Alkoholika. Er lädt Wein, Bier und Wodka ein. Das werden die Tröster der nächsten Tage sein.

Dann kauft er Brot, Aufschnitt, Eier, ein Steak und fünf Tüten Chips.

Zuhause brät er sein Steak, es verbrennt, da er ständig in Gedanken ist.

Überraschender Weise schmeckt das verbrannte Steak ausgezeichnet. Hoffmann hat sein Hungergefühl in den letzten Tagen völlig unterdrückt gehabt.

Freudig gießt sich Hoffmann den Rotwein ins Glas. „Kurz so leben wie Kubi, einfach genießen, nicht nachdenken. Trinken, genießen, nicht nachdenken", das wird zum Mantra an diesem Abend und kann Hoffmann trösten.

Er trinkt die ganze Flasche leer, genießt jeden Schluck.

Er schläft auf seinem Sofa ein, schläft die Nacht durch wie ein Baby. Am nächsten Morgen brummt sein Schädel, Hoffmann torkelt in die Küche und sucht nach Aspirintabletten.

Er schaut auf den Kalender, heute ist Dienstag, es ist bereits 10 Uhr, er muss ins Büro.

Hoffmann nimmt eine kalte Dusche und fühlt sich danach seltsam befreit. Ein eigenartiger Frohmut ergreift Besitz von ihm.

Er rasiert sich sorgsam und benutzt etwas mehr Aftershave als sonst.

Er entscheidet sich, heute sein neues gelbes Hemd anzuziehen. Er hat dieses Hemd schon seit drei Jahren, ein Freund hat es ihm zu seinem fünfzigsten Geburtstag geschenkt, auf dass sein Leben von nun an bunter und schöner werde.

Damals dachte Hoffmann: ‚Wie unangenehm grell dieses Hemd doch ist.‘ Heute denkt er: ‚Wie schön dieses Hemd für mich ist, es steht mir ausgezeichnet.‘

Hoffmann sieht sich im Spiegel von allen Seiten an, er ist mit sich zufrieden.

Die Sonne scheint, Hoffmann fährt gut gelaunt und singend ins Büro.

Frau von Wolf kommt auf Hoffmann zu und bittet ihn in ihr Büro, Hoffmann folgt ihr grinsend, was konnte ihm jetzt noch passieren?

„Herr Hoffmann, ich hoffe, es geht Ihnen gut, ich mache mir ein wenig Sorgen um Sie, gestern haben Sie Ihre Nerven verloren, das kenne ich von Ihnen einfach nicht.“

„Nein, nein, es ist alles in Ordnung, Frau von Wolf, ich werde heute noch mal mit Frau Hansen sprechen, ich habe das Gefühl, dass sie doch noch einlenkt, wir werden einfach den Kaufpreis minimal senken.“

„Nicht minimal, sondern schon ein bisschen mehr, Herr Kubi muss seine Provision abgeben, das haben wir alles besprochen. Ich glaube, jetzt geht er mit seinen Äußerungen etwas vorsichtiger um.“

Hoffmann kann nicht glauben, dass er mit seinem Ausbruch die Dinge wieder ins Lot gebracht haben sollte.

Kubi ist nicht in seinem Büro.

Hoffmann fährt gleich zu Frau Hansen, um ihr die freudige Mitteilung zu machen, dass der Kaufpreis nun ein anderer ist.

Schnell werden sich beide einig, denn es geht bei der Provision von Kubi um achtzehntausend Euro.

Ein ganzer Batzen Geld. Frau Hansen bestätigt Hoffmann schriftlich, dass sie die Klage zurückzieht.

Ein voller Erfolg, Frau von Wolf wird zufrieden sein. Aber was ist mit Kubi, kann sein Ego auf so viel Geld verzichten?

Hoffmann überlegt, wie lange er braucht, um so viel Geld in den Händen zu halten, das Kubi mit nur wenigen Besichtigungen und doofem Gequatsche für einen Hausverkauf erhält.

Im Büro angekommen, sieht Hoffmann Kubi in Frau von Wolfs Büro, er lehnt lässig an der Wand. Er sieht heute wieder blendend aus, braungebrannt, groß, trägt spitze Cowboyschuhe aus Schlangenleder und sein

Markenpolohemd liegt eng an seiner stählernen Figur. Keine Frage, dieser Mann ist ein Frauenmagnet.

Er, der gerade seine Provision verloren hat, wirkt lässig und cool.

Als Hoffmann das Büro betritt, grinst Kubi ihn an. Aber das Grinsen ist keineswegs freundlich, sondern zynisch und abwertend. Hoffmann verliert augenblicklich seine Selbstsicherheit und berichtet Frau von Wolf von seinem Erfolg, dass Frau Hansen die Klage zurückziehen wird.

„Ausgezeichnet, lieber Herr Hoffmann, das begießen wir beide mit einer Flasche Sekt, bitte holen Sie ihn aus dem Kühlschrank und dazu zwei Gläser."

„Drei Gläser!", ruft Kubi ihm nach, als Hoffmann schon in der Küche ist.

Er hört schallendes Gelächter, wahrscheinlich machen sich alle wieder lustig über ihn.

Aber Hoffmann lässt sich nicht beirren, holt zwei Gläser und bringt den Sekt mit. Kubi lehnt immer noch an der Wand und grinst süffisant.

Hoffmann öffnet die Flasche und gießt Frau von Wolf und sich ein Glas ein.

„Ach, kommen Sie, Kubi trinkt ein Glas mit, wir rauchen die Friedenspfeife zusammen", versucht Frau von Wolf zu harmonisieren.

Kubi geht in die Küche und bringt sich ein Glas mit.

„Seid mal nicht zu geizig, macht mal voll, jetzt geht die Party los."

Kubi hält sein Glas hin. Frau von Wolf schenkt Kubi ein und schaut zärtlich in sein Gesicht.

In Hoffmann steigt ein riesiger Zorn auf, dieser schreckliche Mann kann die Frauenherzen zum Schmelzen bringen und ihn in den Wahnsinn treiben.

Der restliche Tag verläuft routiniert, Hoffmann hat am Abend noch einen Gutachtertermin, dann ist auch dieser Tag zu Ende.

Zuhause angekommen, ruft Hoffmann gleich bei der Schwester seiner Frau an, doch niemand antwortet. Es sieht so aus, als ob niemand mit ihm sprechen möchte. Etwas beunruhigt macht sich Hoffmann sein Abendessen, seine Gedanken kreisen um seine Tat und den Verrat, den seine Frau vielleicht begehen wird. Möglicherweise sitzen die beiden Schwestern vereint bei der Polizei und machen ihre Aussagen oder aber Viola redet auf Martina ein, schnellstens Anzeige zu erstatten.

‚Andererseits‘, denkt Hoffmann, ‚möchte meine Frau sicherlich ihr bequemes Leben nicht einfach aufgeben, denn sie hat geholfen, Spuren zu verwischen und sich dabei mitschuldig gemacht.‘

Hoffmann führt angeregt Selbstgespräche, er geht alle Eventualitäten durch.

Dann öffnet er den Wein. ‚Trinken, genießen, nicht nachdenken, ja so soll es sein‘, denkt er. Und nach diesem sich wiederholenden Muster verbringt Hoffmann die Nacht.

Der Alkohol tröstet und bringt Hoffmann ein wenig Entspannung. Wieder schläft er auf der Couch.

Am nächsten Morgen sind die Sorgen wie weggeblasen, schöner könnte ein Tag nicht beginnen. So langsam genießt Hoffmann die Vorteile, ohne seine Frau zu leben. So könnte es für ihn bleiben. Er weiß aber instinktiv, dass es leider nur ein Wunschdenken ist. Er ist nun noch mehr ein Gefangener dieser unerfüllten und langweiligen Ehe.

Hoffmann beschließt, in die Stadt zu gehen, um sich einige Hemden zu kaufen. Nur ein einziges modernes Hemd würde ihm nicht reichen, er will viele neue, schöne Hemden besitzen.

Als er im Auto sitzt und aus der Garage fährt, beginnen gerade die Nachrichten seines Lieblingssenders NDR 1.

Dort wird als Topthema ein Leichenfund gemeldet, eine junge Frau wurde von Waldarbeitern tot in ihrem Auto gefunden, das Auto sei von Ästen verdeckt gewesen, die Kriminalpolizei gehe von einem Verbrechen aus, die Obduktion der Leiche werde noch abgewartet. Es sehe vorerst nach einem Genickbruch aus.

Hoffmann wird schlecht, er fühlt sich wie auf hoher See, in entsetzlichem Wellengang, wo jeder weiß, dass das Boot kentern wird, er fürchtet, ohnmächtig zu werden, dann hat er das Gefühl, sich übergeben zu müssen, er kann gerade noch raus aus dem Auto und erbricht sich. Er würgt laut und hustet. Eine Nachbarin kommt gerade vorbei und fragt Hoffmann, ob sie helfen kann.

„Nein, nein, Frau Gritsche, ich habe mir bloß den Magen verdorben."

„Gut, dass ich Sie sehe, Herr Hoffmann, wir haben Ihre Frau schon länger nicht gesehen, ist sie etwa krank?"

„Nein, sie ist nur bei ihrer Schwester, ich muss jetzt gehen, auf Wiedersehen!"

Frau Gritsche, die größte Tratsche der Nachbarschaft, blickt dem wegfahrenden Hoffmann lange hinterher, sie schüttelt verständnislos ihren Kopf.

Hoffmann gibt Gas, nur weg, am liebsten wäre er jetzt ganz weit weg, abgehauen für immer. Leider fehlt ihm dazu der Mut.

Um an seinen Arbeitsplatz zu kommen, muss er heute an der Stelle vorbeifahren, an der die junge Frau verunfallte, von ihm zu Tode gehetzt.

Die Straße ist an dieser Stelle halbseitig gesperrt, der Wald wimmelt von Polizisten.

Hoffmann passiert langsam die Stelle, an der er in jener Nacht sein Auto geparkt hat, er fühlt einen Bleigürtel auf seiner Brust, der Bleigürtel droht ihn zu ersticken, als er die Stelle passiert.

Er ist der Schuldige, der das zu verantworten hat. Würden die Polizisten ihm seine Schuld ansehen? Er hält die Luft an, fährt weiter. Erst als er etwa einen Kilometer weitergefahren ist, kann er sich ein wenig entspannen.

Im Büro angekommen, bleibt er fast eine Stunde im Auto sitzen. Kollegen, die vorbeilaufen, sehen ihn, winken ihm zu, doch er nimmt niemanden wahr, starrt in die Ferne.

Frau von Wolf kommt auf den Parkplatz, klopft an Hoffmanns Tür, „Herr Hoffmann, ist alles in Ordnung, Herr Hoffmann, hören Sie mich?"

Hoffmann erschrickt, springt aus seinem Auto, nickt Frau von Wolf kurz zu und verschwindet in seinem Büro.

Frau von Wolf kann nicht glauben, wie verändert Hoffmann die letzten Tage ist. Sie fragt sich, was mit ihm geschehen ist.

Sie denkt an private Belange, dass seine Ehe in einer Krise stecken könnte, sie möchte ihn aber nicht beschämen und ansprechen, sie wüsste nur wirklich gerne Bescheid, was hier los ist.

Hoffmann sitzt in seinem Büro. Er fühlt, wie sich der Strick um seinen Hals legt, langsam nimmt ihm der Druck die Luft zum Atmen. Er hat verloren, er weiß instinktiv, dass es vorbei ist, jeder wird bald wissen, was mit der jungen Frau geschehen ist, er würde entlarvt, jeder wird ihn hassen, mit den Fingern auf ihn zeigen. Er, Uli Hoffmann, der feige Mörder, hat eine junge Frau in den Tod gehetzt. Er hat sie gehetzt wie ein Tier, in den Wald getrieben, eine hilflose Frau genötigt und dabei getötet.

Frau von Wolf kommt zu Hoffmann, lehnt sich an seinen Schreibtisch: „Herr Hoffmann, brauchen Sie vielleicht ein paar Tage Urlaub, im Moment ist es hier etwas ruhiger, da könnten Sie doch mal eine Woche ausspannen."

Hoffmann blickt verstört zu Frau von Wolf: „Wollen Sie mich loswerden, gibt es etwas zu kritisieren, ich weiß nicht, warum ich Urlaub machen soll." Hoffmann wirkt verbittert und verletzt.

„Nein, Herr Hoffmann, ich dachte nur, Sie hatten so lange keinen Urlaub … und jeder braucht mal Erholung."

„Nein danke, Erholung ist das letzte, was ich brauche, bitte entschuldigen Sie mich jetzt, ich habe wirklich viel zu tun." Hoffmann holt Akten aus dem Schrank und gibt sich geschäftig.

Frau von Wolf nickt verstört und verlässt sein Büro.

Wie gerne hätte Hoffmann gerade ihr alles gebeichtet, sie hätte sicher Verständnis für ihn und würde eine Lösung anbieten. Frau von Wolf ist eine starke, lebenserfahrene Frau, leitet diese Firma schon viele Jahre, keiner kann ihr in Geschäftsangelegenheiten das Wasser reichen, denn sie hat die besten Ideen, Umsätze zu erzielen. Ärger geht sie gekonnt und charmant aus dem Weg. Stets bleibt sie auch in schwierigen Situationen gelassen und freundlich. Sie wirkt auf Hoffmann wie eine Göttin, manchmal vergleicht er sie in Gedanken mit Cleopatra, seiner Cleopatra.

Er kann noch immer ihre Wärme fühlen, auch wenn sie schon längst die Bürotür geschlossen hat.

Hoffmann ist innerlich zerrissen, kann keinen klaren Gedanken mehr fassen, weiß nun nicht mehr, was er tun soll.

Da kommt Kubi mit einer Zeitung ins Büro, er wirkt ziemlich aufgelöst.

Laut spricht er mit den Angestellten. Leise öffnet Hoffmann die Tür seines Büros, er möchte hören, was Kubi wieder zum Besten gibt.

„Das war Nathalie, wir haben letzte Woche im »Pascha« zusammen getanzt, jetzt ist die Alte tot, das gibt's doch nicht, ich glaub das nicht, wer soll die denn umgebracht haben?"

Kubi kannte also das Opfer im Auto, Hoffmanns Opfer.

Klar, er legt ja jede zweite Frau von der Disco »Pascha« flach, Kubi, der Frauenflüsterer.

Hoffmann lauscht angestrengt, um jedes Wort zu hören.

Kubi geht in die Büroküche, holt sich einen Kaffee.

Er liest sich noch einmal den Zeitungsbericht über den Todesfall Nathalie P. durch.

„Jemand hat versucht, das Auto mit Zweigen zu bedecken, muss ein Idiot gewesen sein, das Auto lag auf dem Kopf, das war doch ein Unfall, warum hat jemand das Auto mit Zweigen bedeckt, verstehe ich nicht."

Kubi schüttelt den Kopf, er kann nicht glauben, dass eine seiner Freundinnen nicht mehr lebt.

Er geht mit der Zeitung zu Hoffmann ins Büro. Der hat sich schnell in seinen Bürostuhl gesetzt.

„Hey Gutachter, du musst mir erklären, warum einer Zweige auf ein Auto schmeißt, das verunglückt ist."

„Dafür habe ich jetzt wirklich keine Zeit, aber kannten Sie die Frau?"

„Ja, das war die einzig nette und gebildete Frau, die mir je begegnet ist, ich wollte mich mehr auf sie einlassen, weißte Hoffmann, mit Frauen ist das so 'ne Sache, die wollen einen, der ihnen alles bietet, Geld, ein schönes Haus, zweimal Urlaub, aber bitte im 5-Sterne-Hotel, und Schwächen darfst du nicht haben.

Das alles kotzt mich an, denn ich brauch eine Frau, die mich von Herzen liebt, egal ob ich Kohle habe oder nicht, egal ob ich Macken habe, eine, die immer zu mir steht, das gibt's selten, glaub mir, ich hab schon viele Weiber kennen gelernt.

Mein Vater war ein gewalttätiges Schwein, im Suff, weißte, aber meine Mutter hat ihn trotzdem geliebt, sie hat ihn gepflegt, als der Bauchspeicheldrüsenkrebs ihn schon halb gefressen hatte, mein Vater hat zum Schluss gestunken, als ob er schon 'ne Woche tot im Bett gelegen hat, aber glaubst du, sie hat einmal gejammert oder gezögert, sie war nie zu müde, ihn zu waschen, aufzumuntern und zu füttern. Weißt du, Hoffmann, solche Frauen sind eine Seltenheit. Aber die Nathalie, die war so weich, so lieb, hat immer gelächelt, ich glaube, die wäre was für mich gewesen. Die hat studiert, wollte Psychologin sein. Die hätte mir noch was beibringen können. Ich kann nicht glauben, dass sie tot ist."

Kubi sitzt schweigend bei Hoffmann, schüttelt wieder und wieder ungläubig seinen Kopf.

Hoffmann sitzt wie erstarrt, sein Opfer war Kubis Bekannte, eine liebenswerte, studierte junge Frau.

Die Tatsache, dass Kubi das Opfer als Menschen beschrieben hat, als liebenswerte Person, irritiert Hoffmann.

Er hat nie auch nur den geringsten Gedanken daran verschwendet, was sein Opfer wohl für ein Mensch gewesen sein mochte.

Kubi verlässt mit einem kurzen „Tschüss" das Büro.

Der weitere Tag ist geprägt von vielen Aufträgen, die Hoffmann zu erfüllen hat.

Er muss viele Gutachten für Kaufinteressierten schreiben. Der Verkauf von Einfamilienhäusern, besonders der älterer Häuser, ist ohne Gutachten zur heutigen Zeit schwieriger geworden. Viele Kaufinteressenten sind studierte Kunden, die aber kaum handwerkliche Fähigkeiten besitzen. Daher vertrauen diese Kunden dem

Urteil eines studierten Diplomingenieurs, ob ein Haus größere Schäden aufweist, oder ob sich Feuchtigkeit im Haus befindet. Da kommt dann Hoffmann ins Spiel. Die Kunden schätzen seine aufrichtige und kompetente Arbeitsweise.

Hoffmann versucht seine Gedanken an die Tote auszulöschen.

Das Mädchen ist tot, er kann nichts mehr rückgängig machen, er kann einfach nur so weitermachen wie bisher.

Hoffmann beißt seine Zähne zusammen und macht sich an die Arbeit.

Am späten Abend kommt er völlig erschöpft nach Hause. Sein Anrufbeantworter blinkt aufdringlich, beim Vorbeigehen sieht Hoffmann, dass er zehn Anrufe verpasst hat.

Er schaut nach, stellt fest, auch seine Frau hat versucht, ihn zu erreichen.

Er ruft sofort zurück.

Martina Hoffmann meldet sich, sie spricht leise: „Uli, die haben die Frau gefunden, ich habe ein Bild von ihr im Fernsehen gesehen, mein Gott, die war so hübsch und jung."

„Martina, bist du alleine, bitte sprich mit niemandem darüber."

„Keine Angst, meine Schwester ist nicht zuhause, ich habe ihr nichts erzählt, nur wir beide wissen das ... du weißt schon."

„Danke, Martina, ich dachte, du erzählst deiner Schwester alles, ich weiß nicht, was ich tun soll."

„Bleibe ruhig, Uli, ich muss noch ein paar Tage bei Viola bleiben, sie möchte mir zuliebe eine Party geben, aber danach komme ich nach Hause."

Uli Hoffmann ist ein wenig beruhigt, hat er doch gerade erfahren, dass seine Frau ihn nicht verraten hat.

Müde schaltet er seinen Fernseher ein, da sieht er sie: Nathalie. Die junge Frau, bildhübsch, ein Reporter interviewt die Eltern des Mädchens. Sie weinen beide, polnische Staatsbürger, einfache Leute, hart arbeitend. Hoffmann muss erkennen, dass Nathalies Mutter das Herz gebrochen wurde.

Er wechselt schnell das Programm, dann schlurft er in die Küche und holt sich den Wodka, heute braucht er etwas Starkes.

Er trinkt die halbe Flasche aus, sein Hals brennt von dem Alkohol, doch die Betäubung tut gut.

Er legt sich auf seine Couch.

Plötzlich erwacht Hoffmann, neben ihm steht ein Stuhl, eine Person sitzt darauf, Hoffmann reibt sich die Augen, um zu erkennen, wer da vor ihm sitzt.

Es ist Nathalie, sie schaut ihn an, sie hat betörende rote Lippen, sie fängt an zu weinen, Hoffmann bittet die junge Frau zu gehen, dann fasst sie seine Hand an, erschrocken stellt Hoffmann fest, dass diese Hand eiskalt ist, er möchte sich aus diesem Griff befreien, doch die Hand bleibt stark und unbeweglich, sie drückt Hoffmann in den Stuhl hinein. Er schreit laut und wacht plötzlich auf.

Schweißgebadet nimmt Hoffmann wahr, dass es 2 Uhr nachts ist. Er schleppt sich in sein Bett und fällt in einen unruhigen Schlaf.

Am nächsten Morgen erschrickt Hoffmann, als er in den Spiegel blickt, er sieht einen alten, hageren, blassen und gezeichneten Mann. Er fühlt sich krank.

Jeder Schritt schmerzt ihn.

Er kann nicht zur Arbeit, hat aber keine Kraft mehr, sich krankzumelden.

Er legt sich in sein Bett und schläft für den Rest des Tages.

Im Immobilienbüro kursieren heftige Gerüchte über Hoffmann. Kubi gibt zum Besten, dass da ganz gewaltig etwas nicht stimmt. Auch Frau von Wolf ist überzeugt, dass etwas Schlimmes mit Hoffmann passiert sein muss, denn er hat sich in vielen Jahren in der Firma noch nie so aufmüpfig und ganz neben sich stehend benommen.

*

Am Nachmittag trifft sich die Soko »Nathalie« zu einer ersten Stellungnahme.

Alle Menschen werden aufgerufen, sich zu melden, wenn sie an der Bundesstraße 76 verdächtige Beobachtungen gemacht haben.

Auch tiefe Fahrspuren von einem fremden Auto werden aufgenommen.

Am nächsten Morgen meldet sich ein Herr Pirske bei der Polizei, er habe in jener Nacht ein verdächtiges Auto gesehen, in der Nähe, wo Nathalie gefunden worden ist.

Herr Pirske berichtet, er habe ein Auto im Wald geparkt gesehen, der Kofferraum sei offen gewesen, das Auto sei schwarz gewesen und schon in die Jahre gekommen. Er weiß aber nicht sicher, um welche Automarke es sich handeln könnte. Er mutmaßt, es könne ein BMW gewesen sein, wegen der Form des Autos.

Da am Auto die Scheinwerfer an waren und auch die Fahrertür aufstand, dachte Pirske, jemandem sei schlecht geworden. Er konnte aber keine Menschenseele sehen und durch den Starkregen auch nichts hören. Das alles erschien ihm ein wenig unheimlich, deshalb entschied er sich, weiterzufahren.

Die Polizei dankt ihm, Hauptkommissar Manfred Schüler, ein verknautschter Mittfünfziger, kommt ins Grübeln.

„Verdammt, was ist in jener Nacht geschehen, das sieht nach einem ganz normalen Unfall aus, das Auto ist von der Straße abgekommen, die Autopsie sieht kein Fremdverschulden.

Aber wer hat die ganzen Äste auf das Auto geworfen? Das ist doch einer, der sich schuldig fühlen muss und das Geschehene verdecken will. Vielleicht gibt es einen Mitfahrer, der abgehauen ist, aber wer ist der Typ, der sein Auto an der Unfallstelle geparkt hat? War das Zufall? Ich denke, eher nicht."

Schüler streift sich über seinen Bart, das macht er immer, wenn er angespannt ist.

Er hat einen sehr gepflegten Bart, der schon anfängt, weiß zu werden.

„Deckert, check mal alle BMW-Fahrer, ob wir was in der Strafkartei finden, wir suchen die Nadel im Heuhaufen."

Martin Deckert, der zweite Kommissar, mit niedrigerem Dienstgrad, macht sich sofort an die Arbeit. Er verehrt Hauptkommissar Schüler und es inspiriert ihn, mit ihm zu arbeiten.

In der Strafkartei finden sich viele Kleinkriminelle, die einen älteren schwarzen BMW fahren.

Die Spurensicherung beginnt ihre Arbeit.

DNA-Spuren von außen können wegen des tagelangen Regens keine sichergestellt werden.

Im Inneren des Autos finden die Beamten auf dem Rücksitz einen blutigen Handabdruck.

Nach der Größe des Abdruckes zu urteilen, kann er nicht von der Verunfallten stammen.

Es gilt nun von diesem Blut eine DNA-Probe zu machen und auf einen möglichen Match in der Verbrecherkartei zu hoffen.

*

Ein knurrender Magen und höllische Kopfschmerzen wecken Hoffmann aus seinem Tiefschlaf. Er hat den ganzen Tag im Bett gelegen.

Er zwingt sich aufzustehen, seine Glieder schmerzen. Schwach schlurft Hoffmann unter die Dusche, er muss sich zusammennehmen, um weiterzumachen.

Als er angezogen ist, macht er sich auf den Weg, er möchte essen gehen.

Er überlegt nicht lange und fährt zum Restaurant »Casablanca«, wo er mit Kubi einmal zu Mittag gegessen hat.

Als er eintritt, erkennt ihn die Wirtin sofort wieder. Herzlich begrüßt sie Hoffmann und bringt ihn an einen schönen Tisch.

Hoffmann bestellt sich eine Pizza Frutti del Mare und eine Flasche Rotwein.

Die nette Wirtin bringt Weißbrot und Knoblauchdipp als kleine Vorspeise.

Hoffmann genießt das Essen in vollen Zügen, es ist fabelhaft. ‚Geschmack hat der Kubi‘, denkt Hoffmann. ‚Hier könnte ich auch öfter mal hin, warum eigentlich nicht?‘

Der Wein lockert Hoffmann auf, gesellig kommt er mit einer Gruppe von Geschäftsleuten ins Gespräch. Das Gespräch ist völlig unbedeutend und doch gibt es Hoffmann ein Stück Normalität zurück, wenn es die überhaupt je wieder geben wird.

„Chef, ich habe sämtliche registrierte BMW-Fahrer gecheckt und habe kein Ergebnis, sind halt Vorbestrafte mit Drogen und Prügeleien."

„War schon klar, wir werden nie den einfachen Weg haben, wir müssen noch mal zu dem Unfallort, vielleicht finden wir noch Spuren", stellt Kommissar Schüler fest.

Schüler schweigt während der Fahrt und Deckert versucht eine logische Erklärung für den Tod von Nathalie zu finden.

„Wenn der Täter die Äste nicht auf das Auto geworfen hätte, würden wir doch von der Mordkommission nicht ermitteln, warum hat der Täter das gemacht? Ich kann das nicht verstehen."

„Schuldgefühle. Derjenige, der die Äste auf das Auto geworfen hat, fühlt sich schuldig.

Vielleicht hatte Nathalie einen Geliebten, der nicht wollte, dass sie schon früher gefunden wird, oder eine Person hat Schuld daran, dass sie mit hoher Geschwindigkeit in den Wald gefahren ist, bedenke, die hat mindestens achtzig Kilometer draufgehabt, als sie in den Wald bretterte.

Jemand hat Schuld und ein schlechtes Gewissen, deshalb versucht die Person diese Schuld zu verdecken, um sein Leben normal weiter zu leben und nicht erinnert zu werden an das, was passiert ist."

„Chef, du bist genial, jetzt müssen wir nur noch ein paar Hinweise kriegen. Was meinst du, was für ein Mensch der Täter ist?"

„Bestimmt ein stinknormaler Mensch, ich glaube, es war ein Mann, da die schweren Tannenzweige für eine Frau zu groß gewesen wären."

Die Kripobeamten kommen an dem noch abgesperrten Waldstück an.

Ein Auto fährt langsam an die Stelle, an der die beiden Kripobeamten stehen.

Deckert erkennt den Zeugen Pirske wieder, der Mann, der ein geparktes Auto mit offenem Kofferraum an genau dieser Stelle in einer verregneten Nacht stehen sah. Schüler hat ihn für heute noch einmal hierherbestellt.

Schüler steigt aus und begrüßt Pirske mit ernstem Gesichtsausdruck.

„Hören Sie, es ist jetzt verdammt wichtig, dass Sie mir alle Details genau berichten, die Sie gesehen haben, wir sind hier, um ein Verbrechen aufzuklären, bei dem eine junge Frau ihr Leben verloren hat."

Pirske räuspert sich, die Situation ist ihm sichtlich unangenehm, dieser Kommissar ist ein großer Typ, der keine Zeit zu verlieren hat.

„Ja, also eigentlich habe ich tatsächlich letzten Dienstag, als ich von einer Bürgerversammlung auf dem Weg nach Hause war, etwa um 0.20 Uhr an genau dieser Stelle", Pirske zeigt mit dem Finger auf eine Stelle, etwa zwanzig Meter entfernt, „gesehen, dass dort ein geparkter Wagen, ich schätze, es war ein alter BMW, mit offenem Kofferraum stand."

Alle laufen exakt zu der Stelle, an der das Auto gestanden haben soll.

Pirske erklärt weiter: „Ich wunderte mich, Herr Kommissar, denn die Scheinwerfer am Auto waren an und der Kofferraum war sperrangelweit geöffnet, trotz dieses Starkregens, es sah so aus, als ob etwas passiert war, deshalb fuhr ich langsam an dem Auto vorbei und sah, dass die Fahrertür offenstand. Ich dachte, dass jemand vielleicht dringend mal musste. Um ehrlich zu sein, dieser Anblick machte mir auch ein bisschen Angst, deshalb beschloss ich weiterzufahren."

„Sie haben ein Gefühl gehabt, dass da etwas nicht stimmen kann, warum haben Sie nicht sofort die Polizei verständigt?

Kein Mensch kann Ihnen übelnehmen, dass Sie Angst gehabt haben, weil die Situation so merkwürdig war, aber einfach weiterfahren, als ob gar nichts wäre, ist feige. Vielleicht hätte man die Frau noch retten können, wenn sie die Polizei gerufen hätten."

Pirske fühlt sich angegriffen, dafür hat er die Aussage ganz bestimmt nicht gemacht, er wollte helfen, hat sich gemeldet, aber dass er nun auch noch zurechtgewiesen wird, gefällt ihm ganz sicher nicht.

„Herr Kommissar, Sie wissen doch gar nicht, ob der BMW-Fahrer überhaupt etwas mir der Sache zu tun hat."

„Richtig, Pirske, jetzt natürlich nicht, fahren Sie nach Hause, ich brauche Sie hier nicht mehr."

Pirske zieht beleidigt ab, Schüler denkt nach.

„Chef, vielleicht hat der BMW-Fahrer wirklich nichts damit zu tun, es könnte ja sein, dass er mal musste."

„Ja, bestimmt, deswegen hat er bei strömenden Regen den Kofferraum und die Fahrertür aufgelassen, weil er mal musste."

Schüler schüttelt seinen Kopf. „Deckert, ich bin mir sicher, absolut sicher, dass der BMW-Fahrer in die Sache involviert ist. Er war ganz sicher unter akutem Stress, deswegen hat er Kofferraum und Fahrertür aufgelassen, vielleicht hat er im Kofferraum etwas Bestimmtes gesucht, wir sind ganz nah dran, Deckert, ich kann den Typen schon riechen, hier hat er gestanden, genau hier."

*

„Herr Hoffmann, da sind Sie ja, wir haben uns schon richtig Sorgen um Sie gemacht, bitte kommen Sie in mein Büro." Frau von Wolf möchte nun wissen, was Hoffmann belastet.

Hoffmann lässt sich auf ein Gespräch mit seiner Chefin ein. Er denkt sogar kurz darüber nach, sich ihr ganz anzuvertrauen. Wie schön wäre es, dieser Frau, die er so begehrt, der er so vertraut, alles zu beichten. Es wäre eine solche Erleichterung, sie würde eine Antwort haben, eine kluge Antwort und Hoffmann würde tun, was sie ihm riete. Aber die vertraute, angenehme Atmosphäre platzt wie eine Seifenblase, als Kubi zum Gespräch dazukommt. Er setzt sich einfach frech neben Frau von Wolf, möchte ebenfalls wissen, was los ist. Kubi kann nur eines, nämlich alles zerstören.

Hoffmann begibt sich auf Abwehr und in den Verteidigungsmodus.

„Mensch Hoffmann, was ist denn dir für eine Laus über die Leber gelaufen, ist deine Alte durchgebrannt, oder was?", fragt ihn Kubi in seiner plumpen Art.

„Herr Kubi, hören Sie damit auf. Herr Hoffmann, bitte sagen Sie uns, was Ihnen durch den Kopf geht, irgendetwas muss Ihnen doch passiert sein, bitte vertrauen Sie uns, wir möchten Ihnen helfen. Wir brauchen Sie hier doch.

Haben Sie Schwierigkeiten in Ihrer Ehe?" Frau von Wolf erwartet eine Antwort.

Hoffmann steht auf, lächelt gequält … „Ich bin nur ein wenig überarbeitet gewesen, da habe ich mir die Freiheit genommen, einen Tag Urlaub zu machen, ist das etwa verboten? Herr Kubi kommt doch auch immer dann, wenn er Lust hat. Was soll denn mit mir nicht stimmen? Da stimmt alles, ich muss heute noch zu Frau Habermann, habe dort ein Kellergutachten zu erstellen, haben Sie sonst noch Fragen, Frau von Wolf?"

„Herr Kubi, bitte gehen Sie doch schon mal in Ihr Büro."
Frau von Wolf lächelt sanft zu Kubi, fast entschuldigend.

Kubi steht auf und geht kopfschüttelnd aus dem Raum.

„Herr Hoffmann, Sie können mir nicht weismachen, dass alles in Ordnung ist, warum können Sie nicht ehrlich zugeben, was Sie belastet, wir alle haben doch mal Probleme.

Sie sind nicht Sie selber, ich kenne Sie seit Jahren, bitte verkaufen Sie mich nicht für dumm. Und noch etwas, ich brauche Sie hier klar und aufmerksam, wie sonst auch. Ausbrüche und Schreiereien dulde ich unter keinen Umständen mehr.

Wenn Sie sich nicht helfen lassen wollen, dann müssen Sie alleine mit allem fertig werden, aber ich brauche hier auf der Arbeit einen klar denkenden Herrn Hoffmann, ich hoffe, Sie haben mich verstanden."

Hoffmann läuft ein kalter Schauer über den Rücken, hier geht es nicht um ihn, nein, es geht einzig und allein um seine Arbeitskraft.

Er darf nach zwanzig Jahren in der Firma, der er stets treu gedient hat, keinen Durchhänger haben. Er muss funktionieren. Hier geht es nicht um echte menschliche Anteilnahme, sondern um den reibungslosen Ablauf des täglichen Geschäftes.

Hoffmann erkennt in diesem Moment, dass er rein menschlich hier niemandem wichtig ist. Er wäre schnell zu ersetzen. Frau von Wolf hätte keine Probleme damit, ihn kurzfristig gegen einen anderen auszutauschen. Austauschbar, das ist er, austauschbar in nur einer Minute!

Müde bedankt sich Hoffmann bei Frau von Wolf für das Gespräch. Er wird wieder zu dem devoten Kollegen, der immer für alle da ist. So und nicht anders wird sein Verhalten gewünscht. Aber alle anderen irren sich, in Hoffmann brodelt es. Er will nicht mehr dieses schreckliche, verlogene Leben. Hoffmann kann nicht mehr, er ist ein anderer geworden, das wird ihm just in diesem Moment klar.

Als Hoffmann die Tür zu seinem Büro schließt, schaut er in den Spiegel, er hängt über seinem kleinen Waschbecken. Er sieht Augen, die Augen eines Mörders. Sein hageres Gesicht ist gezeichnet, harte Falten geben seinem Mund einen strengen Zug und seine tiefen Stirnfalten lassen ihn zornig aussehen. Er ist ein zorniger Mann geworden, ein alter, zorniger Mann.

Kubi spricht leise mit Frau von Wolf, beide lachen. Hoffmann öffnet leise seine Bürotür, er möchte alles genau hören, was die anderen über ihn reden, doch er hört alle nur lachen. Sie lachen über ihn, da ist er sich ganz sicher. Es ist wie immer, in seinem tiefsten Inneren leidet Hoffmann wie ein geschundener Hund, ein Hund, den man fortwährend quält und tritt, ein Hund, der alt und schwach geworden ist.

Hoffmann will kein Hund mehr sein. Er hat genug.

Am Nachmittag fährt Hoffmann zu Frau Habermann in die Neubausiedlung. Ihr Keller soll angeblich feucht sein und schon schimmeln. Das wäre natürlich fatal bei einem Neubau, da alle Häuser zwanzig Jahre Garantie haben. Hoffmanns Aufgabe besteht nun darin, den Schaden zu minimieren und sofort zu handeln, um seine Firma zu schützen.

Er macht dann immer Wandproben, um zu erkennen, ob die Feuchtigkeit nur oberflächlich besteht oder aber schon tief im Mauerwerk sitzt, was ziemlich unwahrscheinlich wäre.

In diesem Fall erscheint es Hoffmann so, dass der gezeigte Keller extreme Feuchte zeigt, erste schwarze Stellen, die Anzeichen für Schimmel sind zu erkennen.

Er nimmt Wandproben und füllt sie in einen Behälter. Bei seiner Arbeit trägt er Handschuhe.

Die Kunden vertrauen Hoffmann, er erscheint allen gründlich, genau und fachmännisch.

Der Grundwasserstand in diesem Gebiet ist hoch, hier handelt es sich um ein ehemaliges Moorgebiet, entsprechend haben alle Häuser bei ihrem Bau modernste Drainagen erhalten.

Doch es kann vorkommen, dass eine übliche Drainage, eine Ringdrainage, nicht ausreicht, um dem starken Wasserdruck standzuhalten.

Häuser, die gegebenenfalls tiefer stehen, laufen eher Gefahr, dass trotz Drainage Wasser in die Wand gelangt. Das müssen keine großen Massen sein, aber der ständige Kontakt kann die Wände empfindlich belasten.

Die Kunden wissen um die Gefahren und sind aufgeklärt worden.

Hoffmann nimmt die Proben und verabschiedet sich etwas mürrisch von Frau Habermann. Seine Arbeit macht ihm nicht besonders viel Freude.

Er muss einfach immer alles nachbessern, egal, ob es um Immobilienrechte oder Hausschäden geht, es sind unangenehme Angelegenheiten, die jeder gerne beiseiteschiebt.

‚Warum kann ich nicht positive Dinge tun, so wie Kubi?', denkt Hoffmann. ‚Einfach eine Menge Kohle verdienen, ein bisschen Scheiße erzählen, mittags essen gehen, abends noch einen drauf machen, dann am nächsten Tag erst um 11 Uhr im Büro erscheinen.

Am Monatsende so viel Kohle auf dem Konto, dass man sich einfach viele Wünsche erfüllen kann.'

Hoffmann lächelt, er überlegt, welche Wünsche er hat:

‚Ein größeres Haus, ohne kleinbürgerliche Nachbarn, eine schöne Reise in die Karibik, hochwertige Anzüge, einen Maserati ...'

„Träume, nur blöde Träume", sagt Hoffmann halblaut vor sich hin, steigt in seinen alten BMW und fährt los.

Im Büro angekommen, wartet schon Frau von Wolf auf die Berichterstattung wegen Frau Habermann. Frau von Wolf ist viel daran gelegen, Probleme möglichst schnell zu lösen, um selber keinen Schaden tragen zu müssen. Die Fusionierung mit dem Bauträger hat ihr viel Geld eingebracht, aber der Druck und die Verantwortung sind erheblich gestiegen. Es ist bereits später Abend. Frau von Wolf ist nur noch alleine im Büro.

„Und, Herr Hoffmann, wie ist es gelaufen, haben Sie Proben entnommen?"

„Ja, es sieht nicht gut aus, ich schätze, es könnte ein größeres Problem sein, das Haus steht an dieser Stelle ziemlich tief, das erklärt die Feuchtigkeit."

„Herr Hoffmann, ich weiß, wo das Haus steht, was können wir hier machen?"

„Schätze, wir müssen eine stärkere Drainage ziehen."

„Sind Sie verrückt, eine neue Drainage bedeutet, dass wir das Haus noch einmal ausgraben lassen müssen, das kostet zehn Mille, haben Sie sonst noch Wünsche?!"

„Ich denke, dass dies die billigste Variante ist, denn es ist schon Schimmel aufgetreten."

„Ach, Scheiß drauf, finden Sie einen anderen Weg, die Käufer haben von dieser Lage gewusst, dass der Wasserstand hier höher ist, deshalb ist der Preis ja so günstig gewesen, im Gegensatz zu den anderen Häusern."

„Schimmel bedeutet Garantienachbesserung, da kann ich auch nichts Besseres finden", sagt Hoffmann lakonisch.

Frau von Wolf geht auf Hoffmann zu, ist ganz nah, ihr Gesicht wird ernst und düster, so hat Hoffmann seine Chefin noch nie gesehen.

„Hören Sie, Hoffmann, wenn Sie nicht mehr in der Lage sind, Probleme zu lösen, habe ich hier den Eindruck, Sie wollen mich auflaufen lassen, Ihnen ist alles scheißegal, das werde ich Ihnen nicht erlauben!"

Hoffmann schnürt es die Kehle zu, er ist seit Jahren in seine Chefin verliebt, hat treu alles für sie und die Firma getan, tausende von Überstunden gebuckelt, ohne je einen Ausgleich dafür zu bekommen.

„Ich verstehe nicht, ich habe doch für Sie immer alles getan, habe Sie vor allem, was die Firma bedroht hat, beschützt, habe Sie aus dem Dreck gezogen, den Sie und Ihre Mitarbeiter verursacht haben."

„Mich aus dem Dreck gezogen … ich höre wohl nicht richtig, meistens war Ihre Arbeit so einfach, dass mein zehnjähriger Neffe das auch gekonnt hätte.

Sagen Sie, Herr Hoffmann, wann haben Sie das letzte Mal geschwitzt, ich meine, so richtig geschwitzt. Sie haben doch nicht wirklich jemals alleine für irgendetwas die Verantwortung übernommen. Sie durften immer in meinem Namen arbeiten, denn ich habe meinen eigenen Arsch immer für alle hingehalten. Welche Konsequenzen hatten Sie denn zu tragen, wenn etwas schieflief? Natürlich keine, die Konsequenzen trage ich.

Haben Sie jemals überlegt, wie viel Geld ich in diesen Laden investiert habe und jeden Tag neu investiere?

Welche Risiken tragen Sie, Herr Hoffmann, welche Sorgen haben Sie, ich wüsste es wirklich gerne, denn ich habe den Eindruck, dass Sie hier eine ziemlich ruhige Kugel schieben und jeden Monat pünktlich Ihr Gehalt empfangen. Sorgen, so etwas kennen Sie doch nicht wirklich."

„Hören Sie auf, ich bitte Sie, hören Sie auf damit."
Hoffmann hält sich die Ohren zu.

„Ich werde jetzt erst warm, mein Lieber, Sie haben doch noch nie einen erhöhten Blutdruck erlebt, Angst gehabt, keine Pipiangst, richtige Angst, die einem die Kehle abdrückt.

An dieser Angst wachsen wir, Herr Hoffmann, wussten Sie eigentlich, dass wir, je mehr wir denken, nie wieder aus dem Schlamm zu kommen, desto mehr Kraft entwickeln? Wir lernen Strategien kennen, von denen wir nie geglaubt hätten, dass es die wirklich gibt. Sie haben sich deshalb nicht weiterentwickelt, weil Sie ein gottverdammter Feigling sind. Lieber klein sein und immer schön nach der Decke strecken. Aus diesem Stoff sind Versager nun mal gemacht. Ich schäme mich für Sie, ja, ich schäme mich für Sie, Sie sind eine Witzfigur. Ich kann mit Witzfiguren nichts anfangen, gehen Sie nach Hause!"

Frau von Wolf lacht, sie lacht laut, es ist ein zynisches, hässliches Lachen.

Hoffmann steht tief gedemütigt vor seiner Chefin. Sein Herz schlägt ihm bis zum Hals. Ein nie gekanntes Gefühl wächst im tiefsten Inneren seines Herzens. Es ist ein dumpfer Schmerz, der übermächtig zu werden droht. Hoffmann schnappt nach Luft, doch der Sauerstoff kommt nicht an. Er fängt an zu schwitzen, kratzt sich an seinem Kopf. Seine Hände sind nass.

„Ich habe eine Frau umgebracht, brutal und rücksichtslos. Danach hat es mir die Kehle zugedrückt, Sie haben das schon gut beschrieben, Frau von Wolf, sehen Sie, ich kenne das Gefühl, haben Sie das von mir gedacht?"

Seine Chefin geht einige Schritte zurück, versucht an ihre Tasche zu gelangen … sie muss ihr Handy finden … sie muss hier raus.

„Hey!", schreit Hoffmann, seine Stimme hat eine Lautstärke, die in den leeren, dunklen Büroräumen widerhallt.

„Lassen Sie Ihre Tasche los, sofort!" Hoffmann schlägt ihr die Tasche aus der Hand.

Frau von Wolf steht völlig verängstigt in einer Ecke. Ein Streit, ein Wutausbruch hat sie in eine lebensbedrohliche Situation gebracht.

Sie überlegt fieberhaft, wie sie dieser schrecklichen Lage entkommen kann, sie sucht nach einer Strategie.

„Herr Hoffmann, bitte kommen Sie doch zur Vernunft, Sie sind jetzt sehr aufgebracht und aufgeregt, weil ich auch aufgeregt und ungerecht zu Ihnen war, ich weiß, Sie haben niemanden umgebracht, lassen Sie uns was trinken, bitte, nehmen Sie doch Platz, hier in meinem Büro machen wir es uns gemütlich."

Hoffmann steht bewegungslos im Raum, er hat einen Blick in den Augen, der Frau von Wolf einen eiskalten Schauer über den Rücken jagt.

„Wussten Sie eigentlich, dass ich Sie liebe, wussten Sie das? Haben Sie je gefühlt, wie ich mich nach Ihnen sehne, wie ich mich verzehre, wie ich leide. Ich habe so gelitten, all diese Flirtereien mit diesem beschissenen Kubi, diesem gottverdammten Arschloch. Wie konnten Sie ihn vorziehen? Einen ungebildeten Proleten, einen asozialen Schmarotzer, ein Nichts!"

Hoffmann schreit die letzten Worte aggressiv in den Raum. Gabi von Wolf zuckt erschrocken zusammen. Sie weiß, dass sie in großer Gefahr schwebt, und versucht, Hoffmann zu beruhigen.

„Sie haben mir Ihre Gefühle nie mitgeteilt, ich dachte, Sie sind glücklich verheiratet."

„Geht dich nichts an, mein verdammtes Leben ist meine Sache."

Hoffmann verliert in seiner Sprache und seinem Verhalten jeglichen Respekt vor seinem Gegenüber. Es treiben ihn innere Instinkte an, Instinkte, die niemand jemals erahnt hätte. Dieser Mann ist nicht Uli Hoffmann, der nette Mann von nebenan, der Mann, der den Erwartungen aller entspricht, die ihn kennen.

Frau von Wolf bettelt in extremer Angst um ihr Leben:

„Bitte, Herr Hoffmann, warum behandeln Sie mich so schrecklich, machen mir Angst, ich glaube ja fast, dass Sie mich umbringen wollen, ich haben habe Ihnen nichts getan, wenn ich Sie verletzt habe, dann entschuldige ich mich dafür, aber bitte lassen Sie mich gehen, ich möchte nach Hause." Frau von Wolf schaut Hoffmann flehend an.

Er geht auf sie zu und schaut sie an, dann umarmt er sie, beginnt sie zu küssen.

Frau von Wolf versucht den intensiven Küssen zu entgehen, neigt ihren Kopf angewidert zur Seite.

Hoffmann schlägt ihr ins Gesicht, sie fällt um, atmet schnell und hyperventiliert.

Hoffmann ist erschrocken, er beugt sich zu ihr auf den Boden und hebt sie sanft hoch, er umarmt sie, er flüstert heiser: „Ich wollte dich nicht schlagen, verzeih mir, ich liebe dich, ich liebe dich, ich begehre dich so sehr." Er fühlt eine plötzliche Erregung, die ihn schwindelig werden lässt. Es fühlt sich gut an, diese Frau im Arm zu halten, diese von Wolf hat eine zarte Haut und sie riecht atemberaubend.

Hoffmann atmet schwer, beginnt hastig, Gabi von Wolf zu küssen. Er drückt sie eng an sich, sein Opfer hat weit aufgerissene Augen, sie überlegt fieberhaft, wie sie sich befreien kann. Hoffmann stöhnt laut, er leckt Frau von Wolf über ihre Lippen, leckt über ihre Ohren. Er greift grob nach ihren Brüsten, reißt ihre Bluse auf und knetet brutal ihre Brüste. Frau von Wolf schreit auf vor Schmerzen, für Hoffmann fühlt es sich nach Lust an, er greift nach ihren Lenden. Seine Chefin dreht sich schmerzerfüllt zur Seite, um den brutalen Griffen zu entgehen. Hoffmann dreht Gabi von Wolf wieder in die richtige Position, reißt ihren Rock und den Slip herunter und vergewaltigt sie brutal. Gabi von Wolf wimmert vor Schmerzen und Ekel. Hoffmann stößt schwer zu und schreit auf vor Lust.

„Jetzt weißt du, wie ein Mann sich anfühlt, du kleine Schlampe."

Gabi von Wolf bleibt liegen, hofft, dass es nun vorbei ist. Heiser flüstert sie:

„Lass mich gehen, ich werde schweigen, niemand erfährt von unserem kleinen Geheimnis, bitte, ich muss noch einkaufen gehen, komm Uli, geh doch einfach mit einkaufen, wir beide, wir kaufen ein."

„Nein, meine Liebe, du willst mich verarschen, wie immer, jetzt wird gemacht, was ich sage. Wir müssen nicht einkaufen, wir können was bestellen, Chinesisch oder Pizza, du kannst entscheiden."

Gabi von Wolf wittert eine Chance zu entkommen.

„Ja, ich liebe Chinesisch, das wäre jetzt toll."

Hoffmann setzt sich zu ihr auf den Boden, legt den Arm um sie und greift nach dem Telefonbuch.

„Wir werden jetzt speisen wie Könige, denn guter Sex macht hungrig, nicht, Gabi?" Hoffmann blättert im Telefonbuch, kann aber nichts finden. Wütend schmeißt er das Buch in die Ecke.

Frau von Wolf schlägt vor, den Chinesen anzurufen, der in ihrem Handy gespeichert ist.

Zitternd sucht sie ihre Handtasche, die nach dem Gerangel auf den Boden gefallen ist. Hoffmann reicht ihr grinsend die Tasche.

„Danke", haucht die zu Tode verängstigte Frau.

Sie greift nach ihrem Handy und versucht die Nummer ihres Lieblingschinesen zu finden. Der gestiegene Adrenalinspiegel macht es ihr schwer, ruhig und konzentriert zu handeln.

Sie zittert unentwegt, kann die Nummer dann aber finden. Den Blick auf Hoffmann gerichtet, fragt sie, was er essen möchte,

„Alles, die Speisekarte rauf und runter, bestelle alles",
schreit Hoffmann wie ein Irrer in den Raum. Die lauten,
aggressiven Schreie lassen Gabi von Wolf
zusammenzucken.

Sie ruft an, bestellt wahllos ein paar Menüs und gibt die
Lieferadresse an.

Ein wenig Hoffnung keimt in ihr auf.

Hoffmann schaut lüstern zu ihr hinüber. Er kriecht auf
dem Teppich dicht an sie ran. Er berührt ihr Haar, riecht
an ihr, umarmt sie, hält sie fest im Griff und beginnt sie
zu streicheln.

Doch das Streicheln fühlt sich für Gabi von Wolf wie die
Berührung einer haarigen Tarantel an, es fühlt sich
widerwärtig an. Sie möchte Hoffmanns lange Finger
nicht mehr an ihrem Körper fühlen, sie möchte ihn am
liebsten umbringen.

„Ich bin schon wieder geil und wessen Schuld ist das, du
kleines Luder? Willst wohl schon wieder ficken, Gabi?
Gabi, du bist die beste Hure auf dieser Welt. Mal im
Ernst, du könntest richtig Geld machen, du machst jeden
Typen geil, den Kubi hast du ja auch schon verwöhnt,
überleg mal, der ist doch bestimmt zwanzig Jahre jünger
als du?

Unglaublich, was du bei mir ausgelöst hast, von der ersten Minute an, als ich dich das erste Mal gesehen habe, wollte ich dich, so sehr."

Wieder und diesmal noch brutaler bemächtigt sich Hoffmann des Körpers der Gabi von Wolf.

Er beißt sie in die Brust und ins Gesicht, Gabi von Wolf wimmert vor Schmerzen, zu schreien traut sie sich nicht. Hoffmann erscheint immer unberechenbarer. Die Tortur dauert lange dreißig Minuten, für sie eine Ewigkeit in der Hölle.

Als Hoffmann fertig ist, wäscht er sich sein Gesicht, immer seine Chefin im Blick.

Der Anblick von Hoffmanns hagerem und nacktem Körper lässt Gabi von Wolf erschaudern, sie hätte jetzt gerne eine Waffe …

Da klingelt es. Gabi erwacht zu neuem Leben, blitzschnell steht sie auf, hält ihre Kleider vor ihren nackten Körper und rennt zur Tür. Hoffmann schneidet ihr den Weg ab, er greift nach ihrem Arm. Die arme, panische Frau versucht ihn in den Arm zu beißen, doch Hoffmann verdreht ihr den Arm. Gabi von Wolf schreit vor Schmerz laut auf, dann schreit sie ein weiteres Mal. Hoffmann drückt sie brutal auf den Boden, legt seine riesige Hand auf ihren Mund und drückt zu, mit aller

Kraft versucht er zu vermeiden, dass aus ihrem Mund auch nur noch ein Ton herauskommt.

Der nächste, schrille Schrei erstickt in seiner Hand. Es klingelt erneut und klopft an der Eingangstür.

Hoffmann hält in Panik inne, hält sein Opfer fest im Griff.

Gabi von Wolf zappelt wild hin und her, Hoffmann drückt sie mit aller Kraft zu Boden. Er atmet schwer, es ist anstrengend, eine erwachsene Frau im Zaum zu halten.

Es klopft wieder an der Tür, ein lautes eindringliches Klopfen. Der Lieferant möchte endlich sein chinesisches Essen ausliefern.

Nach weiteren drei Minuten fährt er wieder fort.

Hoffmann lacht auf, lässt Gabi von Wolf los, die schlaff neben ihm hinfällt.

„Du meinst wohl, du könntest mich austricksen, aber ich bin dir lange voraus, meine Liebe."

Hoffmann schaut auf Gabi von Wolf. Die liegt leblos und mit offenen Augen auf dem Boden.

„Gabi, Gabi!", schreit Hoffmann.

Gabi von Wolf ist tot, elendig erstickt unter den großen und erbarmungslosen Händen Hoffmanns.

Stumm und fassungslos schaut Hoffmann auf seine tote Chefin, seine große Liebe, die Frau, von der er immer geträumt hat.

Sie liegt wie ein kleines Häufchen Elend auf dem schönen roten Teppich, ihre Augen sind weit geöffnet, an ihren Lippen klebt Blut, sie wollte so gerne leben. Hoffmanns Lippen zittern, Wehmut steigt in ihm auf, das hat er nicht gewollt, aber es ist darauf hinausgelaufen. Aus der Sache wäre er nicht mehr rausgekommen. Auf einmal grinst er: „Ich wollte das nicht, ups, Déjà-vu." Er erkennt, dass er aus Versehen die zweite Frau getötet hat. Er ist ein Doppelmörder, das ist ihm jetzt schlagartig klar.

„Die hochnäsigen Frauen wollen in ihrer arroganten Art alles besser wissen, wollen Männer wie mich verarschen, auslachen und verachten. Ich mache alles für eine Frau, alles. Selbst schuld, du bist selbst schuld, dass du tot bist." Hoffmann schreit die letzten Worte in den Raum.

Gabi von Wolf kann sie nicht mehr hören.

Hoffmann sieht sich um, das ganze Büro ist ein einziges Schlachtfeld.

Überall ist seine DNA verbreitet.

Es ist ihm in diesem Moment völlig egal, er hat nichts mehr zu verlieren. Er ist ein Doppelmörder.

Hoffmann zieht sich an, er lässt sich bei allem viel Zeit. Er kämmt sich die Haare, betrachtet sich im Spiegel. Er grinst sich selber an.

Es ist ein selbstgefälliges, diabolisches und krankes Grinsen.

Hoffmann läuft durch die Büroräume, er öffnet Kubis Büro.

Alles wirkt aufgeräumt und ordentlich. Eine Golfkugel liegt auf dem Schreibtisch. Hoffmann zieht die Schubladen auf. Er findet die Flasche eines edlen Parfums aus dem Hause Prada.

Hoffmann sprüht ein wenig auf seine Hand. Das Parfum riecht edel und teuer. Er sprüht sich ein, dann legt er das Parfum zurück. ‚Ich bin schließlich kein Dieb', denkt er.

Dann zieht er die nächste Schublade auf, in einem kleinen, feinen Kästchen liegen ein paar Zettel. Es sind Adressen von Frauen, die letzte Adresse ist merkwürdig und klingt ausländisch.

Dort steht: Mrs Denise Richmond, 1554 Oakwood Drive, 77023 Houston, Texas.

„Kubis Cousine". Hoffmann steckt den Zettel ein.

Er beschließt zu gehen.

Grinsend geht er ohne Hast durch das Büro, öffnet alle Türen, dann geht er an der toten Gabi von Wolf vorbei und hält inne. Er geht neben der Leiche in die Knie.

„Gabi, du bist so dumm, es hätte alles so schön sein können, ich hätte dich glücklich gemacht, Kubi hat dich doch im Stich gelassen, du warst immer unglücklich, vielleicht ist dein Tod das Beste, was dir passieren konnte. Jetzt bist du frei, hast keine Schmerzen mehr."

Er versucht die Tote aufzurichten, sie ein letztes Mal zu umarmen, doch er kann die leblose Frau nicht halten, sie fällt auf ihre Knie, in eine sitzende aufrechte Position. Ein makabres Bild.

Unbeeindruckt verlässt Hoffmann das Büro. Er blickt noch einmal zurück, dann verschwindet er.

Er ist sich recht sicher, dass in den nächsten Stunden niemand ins Büro kommt.

Er hat Zeit, sein neues Leben zu planen.

*

Am Sonntagabend stehen vier Polizeiwagen in der Kieler Innenstadt. Das Blaulicht blinkt aufdringlich, hier weiß jeder, da muss etwas Schlimmes passiert sein. Menschenmassen sammeln sich vor der Einkaufspassage.

Die Eingangstür zur Immobilienfirma »Traum Residenz« wird von der Polizei bewacht, niemand soll dort hinein.

Kommissar Schüler steht vor der toten Gabi von Wolf, sie befindet sich in einer merkwürdigen Position, sitzend, auf ihren Knien, ihre Beine nach hinten eingeknickt, der Körper halb aufrecht, die Leichenstarre hat bereits eingesetzt.

Ein Bild des Grauens. Deckert senkt seinen Blick.

Schülers Mobiltelefon surrt, er geht sofort dran. Es ist Weißhaar, die Staatsanwältin Beate Grämelein. Sie wird von allen Kollegen so genannt, weil ihr Haar schon mit Anfang fünfzig schneeweiß geworden ist. Es hat sie nie gestört und ständiges Färben ist nicht ihre Sache. Sie ist eine ruhige und entspannte Person. Doch manche Kriminalbediensteten mögen sie nicht, da sie ihre Entscheidungen nicht leichtfertig trifft. Schüler jedoch schätzt sie sehr, denn sie hat wie er gute Instinkte.

„Hör zu, Manfred, wir schicken die Spurensicherung zu dir und du wirst alle Mitarbeiter verhören, aber bitte verhöre das Team nicht im Büro, denn wir werden es versiegeln. Wenn sich eine Spur ergibt, meldest du dich wieder bei mir."

Schüler stimmt dem zu und begibt sich an die Arbeit.

Er geht durch das Büro.

Auf einem Stuhl sitzt der geschockte Kubi, er hat vorgehabt, noch Unterlagen aus dem Büro zu holen, da er am Montag direkt zu seinen Kunden fahren wollte. Er fand seine tote Chefin und frühere Geliebte und hat sofort die Polizei gerufen.

Er zittert am ganzen Leib, weint unkontrolliert. Diesen Anblick wird er sein Leben lang nicht vergessen.

„Wer ist denn dieser Schönling, Deckert?"

„Er arbeitet hier als Makler, ziemlich erfolgreicher Typ, hat einen 911er vor der Tür stehen."

„Porsche 911er? Scheiße, da kann ich noch hundert Jahre arbeiten, bis ich mir so einen Traumschlitten leisten könnte. Mensch Deckert, verdammt, wir haben den falschen Beruf, wollen wir uns hier bewerben? Häuser kann doch jeder verkaufen."

„Geht nicht, Chef, die Tote ist die Chefin von dem Edelladen."

„War `ne verdammt hübsche Frau, die ist sogar im Tod noch schön."

Schüler betrachtet die Tote. Die Spurensicherung trifft ein. Schüler nimmt Kubi am Arm und bittet ihn, mit aufs Revier zu kommen, um seine Aussage zu machen. Kubi geht sofort mit, er ist froh, vom Ort des Grauens wegzukommen.

Er hält seine Hände vor sein Gesicht, als er an seiner Chefin vorbeiläuft.

„Welche Bestie kann so etwas machen? Jeder mochte Gabi, das kann alles nicht wahr sein, erst Nathalie, jetzt Gabi."

„Welche Nathalie meinen Sie?"

„Na die, die im Auto starb, die kannte ich gut aus der Disco »Pascha«."

Schüler hört aufmerksam zu, das kann doch nur Zufall sein. Nathalie war eine Studentin, hatte mit Immobilien nichts am Hut. Die einzige Verbindung hier ist Kubi. Konnte er etwas damit zu tun haben? Wie ein Mörder wirkt er auf Schüler im ersten Moment so gar nicht. Eher wie ein großspuriger Sprüchemacher mit Erfolg.

Kubi muss seine Fingerabdrücke nehmen lassen, außerdem wird seine DNA über ein Speichelstäbchen von der Wangeninnenseite entnommen, er stimmt sogar einer

103

Blutprobe zu und lässt sich auf mögliche Abwehrspuren, wie Kratzer, untersuchen. Außerdem wird Kubi als Zeuge befragt, z. B. ob Gabi von Wolf Feinde bzw. ob sie einen Freund gehabt hat usw.

Kubi weiß nur, dass er ein kurzes Verhältnis mit Gabi von Wolf gehabt hat. Das gibt er fast angeberisch und bereitwillig sofort zu. Über ihr Leben jedoch weiß er nicht viel zu sagen. Seine Chefin hat sich stets bedeckt gehalten, was private Belange anging.

Schüler weiß instinktiv, dass Kubi mit dem Mord nichts zu tun hat, und doch lässt er keine Möglichkeit offen, dieses Wissen durch Beweise zu erhärten. Er ist letztendlich kein Hellseher.

Früh am nächsten Morgen fährt Kommissar Schüler noch einmal zum Tatort. Er möchte in Ruhe alles absuchen. Er muss etwas finden, das Hinweise auf den Täter gibt. Er öffnet die versiegelte Tür, die Spurensicherung ist ohnehin schon mit ihrer Arbeit fertig.

Im Tageslicht kann man mehr finden als in der Nacht. Er geht in die Hocke, da, wo die Tote saß. Er sucht auf dem Boden alles nach möglichen Spuren ab. Er streift seine Handschuhe über und geht jeden Zentimeter im Büro durch, schaut auf die Schreibtische, kontrolliert die Schubladen. Dann kriecht er den Teppich entlang, fühlt mit seinen Händen nach Anhaltspunkten.

Einbruchsspuren gibt es keine, Gabi von Wolf hat ihren Mörder entweder hereingelassen oder der Täter hatte einen Schlüssel, ist ein Kunde, ein Bekannter oder ein Angestellter. In einer Immobilienfirma ist alles möglich, viele Leute kommen und gehen.

Der Todeszeitpunkt steht aktuell noch nicht genau fest, aber er wird für Samstagabend gegen 21 Uhr angenommen. Das ist eine Zeit, zu der eigentlich kein Kunde mehr vorbeikommt.

Kommissar Schüler kann außer der Unordnung, die dem Todeskampf von Gabi von Wolf zuzurechnen wäre, nichts Außergewöhnliches finden.

Pünktlich um 9 Uhr erscheint Frau Karen Dromer, die Sekretärin der Immobilienfirma im Kommissariat. Ein Aushang der Polizei an der Tür ruft alle Mitarbeiter auf, auf die Kriminalwache Zwei zu kommen. Die Mitarbeiter ahnen von den Vorkommnissen der letzten Nacht nichts.

Deckert bittet sie in sein Büro und klärt sie über die Geschehnisse und den Mord an ihrer Chefin auf.

Frau Dromer hält ihre Hand schockiert vor ihren Mund, sie zittert, kann die Worte nicht glauben, die sie gehört hat.

Mehr und mehr Mitarbeiter trudeln an diesem schönen, sonnigen Tag ein.

Jeder Einzelne wird informiert und verhört, von jedem wird eine DNA-Probe genommen.

Gleich zu Beginn wird davon ausgegangen, dass Gabi von Wolf vergewaltigt worden ist, da sie nackt aufgefunden wurde.

Drei Mitarbeiter fehlen noch: Frank Plauser, ein Makler, Johannes Rener, der Azubi, und Uli Hoffmann, der Gutachter.

Schüler beschließt, die drei Männer aufzusuchen.

Die zahlreichen Verhöre der Mitarbeiter dauern den ganzen Tag.

Der Abend naht, Schüler und Deckert sind erschöpft und hungrig.

Sie entschließen sich, eine Kleinigkeit zu essen.

Ganz in der Nähe ihres geparkten Autos gibt es eine McDonalds-Filiale. Schüler hasst Fast Food, er ist eigentlich ein Gourmet, aber sein Singleleben, das starke Hungergefühl und die Aufgaben, die noch vor ihm liegen, lassen hier keine andere Entscheidung zu.

Die beiden Männer schlingen die Burger in sich rein, dazu gibt es gekühlte Coke.

Satt und mit einem unangenehmen Völlegefühl machen sich die beiden Kommissare auf den Weg zu Frank Plauser.

Als die Beamten klingeln, öffnet eine attraktive Mittvierzigerin die Tür. Sie ist die Ehefrau von Frank Plauser. Höflich bittet sie die beiden Männer in ihr geschmackvolles Reihenhaus hinein. Plauser steht unter der Dusche.

Als er ins Wohnzimmer kommt, wundert er sich darüber, was die beiden Männer von ihm wollen.

Schüler klärt ihn über den Mord an seiner Chefin auf. Plauser reagiert geschockt, er kann nicht fassen, was er hört.

Als Schüler ihn fragt, ob er Kenntnis darüber hat, ob Frau von Wolf Feinde hatte oder jemanden kennt, der ihr Probleme gemacht haben könnte, oder ob sie einen Ex-Freund gehabt habe, der Schwierigkeiten macht, gibt Plauser an, dass er davon nichts weiß. Wie alle anderen Mitarbeiter der Immobilienfirma kennt er das Privatleben seiner Chefin nicht. Ihm ist auch von unzufriedenen Kunden nichts bekannt.

Plauser fragt Schüler, wie es denn jetzt mit seiner Arbeit weitergehe.

Schüler flüstert ihm ins Ohr: „Suchen Sie sich einen neuen Job."

Dann nimmt er von Plauser eine DNA-Probe und verabschiedet sich.

Als die beiden Männer draußen sind, atmet Deckert erleichtert auf. „Nur noch zwei Männer, die befragt werden müssen, dann haben wir Feierabend."

„Wir haben erst Feierabend, wenn dieser Mord aufgeklärt ist", erwidert Schüler mit scharfer Zunge.

Der nächste Mitarbeiter ist der zwanzigjährige Johannes Rener, Azubi im zweiten Lehrjahr.

Schüler klingelt an dem Mehrfamilienhaus. Keiner öffnet die Tür, der junge Mann ist offenbar nicht zuhause.

Schüler und Deckert wollen gerade gehen, als eine junge Frau die Tür doch noch öffnet. Sie wohnt in dem Haus und fragt die Männer, wen sie suchen.

„Wir suchen Herrn Johannes Rener, kennen Sie den?"

Die junge Frau wirkt erschrocken und fragt nach, was denn passiert sei. Im nächsten Moment meldet sich die Türsprechanlage und jemand fragt: „Hallo, wer ist da?"

Die Polizisten antworten schnell, die Tür geht auf. Von ganz oben ruft der junge Mann, dass Schüler und Deckert in den achten Stock laufen müssen.

„Wo ist der Fahrstuhl?", ruft Schüler verzweifelt „Der ist defekt, Sie müssen laufen!", ruft der junge Mann von oben.

Schüler und Deckert stoßen alle Flüche aus, die ihnen einfallen. Schwer keuchend kommen die beiden leicht übergewichtigen und in die Jahre gekommenen Männer oben an.

„Sagen Sie mal, junger Mann, müssen Sie hier noch Miete zahlen, das ist ja Folter, was machen Sie denn, wenn Sie eine Kiste Bier gekauft haben?"

Der junge Johannes Rener lacht, er weiß, wie anstrengend das Treppensteigen ist.

Schüler zückt seinen Ausweis, gibt sich als Kommissar zu erkennen, der junge Rener bittet die beiden Männer ein wenig erschrocken in seine spärlich eingerichtete Wohnung.

Deckert lässt sich in das verschlissene Sofa fallen, Schüler klärt den verängstigten, jungen Mann auf.

Johannes Rener, ein labiler, hochgewachsener junger Mann, fängt an zu zittern. Auf eine derart schreckliche Nachricht war er nicht vorbereitet.

Wenn jemand stirbt, den man kennt, ist das schon schlimm genug, wenn aber jemand ermordet wird, mit dem man täglich gearbeitet hat, entstehen ganz andere Dimensionen der Erschrockenheit, man fällt in einen Schockzustand.

„Wer macht denn so etwas? Das ist doch nicht möglich, die Frau von Wolf ist doch zu allen immer nur nett gewesen." Reners Kinn zittert, er setzt sich auf einen Stuhl, ihm ist schwindelig.

Schüler fasst ihn an die Schulter und fragt, ob er Familie in der Nähe habe.

„Nein, meine Familie lebt in Süddeutschland, in der Nähe von Freiburg."

„Hören Sie, packen Sie Ihre Sachen und fahren Sie nach Hause, Ihre Arbeitsstelle ist jetzt nicht mehr vorhanden, das Büro ist bis auf Weiteres geschlossen."

„Ich wollte immer schon Makler werden, so einer wie der Herr Kubi, der ist bestimmt ein Millionär, bei dem tollen Auto, das er fährt.

Ich möchte hier bleiben, mir gefällt Kiel, ich möchte nicht nach Hause, da ist mein Stiefvater, sie können sich nicht vorstellen, wie das ist, ich meine, bei mir zu Hause.

Ich finde schon eine andere Stelle, Frau von Wolf hat mir heimlich immer Geld gegeben, obwohl sie das nicht musste. Ich komme mit wenig aus."

Johannes Rener fängt an zu weinen. Frau von Wolf war für ihn ein bisschen wie eine Ersatzmutter. Sie hat sich um ihn mit großem Engagement gekümmert. Er fühlte sich auf seiner Arbeitsstelle sehr wohl.

Schüler nimmt den jungen Mann in den Arm, er hat selber einen dreiundzwanzigjährigen Sohn und weiß, wie verletzlich junge Menschen in diesem Alter sind.

„Ich weiß, dass Sie das schaffen, vielleicht fragen Sie die anderen Kollegen, was die jetzt machen, und können sich ihnen anschließen."

Johannes Rener wischt sich die Augen und stimmt entschlossen zu.

Schüler nimmt schnell eine DNA-Probe, dann verlassen die beiden Polizisten die Wohnung.

Schüler hätte sich gerne mehr um diesen Jungen gekümmert, aber dafür ist jetzt keine Zeit, seine Aufgabe ist es, einen Mord aufzuklären.

Nun war nur noch einer auf der Liste: Uli Hoffmann, Gutachter und Rechtsberater der Firma »Traum Residenz«.

Der Abend bricht an. Es wird bereits schon um 17 Uhr dunkel, nun beginnt es auch noch zu regnen.

Deckert fröstelt, er würde am liebsten schon an seinem Kamin sitzen, bei einem gepflegten Bierchen und seinem deftigen holsteinischen Eintopf, den ihm seine Frau heute versprochen hat.

Schüler hat zuhause nichts zu erwarten, er lebt schon seit Jahren alleine, ist ein geschiedener Mann. Sein eintöniges Leben, ein sich immer wiederholender Zyklus, besteht aus einem leeren Kühlschrank, dem übervollen Wäschemuff, einer kalten Wohnung und der erdrückenden Einsamkeit.

Er lebt sein Leben auf der Arbeit, er ist versessen und krankhaft genau in allem, was er tut. Er ist brillant, hat eine achtzigprozentige Aufklärungsrate.

Schüler wird von seinen Kollegen »Der Bluthund« genannt. Keiner arbeitet gerne mit ihm, denn er kennt kein Ende, er wird von einer inneren Kraft getrieben, die nie zu versiegen scheint.

Deckert hat Geduld, er hält die manchmal aggressiven Attacken seines Vorgesetzten, des Hauptkommissars, aus. Er kennt ihn, aber er schätzt seinen Scharfsinn und seine Menschlichkeit, auch wenn die manchmal im Verborgenen liegt.

Aber Deckert kennt seine eigenen Grenzen, ihm fehlen Scharf- und Weitsicht. Aber er kann sich sehr gut Details merken, eine Stärke, die besonders Schüler entgegenkommt.

Als die beiden zum Haus von Uli Hoffmann kommen, sieht es dunkel aus, kein noch so kleiner Lichtschein lässt erkennen, dass jemand zuhause ist.

Schüler und Deckert sind in einem Zivilfahrzeug unterwegs.

Schüler drückt den Klingelknopf, die Klingel schrillt laut durch das Haus, aber es tut sich nichts.

Die Männer wollen gerade fahren, als im Nachbarreihenhaus die Tür geöffnet wird.

Eine kleine, stämmige Frau lugt aus der Türe und fragt die Männer, wen sie suchen.

„Das ist aber nett, dass Sie uns helfen wollen. Kennen Sie Herrn Uli Hoffmann?"

„Wer sind Sie, sein Bruder?" Schüler wollte vermeiden, sich zu erkennen zu geben, aber das lässt sich jetzt nicht mehr ändern. Er zeigt der Nachbarin seinen Dienstausweis.

„Um Gottes Willen, ist seine Frau verunglückt?"

Schüler erkennt, dass diese Frau sehr neugierig ist, vielleicht könnte sie ihm helfen.

„Nein, nein, wir haben nur ein paar Fragen an Herrn Hoffmann, haben Sie ihn heute gesehen?"

„Nein, heute nicht, er ist gestern am späten Abend weggefahren, ich fragte ihn vor zwei Tagen noch, wo denn seine Frau sei, die haben mein Mann und ich einige Tage nicht mehr gesehen.

Aber dieser Hoffmann ist ja so wortkarg, er nickt immer nur, der kriegt seine Lippen nie auseinander, wir wissen bis heute nicht, was mit seiner Frau ist.

Vielleicht hat sie sich von diesem unsympathischen Menschen ja getrennt, mich würde das nicht wundern. Sie hat selten fröhlich auf mich gewirkt und Kinder haben die ja auch nicht.

Frau Hoffmann hat zu mir mal gesagt, dass sie gerne Kinder bekommen hätte. Es hat aber nicht geklappt. Na, bei dem komischen Mann kein Wunder."

Schüler spürt, dass ihm diese Nachbarin nicht weiterhelfen kann, sie ist eine Tratsche, redet einen Haufen Unsinn und stellt Mutmaßungen über Sachverhalte an, anstatt wirklich etwas zu wissen.

Schüler und Deckert bedanken sich und fahren ins Büro.

Dort werden die DNA-Proben verschlossen. Morgen wird Deckert sie ins Labor bringen.

Deckert schreibt noch schnell das Protokoll, dann wirft er schwungvoll seinen Mantel über und verabschiedet sich von Schüler.

Schüler nickt kurz, er ist wieder in seiner eigenen Welt. Er denkt über den Tag nach, versucht alle Charaktere der Mitarbeiter nochmals zu rekonstruieren. Wer hat welche Position? Wer könnte ein Motiv haben? Ist einer der Mitarbeiter ein Wackelkandidat? Wurde Frau von Wolf erpresst? Ging es bei dem Mord auch um Geld und Macht? War der Mörder ein völlig Fremder? War er nur an einem Sexualmord interessiert? Warum musste diese schöne Frau sterben?

Schüler sieht die Tote vor sich, ihre merkwürdige Sitzposition, als ihre Leiche gefunden wurde, ihre verletzliche Nacktheit, ihr schön anmutendes Gesicht.

Er greift in seine Schublade, dort liegt ein Familienbild. Es zeigt Schüler, seine Frau, seine Tochter und seinen Sohn. Alle lachen ins Bild, doch schon damals hat es in seiner Ehe gekriselt. Schüler kannte und kennt nur seine Arbeit. Er hat seine Frau nie unterstützt, nicht bei der Erziehung seiner Kinder, nicht bei Alltagsnöten, es schien, als habe er sie nicht besonders wertgeschätzt. Er hat mit ihr ausschließlich über seine Fälle gesprochen.

Als sie ihn aber verließ, hinterließ sie eine große Lücke in Schülers Leben, er liebte und liebt sie noch auf seine besondere Weise.

Sie hätte aber auch Zeichen gebraucht, die diese Liebe bewiesen hätten.

Die konnte und kann Schüler nicht liefern.

Der Schmerz über das Bild seiner Familie gräbt sich tief in sein Herz, an eine Stelle, die bereits so wund ist, dass sie einer erneuten Verletzung nicht mehr standhalten könnte.

Würde seine Frau diese Wunde sehen, hätte sie den Beweis seiner Liebe und der würde für ein ganzes Leben ausreichen.

Aber viele Menschen haben keinen Zugang zu diesen verborgenen Quellen.

Schüler legt das Bild zurück und geht mit schweren Schritten nach Hause.

*

„Wir landen in zwanzig Minuten, bitte gehen Sie auf Ihre Plätze und schnallen Sie sich an."

Die angenehme Stimme weckt Hoffmann aus einem leichten Schlaf. Er streckt sich, fühlt sich steif und eingerostet nach diesem Langstreckenflug.

Er öffnet seine kleine Tasche, die er sich an den Hüften umgeschnallt hat. Er schaut hinter sich, dann nach links und rechts, sein rechter Nachbar ist zur Toilette gegangen, alle anderen sind mit sich selbst beschäftigt.

Er schaut in sein Portemonnaie und zählt seine Geldscheine. Er hat sein gesamtes Konto über verschiedene Bankautomaten leergeräumt und sein Bargeld von Zuhause mitgenommen. Es ist kein Vermögen, aber Uli Hoffmann könnte hier in Amerika erst einmal untertauchen. Niemand würde außerhalb von Europa nach ihm suchen. Er hat und hatte nie Verbindungen nach Amerika. Hoffmann sieht das Land selber zum ersten Mal.

Kubi hat viel von Amerika erzählt, denn er hat dort viele Verwandte. Von dort kommen auch seine Cowboystiefel und seine Lederjacken. Hoffmann konnte sich an Kubis Erzählungen gar nicht satthören, ihn faszinierte das Land schon immer.

Hoffmann weiß aber auch, dass er dort nur illegal leben kann, ein Zustand, der ihn sehr verängstigt. Aber er hat keine andere Wahl. Ein Leben im Knast wäre für Hoffmann nicht vorstellbar. Den schweren Jungs dort wäre er nicht gewachsen. Seine arrogante Leichtigkeit und Sorglosigkeit nach dem Mord an seiner Chefin waren der nackten Angst gewichen, erwischt zu werden.

Schnell denkt er an die Möglichkeiten, die er als freier Mann jetzt hat.

Das Flugzeug landet in Dallas, Texas, ein Staat, der Hoffmann gefällt.

‚Texas, da gibt es Cowboys und Farmen und womöglich Arbeit für mich', denkt Hoffmann.

Das Flugzeug der »America Airlines« landet sanft. Hoffmann fühlt sich prickelnd erregt.

Im Flughafengebäude muss sich Hoffmann strengen Sicherheitsregularien unterwerfen. Er wird gefragt, aus welchem Grund er in die Staaten kommt. Gut vorbereitet antwortet er, er wolle jemanden besuchen, wolle Urlaub machen. Der grobschlächtige Zollbeamte schaut streng in Hoffmanns Augen, in die Augen eines gefährlichen Mörders. Doch er kann darin nicht lesen, er winkt Hoffmann durch. Aber das war nur die erste Prüfung, bei dem nächsten Zollbeamten steht eine lange Schlange. Hoffmann hofft, dass er da schneller durchkommt. Er kann aus seiner Position einen großen Bildschirm beobachten. Er zeigt das Programm des Senders CNN, unwillkürlich schaut Hoffmann gebannt auf den Bildschirm. Wurde er gesucht, war es aufgefallen, dass er vermisst wird, nein, so schnell konnte es unmöglich gehen. In Hoffmann wirbeln die Gedanken durcheinander. Er zwingt sich, ruhig zu bleiben. Dann kann Hoffmann Folgendes beobachten.

Am Schalter wird ein Mann, der gerade seine Fingerabdrücke abgegeben hat, herausgezogen, ziemlich brutal wird er von zwei Männern in Polizeiuniform in ein separates Büro gebracht.

Hoffmann schwitzt, er merkt, dass sein Herzschlag beschleunigt ist, nein, noch schlimmer, sein Herz beginnt zu rasen, ihm wird übel.

Es dauert eine gefühlte Ewigkeit, bis die Zollkontrolle weitergeht.

Als Hoffmann an der Reihe ist, wirkt sein Gesicht aschfahl, kalter Schweiß bedeckt seinen Körper, aber er wirkt nach außen ruhig und gefasst. Der Zollbeamte verlangt in lauter Sprache nach dem Grund seines Aufenthaltes und der genauen Adresse in den Staaten.

Hoffmann holt einen zerknitterten Zettel aus seiner Hosentasche, die Adresse der Cousine von Kubi, Denise Richmond.

Der Zollbeamte liest lange und ausgiebig den Namen auf der Adresse, dann verschwindet er mit dem Zettel in einen kleinen Raum.

‚Was, wenn er die Frau anruft, dann bin ich geliefert, dann bin ich ein toter Mann', geht es Hoffmann durch den Kopf.

Der Zollbeamte kommt aus seinem Häuschen, reicht Hoffmann den Zettel zurück, durchsucht ihn, tastet ihn ab.

Danach muss er seine Fingerabdrücke abnehmen lassen, das macht ihm noch einmal richtig Angst, denn diese Prozedur dauert einige Zeit, da ein möglicher Abgleich sofort untersucht wird.

Ein Mörder wird immer international gesucht.

Schweiß rinnt seinen Rücken runter, dann endlich wird er erlöst und darf weiter.

Er fühlt sich einem Zusammenbruch nah, seine Beine knicken ein. Er sucht an der Außenwand nach Halt und atmet ein paarmal tief durch. Dann geht es wieder, er muss weiter.

Im Flughafengebäude muss er erst einmal Geld wechseln, damit er in einem günstigen Hotel übernachten kann.

Er findet rasch eine Wechselstube. Zwar kann er dort nicht alles wechseln, aber er wird mit dem Geld eine Zeit lang auskommen.

Draußen vor dem Flughafen fühlt sich Hoffmann auf einmal unsicher und allein. Wo soll er hin, wo kann er preiswert leben, wo kann er illegal arbeiten? Er hat eine Reise nach Houston gebucht, aber er beschließt, hier in Dallas zu bleiben und keinen Anschlussflug mehr zu nehmen. Er will sich nicht noch einmal dieser Gefahr von Kontrollen aussetzen, außerdem würde so sein Aufenthaltsort besser geheim gehalten. Da Hoffmann sein Hab und Gut in seinem Handgepäck mitführt, kann er nun einfach gehen.

Er geht noch einmal in das Flughafengebäude hinein, um sich einen Städteplan und ein Busticket zu kaufen. Durch sein Studium kann Hoffmann sich in der englischen Sprache gut artikulieren, ein großer Vorteil in einem fremden Land.

Die Verkäufer des Zeitungskiosks sind sehr hilfsbereit, sie helfen Hoffmann, einen Plan zu finden, der Dallas und die Vororte umfasst.

Er fragt, wo man günstig leben könne.

Die nette Afroamerikanerin Shelly lacht, sie kann sich kaum vorstellen, dass ein Europäer nach Amerika kommt und nicht weiß, wo er leben soll.

Sie erklärt Hoffmann, dass Dallas eines der teuersten Pflaster sei, es aber in Vororten wie Lewisville, Plano und Irving günstiger sei.

Sie erzählt noch, dass man besonders gut und günstig in Arlington wohnen kann, es liegt zwischen Dallas und Fort Worth.

Er könne direkt am Flughafenausgang Tickets für den Bus kaufen.

„Arlington – klingt gut." Hoffmann erwirbt einen Stadtplan von Arlington, dann bedankt er sich und geht zum Ticketschalter für den Bus.

Doch der letzte Bus nach Arlington ist bereits abgefahren, erst am nächsten Morgen, früh um 8 Uhr, fährt der nächste. Hoffmann kauft ein Ticket und beschließt, im Flughafengebäude zu übernachten, er möchte sein Geld gut einteilen.

Der Flughafen Dallas ist der schönste Flughafen, den Hoffmann je gesehen hat. Alles ist so sauber, die Menschen unglaublich gut angezogen, viele wirken so geschäftsmäßig und telefonieren mit ihren Handys, die Leute erscheinen Hoffmann sehr gebildet. Überall gibt es bunte attraktive Geschäfte. Hoffmann würde sich hier gerne neu einkleiden, ein ganz neuer Mensch sein. Er stellt sich vor, einen Cowboyhut zu tragen, dazu Cowboyschuhe, ein buntes Hemd und eine Lederweste. Er würde gut aussehen, die Frauen würden ihn sicher attraktiv finden. Hoffmann grinst bei diesen Gedanken.

Er setzt sich in einem schicken Wartebereich auf ein ledernes Sofa und studiert die Karte, studiert seine neue Heimat Arlington.

Er vergisst während des Schmökerns in der Karte die Zeit um ihn herum. Plötzlich wird es dunkel und der Flughafen hat sich merklich geleert.

Eine Putzkolonne startet ihre Arbeit, es ist eine Gruppe Mexikaner, alles Männer. Sie reden schnell und viel in ihrer Landessprache. Hoffmann schließt die Augen.

Das ist Hoffmanns zweite Nacht in einem Flughafengebäude, bereits am Tag seines Abfluges in Hamburg, als er sein Hinflug und Rückflug Ticket ganz spontan nach Houston gekauft hatte, musste er die Nacht abwarten. Erst morgens um 10 Uhr ging es dann in sein neues Leben los. Hoffmann hatte die 3.200 Euro teuren Tickets gekauft und die nette Dame am Schalter konnte für ihn immerhin in dieser kurzen Zeit das Einreisevisum von Hamburg nach Houston organisieren.

Am nächsten Morgen in Dallas kauft sich Hoffmann bei strahlendem Sonnenschein bei McDonalds einen Kaffee und einen Cheeseburger. Seine Glieder schmerzen.

Er genießt das Essen und den Kaffee, in zwei Stunden wird sein Bus in eine unbekannte Zukunft fahren.

Die Tatsache, dass Hoffmann zwei Frauen auf dem Gewissen hat, belastet ihn nicht sonderlich, er denkt zu keiner Minute daran.

Auch an seine Frau verschwendet er keinen Gedanken, sie ist es nicht wert.

Er konzentriert sich allein auf seine Zukunft als freier Mann und sein neues Leben.

Hoffmann setzt sich an die Busstation, er ist eine Stunde zu früh da, aber auch viele andere Passagiere warten mit ihm.

Die Menschen hier im Süden Amerikas haben einen Südstaatenslang in ihrer Sprache, Hoffmann versucht, die Gespräche der Menschen mit zu verfolgen, aber es gelingt ihm nicht ganz, er versteht nur einzelne Gesprächsfetzen.

Als der Bus kommt, nimmt Hoffmann seinen kleinen Koffer und steigt ein. Er ergattert einen Fensterplatz.

So modern der Flughafen in Dallas auch sein mag, dieser Bus hat schon beträchtliche Jahre auf dem Buckel. Er hat beim Fahren eine leichte Schieflage.

Hoffmann fängt an zu schwitzen, das Klima im Winter ist hier angenehm, heute, Mitte November, sind es siebzehn Grad und purer Sonnenschein.

Aber die Fahrt soll nur knapp eine Stunde dauern, es sind vom Flughafen nach Arlington nur etwa dreißig Kilometer, zwischendurch werden noch andere Ziele angefahren.

Hoffmann genießt die Fahrt und den Ausblick auf die grandiose Natur.

Er entdeckt auf dem Weg in seine neue Heimat eine völlig neue Flora, Kakteen, Palmen und Häuser, die er nur aus amerikanischen Filmen kennt.

In Arlington angekommen, steigt Hoffmann aus.

Ein Mitreisender steigt hinter ihm aus, Hoffmann fragt ihn, ob er ein sehr günstiges Hotel kenne.

Der Amerikaner mit mexikanischen Wurzeln nickt freundlich, er kenne ein Motel, das aber sehr einfach, jedoch im Preis unschlagbar sei.

Er stellt sich als Daniel vor und bittet Hoffmann, im Auto seines Bruders Brandon, der ihn gerade vom Bus abholen will, Platz zu nehmen.

Sie würden ihn zu dem Motel bringen, das etwas abgelegen sei.

Hoffmann kann sein Glück kaum fassen. In Deutschland sind die Menschen im Allgemeinen nicht so freundlich zu einem völlig Fremden. Er selber wäre der Letzte, der jemandem helfen würde.

Als Brandon durch die Stadt fährt, bekommt Hoffmann einen ersten Eindruck, die Stadt wirkt modern und pompös, er hat gedacht, es handele sich hier um eine eher dörflich anmutende Vorstadt. Schnell erkennt Hoffmann, dass die Viertel, die Brandon durchfährt, sich ändern. Wo gerade noch wunderschöne Villen standen, die pompöse Säulen in den Eingangsportalen hatten und wunderschöne, gepflegte Vorgärten besaßen, sieht man jetzt eine einfachere Gegend, mit schlicht gebauten Häusern und schäbigen Metallzäunen darum herum, in der Mitte oft ein Kampfhund mit breitem Schädel und gefährlichem Blick.

Etwas später erscheinen abgelegene Farmen.

Hinter einer Kurve zeigen Daniel und sein Bruder Brandon Uli Hoffmann das Motel.

Es ist ein schäbiges, sehr niedrig wirkendes Gebäude. Die rote Farbe ist längst von den vielen Jahren und gelegentlichen Regenschauern abgewaschen worden. Ein großes rostiges Schild wirbt für HBO, einen erweiterten Fernsehsender, ein weiteres Schild zeigt den Namen des Motels, »Red Rose«, die einst rot gezeichnete Rose auf dem Hotelschild ist schon lange verblichen, man kann nur an der Form erahnen, dass es sich einmal um eine Rose gehandelt haben könnte. Der riesige Parkplatz ist fast leer, nur ein schäbiger alter Cadillac steht hier.

Hoffmann steigt aus dem alten Pick-up-Truck aus und bedankt sich für diese nette Fahrt.

Die Brüder rauschen wieder davon.

Hoffmann steht im Eingangsportal des Motels, der Boden besteht aus altem, schon abgetretenem Vinyl, die Gardinen der großen und langen, fast blinden Fenster hängen grau, staubig und schwer an der halb gebrochenen Gardinenstange. In der Mitte des Raumes steht die Rezeption, gezimmert aus einem hellen, schon in die Jahre gekommenen Holz. In der Mitte des Rezeptionstresens, da wo die Kunden einchecken, ist ein abgewetzter großer dunkler Fleck zu sehen. Hoffmann ruft: „Hallo!"

Ein sehr korpulenter, schmierig wirkender Mann drückt sich durch eine Hintertür. Er trägt ein Unterhemd, seine

Haare sind mit Gel oder Schweiß nach hinten gekämmt. Dort kleben sie jetzt fest.

Nicht gerade freundlich begrüßt der Wirt seinen Gast. Er verlangt einen Ausweis und fragt Hoffmann, wie lange er bleiben werde.

Hoffmann zuckt mit den Schultern, er erklärt dem Mann umständlich, dass er Arbeit suche und sich dann eine Wohnung nehmen werde.

Daraufhin verlangt der Wirt sofort das Geld für den gesamten Aufenthalt.

Hoffmann zahlt für eine Woche, dreißig Dollar pro Tag, bekommt aber einen kleinen Rabatt.

Die Miene des Wirtes wird freundlicher, denn er weiß nun, dass sein Gast im Moment liquide ist.

Der Wirt mit dem Namen Rodriges führt Hoffmann zu seinem schönsten Zimmer, wie er behauptet. Er schließt es auf und drückt Hoffmann den Schlüssel in die Hand.

Hoffmann schaut sich sein Zimmer an …

Es ist an Wänden und Decken holzvertäfelt, hat einen dicken, mit Flecken übersäten dunkelorangen Teppich. Es riecht leicht modrig, in der Mitte des Zimmers steht ein riesiges Bett mit einer gehäkelten verschlissenen Tagesdecke darauf. Gegenüber stehen eine abgenutzte beige Couch und ein kleiner runder Tisch.

Auf einer Anrichte steht ein in die Jahre gekommener Fernseher.

Das Badezimmer wirkt alt und rostig und beherbergt eine Toilette, eine Dusche mit einem vergilbten Vorhang und den Waschtisch, der mehrere Roststellen hat. Der Toilettensitz wackelt und hat einen Sprung.

Das ist für die nächsten Wochen Hoffmanns neues Zuhause.

Er, der doch immer im Leben seine Ordnung so geliebt und gebraucht hat, lebt jetzt in einem verlotterten und schmutzigen Zimmer.

Er vermisst die Ordnung und Sauberkeit in seinem gepflegten Reihenhaus, sein sauberes Bett, aber er ist ein Mörder, da darf er nicht so empfindlich sein.

Hoffmann nimmt eine Dusche, der Strahl ist kräftig, das Wasser riecht nach Chlor. Frisch gestärkt will er nun die Gegend erkunden.

Neben dem Motel liegt ein großes Diner, ein Lokal, das vierundzwanzig Stunden am Tag geöffnet ist.

Hoffmann sieht sich draußen die Speisekarte an, die Preise sind sehr moderat, hier kann man gut essen, ohne ein Vermögen ausgeben zu müssen.

Etwas weiter die Straße entlang sind einige Geschäfte und weitere Restaurants zu finden.

In einigen Restaurants kleben kleine Plakate an den Türen, dort werden Aushilfen gesucht.

Hoffmann ist in Amerika nur als Gast geduldet, arbeiten darf er in diesem Land nicht, nicht offiziell. Er muss einen Weg finden, um an Arbeit zu kommen. Er braucht in Kürze ein regelmäßiges Gehalt, um hier überleben zu können.

*

Schüler und Deckert klingeln erneut in der Lindenstraße 16 b, mittleres Reihenhaus, bei »Hoffmann«.

Diesmal wird die Tür ruckartig geöffnet. Eine Frau mittleren Alters steht verweint und erschrocken vor den beiden Kriminalisten. Sie hat wohl jemand anderen erwartet.

„Entschuldigung, wir sind von der Mordkommission Kiel und müssten dringend mit Herrn Uli Hoffmann sprechen."

„Mordkommission, um Gottes willen!" Martina Hoffmann kann nicht fassen, wer da vor ihrem Haus steht.

„Was hat Uli Ihnen erzählt, wo ist er, haben Sie ihn verhaftet?"

„Warum verhaftet, wie kommen Sie denn darauf, Frau Hoffmann?"

Schüler mustert die verunsicherte Frau eindringlich. Die Nachbarin steht auch schon vor der Tür.

Schnell bittet Martina Hoffmann die Männer herein. Im Haus sieht es aus wie auf einer Müllhalde. Überall liegen leere Weinflaschen herum, in der Küche türmt sich das Geschirr.

Beschämt bittet Martina Hoffmann den Männern Platz an.

„Wissen Sie, ich bin vor etwa einer Viertelstunde selber erst gekommen. Ich habe meine Schwester besucht und war mehrere Tage nicht zuhause, mein Mann, er ist nicht gut im Haushalt, wissen Sie, er kommt alleine nicht zurecht, er ist scheinbar auf der Arbeit."

„Nein, Frau Hoffmann, ihr Mann ist auf keinen Fall auf der Arbeit. Dort hat sich etwas Schreckliches ereignet. Die Chefin Ihres Mannes, Frau Gabi von Wolf, ist am Samstag umgebracht worden, die Firma ist geschlossen. Haben Sie eine Ahnung, wo Ihr Mann sein könnte?"

„Nein, oh, du meine Güte, umgebracht? Was hat das mit meinem Mann zu tun? Er hat immer gerne in seiner Firma gearbeitet. Er hat seinen Job geliebt, warum? Wer hat sie denn getötet?"

„Wir müssen von allen Mitarbeitern DNA-Proben nehmen und die Ihres Mannes ist der letzte, die wir noch brauchen. Frau von Wolf ist vergewaltigt worden, da hat man schnell die DNA des Täters.

Hat Ihr Mann Freunde oder Hobbys, oder fällt Ihnen etwas ein, wo er sein könnte?" Deckert fragt bewusst eindringlich.

„Nein, ich kann mir nicht vorstellen, wo mein Mann ist, er hat keine Freunde und schon gar keine Hobbys. Sein Hobby ist nur seine Arbeit, aber bezahlt wurde er nicht gerade fair für all die vielen Stunden, die er extra blieb. Schrecklich das alles."

„Hatte Ihr Mann in der Firma Schwierigkeiten? Sie erwähnten die schlechte Bezahlung, hat er sich darüber bei seiner Chefin beschwert?", fragt Schüler.

„Nein, nie, er hat es hingenommen, billigend, aber geärgert hat es ihn manchmal, besonders, wenn er die Einkünfte der Makler gesehen hat."

„Warum hat Ihr Mann nicht als Makler gearbeitet? Hätte er doch auch tun können", fragt Deckert.

„Oh nein, der Uli als Makler, der könnte den Leuten doch nichts aufschwätzen, er ist zu ehrlich und zu weich, er ist einfach nicht der Typ dafür, aber er hätte als Gutachter woanders mehr verdienen können, doch er wollte ja nicht."

„Frau Hoffmann, führen Sie eine gute Ehe? Oder hatten Sie Streit und sind deswegen weggegangen?"

Martina Hoffmann blickt auf den Boden, ihr Kinn bebt unter der Anstrengung, nicht zu weinen.

„Hat Ihr Mann bestimmte Dinge mitgenommen, vermissen Sie etwas, bitte schauen Sie mal in den Kleiderschrank Ihres Mannes."

Verunsichert und wie in Trance öffnet Martina Hoffmann den Kleiderschrank.

Als sie sieht, dass einige Hemden, die Unterwäsche und zwei Paar Schuhe fehlen, wird ihr schlecht.

Schnell eilt Martina Hoffmann an den Sekretär, ein antikes Stück von ihrem Vater, und öffnet die Schublade, in der die Ausweise und wichtige Dokumente lagern.

Sie findet nur ihre Dokumente, die ihres Mannes fehlen.

Halb ohnmächtig sucht die geschockte Frau ihre Bankcard, sie findet sie, die ihres Mannes liegt nicht darin, aber die hat er stets bei sich. Das Bargeld, das in einem Geheimfach lagerte, fehlt ebenfalls.

„Ich muss, ich muss den Kontostand prüfen, ich muss jetzt gehen …"

Martina Hoffmann möchte aus dem Haus stürmen, Schüler hält sie behutsam am Arm fest.

„Er hat mich eiskalt verlassen, er hat alles mitgenommen, ich habe keine Einnahmen, das Haus … ich werde alles verlieren …"

Uli Hoffmanns Frau bricht zusammen. Deckert ruft den Notarzt, denn die gedemütigte Frau kann sich nicht mehr beruhigen.

Schüler bittet Martina Hoffmann um eine Bürste oder eine Zahnbürste, um eine DNA-Probe entnehmen zu können. Er nimmt zum Schluss ein paar Gläser mit, aus denen Hoffmann getrunken hat, außerdem sämtliche Flaschen, die da im Wohnzimmer herumliegen.

Schüler wittert, dass mit diesem Mann etwas nicht stimmen kann. Außerdem hat seine Frau etwas Verwirrendes gefragt: ob ihr Mann etwas gesagt habe und ob er verhaftet sei. Kein Mensch käme auf die Idee, wenn die Polizei vor dem Haus steht, zu fragen, ob das Familienmitglied, das gesucht wird, verhaftet worden ist, außer man hat Grund zu dieser Annahme.

Er ruft Weißhaar an und versucht eine Hausdurchsuchung zu erlangen, er muss nach Spuren suchen, ob dieser Mann etwas mit dem Mord an seiner Chefin zu tun hat.

„Nein, Manfred, das reicht nicht, nur der bloße Verdacht, dass dieser Gutachter etwas mit dem Mord an der von Wolf zu tun hat, vielleicht hat er nur seine Frau verlassen, das gibt mir kein Recht für eine Hausdurchsuchung. Bring mir Beweise."

Staatsanwältin Grämelein legt auf, sie hat bei Gericht sehr viel zu tun.

Schüler wusste, dass Weißhaar so entscheidet, aber er wollte es trotzdem versuchen, denn er spürt instinktiv, dass er hier an der richtigen Adresse ist.

Als die Männer gehen, bitten sie Martina Hoffmann für den nächsten Tag ins Präsidium. Ein Notarzt gibt der erschöpften Frau eine Beruhigungsspritze.

Schüler und Deckert fahren mit den Utensilien aus Hoffmanns Wohnung direkt zum Labor.

Dort erwartet sie Albert, ein noch junger Arzt, der die Autopsie der Leiche Frau von Wolfs ausgeführt hat. Der Autopsiebericht liegt vor.

Schüler freut sich, dass die Arbeit mit diesem Arzt so hervorragend und glatt läuft. Der frühere Arzt, Doktor Eugen Harkensee, war ein zynischer Besserwisser, dazu langsam. Schüler konnte mit diesem Mann schlecht zusammenarbeiten.

Dr. Albert Engel ist ein frischer, sehr kritischer und genauer Mitarbeiter, der die Männer schnell auf dem Laufenden hält.

„Und, was sagst du, wie ist sie zu Tode gekommen? Wurde sie erwürgt?"

„Nein, Manfred, am Hals sind zwar blaue Flecken, die haben aber nicht zum Tode geführt.

Anhand der punktförmigen Einblutungen in den Augen, der schlaffen blutarmen Milz können wir mit Sicherheit von einem Erstickungstod ausgehen. Ihr Zahnfleisch ist verletzt, scheinbar hat der Mörder ihr die Hand auf Mund und Nase gepresst, und zwar mit einer solchen Gewalt, dass im Oberkiefer die mittleren Schneidezähne nur noch locker im Zahnfleisch verankert sind.

Außerdem ist die Frau schwer misshandelt worden, sie hat Bissspuren an Brust und Schulter und zahlreiche blaue Flecken. Da hat sie jemand mit außergewöhnlicher Brutalität vergewaltigt. Sie hat im Innenbereich ihrer Vagina ebenfalls Verletzungen, wir haben aus dem hinterlassenen Sperma eine ausgezeichnete DNA vom Täter gewinnen können."

Schüler und Deckert hören mit Grausen die schlimmen Ausführungen zu dem brutalen Mord. Und obwohl solche Obduktionsberichte in einer Mordkommission an der Tagesordnung sind, kann man sich nach solch einer Berichterstattung an die brutalen Bilder im Kopf nicht gewöhnen.

Schüler überreicht dem jungen Kollegen die Gläser und Alkoholflaschen von Uli Hoffmann.

„Dieser Mann ist dringend tatverdächtig, er ist einer der Angestellten der Toten und er ist von zuhause abgehauen, wir brauchen sehr schnell Resultate, ob ein Match zu dem Mörder besteht."

Dr. Albert Engel nimmt die Gläser und Flaschen in seine Obhut.

Schüler und Deckert müssen sich jetzt auf eine Pressekonferenz vorbereiten, denn die Bevölkerung will wissen, was da in ihrer Einkaufspassage in Kiel passiert ist.

Der Polizeichef Arthur Brause erwartet die Männer schon. Er ist wie immer unter großem Druck, seine Aufgabe besteht darin, aufzuklären, alle Fälle möglichst schnell zu lösen. Jede Entscheidung, die er trifft, muss wohlüberlegt sein. Gelder, die vergeblich eingesetzt werden, könnten woanders dann wieder fehlen.

„Wie sieht's aus, habt ihr was Brauchbares?"

„Noch nicht, wir haben zwar einen Tatverdächtigen, müssen aber den DNA-Match abwarten. Dieser Mann ist abgehauen, hat Dokumente und alles Geld mitgenommen, war ein Angestellter der Toten. Er könnte aber auch Eheprobleme haben, das wissen wir zu diesem Zeitpunkt noch nicht."

„Haltet euch bloß zurück, noch keine Verdächtigungen aussprechen, ihr könnt nur die Todesursache mitteilen und dass die Ermittlungen laufen und bla, bla, bla."

Schüler muss ein wenig lächeln, sein Boss ist ein netter Kerl, nur trägt er eine riesige Verantwortung für den gesamten Polizeiapparat, deshalb schwitzt er ständig und spricht unverständlich schnell. Im Großen und Ganzen hält er aber zu seinem Team und unterstützt die Männer, wo er kann. Er weiß aber auch genau, dass seine Leute alles geben.

Bei der Pressekonferenz lässt Schüler dem Kollegen Deckert gerne den Vortritt. Er hasst es, vor der Presse zu sprechen. Das Ganze dauert nur kurze fünf Minuten, dann verabschieden die Männer sich wieder.

Auf dem Nachhauseweg kommt Schüler auf einmal ein wichtiger Gedanke in den Sinn.

„Verdammt, Martin, wir haben die Hoffmann nicht nach dem Fahrzeug ihres Mannes gefragt, vielleicht steht der Wagen an irgendeinem Bahnhof oder Flughafen herum, dann wüssten wir, dass er wirklich abhauen will, wir müssen sofort zu ihr zurück.“

„Mensch Manfred, die wird jetzt schlafen, der Arzt hat ihr doch ein Beruhigungsmittel gegeben.“

„Scheiß drauf, ich muss wissen, was der Typ für einen Wagen fährt, ich bin doch ein verdammter Idiot, warum bin ich nicht früher draufgekommen?“

„Naja, der Mann ist vielleicht seiner Frau abgehauen.“

„Nein, nein, der hat alle Dokumente mit, der will länger, vielleicht für immer weg.“

Schüler drückt auf sein Gaspedal.

Eine halbe Stunde später stehen die Männer vor der Tür des Hauses des Uli Hoffmann.

Deckert klingelt, er hört keine Geräusche von innen, er legt sein Ohr an die Tür.

Schüler wird ungeduldig, er trommelt an die Tür. Die Männer hören leise Schritte, dann öffnet Martina Hoffmann.

Verschlafen lugt sie aus der Tür. „Haben Sie meinen Mann gefunden?"

„Nein, Frau Hoffmann, was für ein Auto fährt Ihr Mann?"

„Einen BMW."

„Welches Modell? Wir müssen das jetzt wirklich wissen."

„Ich glaube einen Dreier BMW."

Schüler fragt nach dem Kennzeichen.

Das weiß sie zum Glück sofort. Als sie ihm die Daten gibt, schreibt er sie kurz auf, dann bittet er Martina Hoffmann erneut, am nächsten Tag zum Präsidium zu kommen.

Schüler schwingt sich in sein Auto, Deckert kommt etwas träge nach, denn nun geht die Arbeit erst richtig los.

Am nächsten Tag kommt Martina Hoffmann ins Präsidium. Sie wirkt müde und erschöpft.

Schüler bietet der gebeutelten Frau einen Kaffee an, leider ist der schon kalt und bitter.

„Sagen Sie, liebe Frau Hoffmann, warum dachten Sie, dass wir Ihren Mann verhaften wollen? Das hat doch einen Grund.

Sie wissen, dass Sie sich strafbar machen, wenn Sie Beweise oder Insiderwissen zurückhalten."

Martina Hoffmann senkt ihren Kopf, sie fühlt sich ertappt und unsicher. Mit der Polizei hatte sie noch nie etwas zu tun, sie ist eine ehrenwerte Frau.

„Bitte, Frau Hoffmann, wenn Ihr Mann etwas Falsches gemacht hat, haben Sie die Verpflichtung, es mir jetzt zu sagen. Denn sonst machen Sie sich wegen Mittäterschaft strafbar."

„Er hat nichts Schlimmes gemacht, das war nur ein Unfall, die junge Frau war sofort tot, da konnte Uli nichts dafür, er war fix und fertig."

„Jetzt mal ganz von vorne, welche Frau war sofort tot?"

Martina Hoffmann erzählt dem Kommissar die ganze Geschichte jener Nacht, in der Uli Hoffmann sein erstes Opfer mit dem Auto in den Tod gejagt hat.

Durch ihre Hilfe, Beweise zu vertuschen, hat sich Martina Hoffmann mitschuldig an der Tat gemacht. Ihr ging es dabei nur um ihr eigenes Interesse, zu keiner Zeit

141

hat sie Mitleid mit dem Opfer gehabt oder versucht, ihren Mann auf den richtigen Weg zu führen. Sie hat nur an ihr künftiges Weiterkommen in ihrem öden Leben gedacht.

Schüler ist immer wieder verblüfft, wie eigennützig die Menschen heute geworden sind, nur wenige nehmen noch Anteil am Schicksal anderer.

Er verabscheut Menschen wie Martina Hoffmann, diese Frau hat die Warmherzigkeit einer Schlange im Amazonas.

Angewidert von ihr gibt Schüler seinem Kollegen Anweisungen, dass sie wegen der Vertuschung eines Verbrechens mit Todesfolge angezeigt wird. Er weiß jedoch nur zu gut, dass diese Sache entweder fallen gelassen wird oder daraus nur eine geringe Strafe für Martina Hoffmann folgt.

Jetzt gilt es diesen Mann zu finden, das ist alles, was in Schülers Kopf hämmert: ‚Finde diesen Gutachter, diesen Saubermann und bringe ihn ins Gefängnis!‘ Weißhaar hat nun grünes Licht für eine Großfahndung und Hausdurchsuchung gegeben. Großfahndung an alle benachbarten Städte und Bahnhöfe und Flughäfen der Umgebung. Jetzt hatte man Fahrzeugtyp und Kennzeichen und damit eine erhöhte Chance, Hoffmann zu erwischen.

Wenn er das Land verlassen hat, ist damit zu rechnen, dass er sein Auto irgendwo abgestellt hat, dann könnte man herausbekommen, in welches Land er geflohen ist.

*

Als Hoffmann die Tür zu dem Restaurant öffnet, ertönt plötzlich ein lauter Klingelton. Hoffmann erschrickt, zuckt zusammen und schaut hinter sich. Er hat Hunger, möchte zu Abend essen. Seit dem frühen Morgen hat er nichts mehr gegessen, jetzt ist es später Abend.

Hoffmann staunt. In diesem Restaurant kann man sich an einem Buffet bedienen und die Vielfalt der Speisen ist außergewöhnlich. Die Torten haben blaue, gelbe und grüne Farben, eine bunte Mischung, die er aus Deutschland so nicht kennt.

Fast schüchtern nimmt er sich einen Teller und belegt ihn sorgfältig mit appetitlichem Essen. Er schaut sich um, keiner scheint Notiz von ihm zu nehmen. Nun kann er entspannt essen. Er genießt jeden Bissen und bleibt ganze zwei Stunden in dem Restaurant. Er fühlt sich wohl, kann kurz auftanken und aufatmen.

Danach schlendert er noch ein paar Stunden durch die dunkle Stadt.

Viele düstere Gestalten halten sich jetzt in den Straßen auf. Junge Leute mit Kapuzenshirts strecken ihre Köpfe zusammen, bilden große Cliquen und führen angeregte Diskussionen.

Von überall hört man Gelächter und intensive Gesprächslaute. Dieses Viertel in Arlington ist gewiss nicht das beste. Die Gegenden, in denen Einfamilienhäuser stehen, wirken ungepflegt, dunkel und beängstigend.

Aber Uli Hoffmann hat keine Angst, er hat nichts zu verlieren, vielmehr passt er wahrscheinlich besser als jeder andere in ein Viertel, das von kriminellen Machenschaften, Drogenhandel und Prostitution geprägt ist.

Er ist der Schlimmste von allen, ein Zweifachmörder.

Spät in der Nacht geht er in sein Motel, legt sich auf sein schmuddeliges Bett und schaut im Fernsehen »Scarface« an, einen Film mit Al Pacino über die Drogenmafia in Miami.

Am nächsten Morgen hat Hoffmann den Ehrgeiz und festen Willen, Arbeit zu suchen. Er weiß, er kann nicht wochenlang unnütz herumsitzen und Geld verschwenden, er muss Geld verdienen, um aus diesem Rattenloch rauszukommen und ein neues Leben zu beginnen. Beschwingt steht er auf, voller Hoffnung, dass er es hier im fernen Amerika noch einmal schaffen könnte, dass er davonkommt und ungesühnt weiterleben kann.

Er geht an verschiedenen Geschäften vorbei, an denen Schilder mit der Aufschrift »Hilfe gesucht«

hängen.

Erst traut er sich nicht in die Geschäfte hinein, geht etliche Male daran vorbei, aber am Ende erkennt er, dass ihn niemand hier draußen ansprechen wird, er muss die Initiative ergreifen, er muss in die Geschäfte gehen und nach Arbeit fragen.

Schließlich betritt er als Erstes einen Elektromarkt. Dort wird ein Verkaufshelfer gesucht. Er fragt einen Verkaufsberater nach dem Job. Der holt gleich seinen Manager, der schwergewichtig aus einem kleinen Lager hervortritt. Der Manager mustert Hoffmann von Kopf bis

Fuß, er hat wohl auf eine etwas jüngere Bewerbung gehofft. Er gibt Hoffmann einen Stapel Papiere in die Hand, die er ausfüllen muss. Ganz am Anfang steht etwas von einer Sozialnummer, der sogenannten Social Security Number, die jeder, der legal in Amerika lebt, vom Staat erhält.

Über diese Nummer werden Leute identifiziert, ohne sie bekommt man schlecht Arbeit.

Hoffmann erklärt dem Manager des Marktes, dass er keine Nummer hat, aber später eine bekommt. Der Manager nickt stumm und verspricht, dass er sich meldet. Hoffmann gibt das Motel an, in dem er wohnt.

Er weiß nun, dass er sich ein Handy kaufen muss, um erreichbar zu sein, denn ein Motel ist nicht das beste Aushängeschild für eine Wohnadresse.

In einem nahegelegenen »Walmart« kauft er sich ein Prepaidhandy. Der Verkäufer erklärt ihm freundlich, wie das Handy funktioniert.

Aufgeregt und mit glühenden Wangen bewirbt sich Hoffmann nun an verschiedenen Stellen. Alle versprechen, sich zu melden, aber Hoffmann muss feststellen, dass diese Versprechen nicht viel wert sind. Es meldet sich an diesem und den nächsten Tagen niemand mehr, der ihm eine Chance gibt zu arbeiten.

Immer verzweifelter sucht Hoffmann nun jeden Tag nach Arbeit. In einem Restaurant trifft er einen mexikanischen Angestellten namens Manuel. Der erteilt Hoffmann sofort eine Absage, dann erzählt er ihm, dass er einen Chinesen kenne, der immer mal wieder Leute suche, hauptsächlich Spüler. Dieser Chinese mit dem Namen Eddie achte nicht so sehr darauf, wo die Helfer herkämen. Er selber habe auch schon für ihn gearbeitet, aber später beschlossen, bei seinesgleichen unterzukommen, in einem mexikanischen Restaurant.

Hoffmann ist aufgeregt. Besteht für ihn wirklich die Chance auf Arbeit?

Manuel will Hoffmann nach Feierabend zu dem Chinesen fahren, der am anderen Ende der Stadt ein großes chinesisches Restaurant besitzt.

Hoffmann kann sein Glück kaum fassen und trotz der Tatsache, dass er eventuell nur einen Job als Spülkraft erhält, fühlt er sich, als ob er die Welt erobert hätte.

Pünktlich um 20 Uhr steht Hoffmann vor dem mexikanischen Restaurant, doch Manuel hat noch nicht frei, er muss wie so oft länger bleiben. Hoffmann setzt sich an einen Tisch und hält sich an einem Wasser fest.

Erst zwei Stunden später kann er mit Manuel losfahren.

Sie fahren an das andere Ende der Stadt, in ein völlig neues Viertel, das aber nicht anspruchsvoller als das alte ist.

Vor einem großen Restaurant hält der Wagen an.

Im Eingangsbereich des Restaurants hängt ein riesiger kitschig bunter Drache über dem Portal, rechts und links stehen zwei goldene Elefanten. Die Figuren haben schon ein paar Jahre auf dem Buckel, denn es blättert die Farbe an einigen Stellen ab.

Das Restaurant wirkt billig pompös und ist zur späten Stunde noch sehr gut besucht.

Schnell durchquert Manuel mit Hoffmann das Restaurant bis in den hinteren Bereich.

Dort befindet sich die Großküche, eine schreckliche Hitze, zahlreiche Küchendämpfe und beißende Gerüche schlagen Hoffmann entgegen. Ein schöner Arbeitsplatz sieht anders aus. Die Menschen, alles Asiaten, wirken sehr geschäftig und verschwitzt. Jeder konzentriert sich auf seine Arbeit, jede Tätigkeit wird mit unglaublicher Schnelligkeit und Präzision erledigt, keiner nimmt Notiz von Manuel oder Hoffmann. Es scheint, als ob die Mitarbeiter dieses Restaurants keine Menschen, sondern Roboter sind.

Manuel bittet Hoffmann, in der Küche zu warten, er selber klopft an einer Türe mit der Aufschrift »Büro«.

Nach einer längeren Wartezeit erscheint ein älterer, streng wirkender Asiate mit Manuel in der Küche. Er hat viele Falten in seinem ledrigen Gesicht und einen harten Zug um den Mund. Er führt einen kleinen edlen Stock mit sich und steht nun gebückt vor den beiden. Er mustert Hoffmann unverblümt, dabei kaut er schmatzend auf seinem Kautabak.

Eddie fragt Manuel, warum er ihm so einen alten und schlaffen weißen Mann bringt.

Manuel versichert Eddie, dass dieser Mann bestimmt sehr zuverlässig sei und er auch glaube, dass er über eine gewisse Bildung verfüge.

Eddie schaut kritisch zu Hoffmann herüber, dann spuckt er in die Ecke.

Manuel stellt sich neben Hoffmann.

Er flüstert ihm zu, er möge diesem Mann nicht in die Augen schauen, sondern auf den Boden blicken, um seine Demut zu zeigen.

Hoffmann schlägt das Herz bis zum Hals, er hat beinahe die Hosen voll.

Er steht vor dem Chef, schaut auf den Boden und beantwortet die ihm gestellten Fragen.

Eddie betrachtet Hoffmann eine Weile, dann fragt er ihn, ob er ein Verbrecher sei, der aus seinem Heimatland geflohen ist.

Hoffmann schüttelt schnell seinen Kopf. Er schaut angestrengt nach unten, auf den zerschlissenen und verspackten Boden der Küche. Eddie spricht Chinesisch mit einem anderen Mitarbeiter. Beide lachen laut. Hoffmann fühlt sich ausgelacht und gedemütigt, wieder einmal.

Nach einer Weile flüstert Eddie Manuel etwas ins Ohr. Manuel nickt schnell und verabschiedet sich von Eddie, der ihm einen Geldschein in die Hand drückt und in sein Büro verschwindet.

Draußen auf der Straße teilt Manuel Hoffmann mit, dass er morgen bei Eddie anfangen kann.

Er werde in der Nähe erst einmal in einem anderen Motel wohnen und könne sich später eine eigene Wohnung suchen.

Hoffmann kann sein Glück kaum fassen.

„Hör mal, du musst aber alles tun, was der Chef verlangt, er stellt dich ohne Papiere ein, dafür fordert er auch einiges, es wird dir nicht immer gefallen, also enttäusche mich nicht."

„Nein, nein, ... ich ... ich bin so froh, endlich Arbeit zu haben, ich dachte schon, der Typ mag mich nicht", entgegnet Hoffmann.

„Oh ja, da hast du richtig gedacht, Eddie mag dich nicht." Hoffmann ist sehr erschrocken über diese Aussage. Er denkt nach, was er falsch gemacht haben könnte. Vielleicht hat ihn Eddie durchschaut, vielleicht konnte er seine Gedanken lesen. Asiaten werden solche Fähigkeiten manchmal nachgesagt.

Beide Männer fahren zu dem Motel zurück, Manuel gibt Hoffmann noch schnell die Information, wann er ihn am nächsten Morgen abholen wird. Ohne große Verabschiedung fährt Manuel weiter.

Hoffmann überlegt sich, dass an der Sache etwas faul sein könnte, denn Manuel ist doch nicht umsonst so freundlich und fährt ihn wie ein Taxichauffeur überall herum. Und überhaupt, Eddie mag ihn nicht, warum in aller Welt stellt er ihn dann ein? Warum hat Manuel Geld für diese Vermittlung erhalten?

Doch er hat keine andere Wahl, als sich seinem Schicksal zu stellen.

*

„Bist du dran, Manfred? Die Ergebnisse der DNA-Schnelltests sind bereit zum Abholen."

„Mensch Albert, spann mich nicht auf die Folter, gibt es einen Match?"

„Bingo, die DNA aus dem Sperma an der Leiche ist der perfekte Match zu der DNA der Flaschen von deinem Gutachter."

„Das gibt's nicht, verdammt, ich wusste es, wir waren nur ein bisschen zu spät, Uli Hoffmann, der Saubermann und Gutachter. Weißt du was, ich mag keine verdammten Gutachter, diese Menschen, die immer alles besser wissen und andere belehren wollen ... das sind doch alles elende Penner."

„Und was macht ihr jetzt?", fragt Albert Engel.

„Wir haben sein Auto gefunden, es wurde abgeschleppt. Er hat es einfach in der vorderen Reihe am Hamburger Flughafen abgestellt."

„Na, das klingt doch vielversprechend, du wirst ihn sicherlich bald haben, alles Gute bei deinen Ermittlungen."

Schüler holt Deckert ab, es geht nach Hamburg zum Flughafen. Sie haben zwei Tage zuvor eine Ringfahndung gestartet. Als Hoffmanns Auto gefunden wurde, verteilten die Kommissare Flyer mit einem Bild von Hoffmann, der unter dringendem Mordverdacht steht. Jetzt ist es klar: Hoffmann ist ein brutaler Mörder.

Alle Fluggesellschaften sind jetzt gefordert herauszufinden, bei wem Uli Hoffmann das Flugticket, seinen Freifahrtschein, gekauft hat.

Sehr schnell wird klar, dass Hoffmann sechs Tage zuvor bei der Fluggesellschaft Lufthansa einen Flug nach Dallas, dann einen Weiterflug mit American Eagle nach Houston gebucht hat. Er hat das Ticket direkt am Schalter bezahlt. Die Angestellte, die diese Buchung vorgenommen hat, ist nun für zwei Wochen im Urlaub. Das heißt, wenn sie ins Ausland gereist ist, kann sie nicht verhört werden.

Schüler prescht nach vorne, bittet den Flughafenchef um Herausgabe der persönlichen Daten der Angestellten Mandy Reich. Er muss sie sprechen, muss herausfinden, was sie eventuell noch weiß, welchen Eindruck Hoffmann auf sie hinterlassen hat.

Mandy Reich ist noch nicht verreist, sie kann in wenigen Minuten am Flughafen sein, um auszusagen. Schüler ist erleichtert.

Der Techniker ruft die beiden Kommissare in sein Büro, einen kleinen Raum. Dort werden sämtliche Kameraaufnahmen ausgewertet. Bis man Uli Hoffmann darauf erkennen wird, kann es noch Tage dauern. Wenn man Pech hat, ist er gar nicht zu erkennen. Die Aufnahmen sind schwarzweiß und von keiner besonders guten Qualität. Gerade diese Beweise aber sind von höchster Wichtigkeit zur Klärung der Frage, ob Hoffmann tatsächlich geflogen ist.

Schüler braucht nun Antworten, er hat die Spur aufgenommen, obwohl es auch ein Restrisiko gibt, dass Hoffmann sein Auto nur zum Schein am Flughafen abgestellt, ein Ticket gekauft und eingecheckt haben könnte, um eine falsche Spur zu legen.

Doch Schüler ist sich sicher, dass Hoffmann von Hamburg aus in die Ferne geflogen ist. Aber das sind alles nur Thesen, Fakten müssen nun aufklären.

Eine junge Frau, schätzungsweise Mitte Zwanzig, rennt durch das Flughafengebäude in Richtung Konferenzraum, in dem alle Beteiligten nun stehen, um das weitere Vorgehen zu besprechen. Die junge Frau ist Mandy Reich, sie hat Hoffmann das Ticket verkauft. Schüler wird gerufen. Er und Deckert rennen vom ersten Stock des Flughafengebäudes bis ins Erdgeschoss in den Westflügel. Beinahe atemlos kommen die beiden in den Konferenzraum.

Die junge Mandy wirkt unsicher, beinahe verschämt, als ob es ihre Schuld gewesen ist, einem Mörder ein Ticket zu verkaufen.

Schüler ringt nach Luft, muss sich einen kurzen Augenblick erholen.

Mandy Reich schaut ängstlich auf den schwer schnaufenden Mann. Er könnte ihr Vater sein, er hat liebe und offene Gesichtszüge. Mandy hat sich immer einen Vater vorgestellt, aber sie durfte ihren eigenen nie kennen lernen. Ihre Mutter hat jeglichen Kontakt abgebrochen und erlaubte auch ihrem Kind keinen. Der Hass auf den Mann, der sie schwanger sitzen ließ, war zu groß.

„Hallo, liebe Frau Reich, ich kann Ihnen gar nicht sagen, wie froh ich bin, Sie zu sehen, vielen Dank, dass Sie extra gekommen sind.

Aber Sie wissen, es geht hier um einen Mord, den wir aufklären müssen, deshalb möchte ich, dass Sie sich genau an diesen Mann erinnern, der vor sechs Tagen die Tickets nach Amerika gekauft und gleich bezahlt hat.

Bitte lassen Sie sich Zeit. Gehen Sie in Ihrer Erinnerung zurück zu jenem Moment, als der Mann namens Hoffmann zu Ihnen an den Ticketschalter kam."

Mandy Reich holt tief Luft, sie erinnert sich genau.

„Dieser Mann, ähm, ich meine Herr Hoffmann, kam zu mir und fragte mich, ob er direkt einen Flug nach Amerika buchen könne. Ich erklärte ihm, dass er erst eine Einreiseerlaubnis, die sogenannte ESTA, beantragt haben muss, um nach Amerika einzureisen. Ich hatte den Eindruck, dass er nicht wusste, wovon ich rede.

Ich bot ihm an, mich um das Formular zu kümmern, er aber erst am folgenden Tag reisen könne.

Das hat ihm überhaupt nicht gepasst. Er wirkte ziemlich unbeholfen, hat auch stark geschwitzt.

Er wollte das Ticket gleich bezahlen. Das war sehr teuer, doch das war ihm egal, er hat das Ticket und das Rückflugticket in bar bezahlt. Es hat 3.200 Euro gekostet. Er wollte eigentlich nur einen Hinflug, ich habe ihm erklärt, dass er das nicht machen könne, da er ja nur als Tourist fliege. Da müsse er Hin- und Rückflug buchen. Er gab mir zur Antwort, dass es ihm aber in Amerika ja gefallen könnte und er eventuell noch länger bleiben möchte, er wollte sich nicht festlegen, deshalb haben wir das Rückflugticket erst für drei Monate später gebucht.

Ich habe ihm ein Hotel in Flughafennähe empfohlen, das hat er aber abgelehnt, er würde im Flughafengebäude übernachten. Das hat mich sehr gewundert, da sein Flug nach Dallas erst am späten Nachmittag des folgenden Tages gehen würde. Da merkte ich, dass sich dieser

Mann nicht normal benimmt. Aber gleichzeitig habe ich überlegt, dass er bestimmt Geld sparen möchte.

Wir haben dann gemeinsam die ESTA-Einreiseerlaubnis ausgefüllt, ich habe ihm das Formular extra an meinen Arbeitsplatz geholt.

Als wir fertig waren, hat er alle Unterlagen eingesteckt, hat mir kurz für die Mühe gedankt und ist dann weitergelaufen. Ich habe über ihn nicht weiter nachgedacht. Stimmt es, hat der Mann jemanden umgebracht?" Mandy Reich blickt ängstlich zu Schüler.

„Ja, dieser Mann ist vermutlich sogar ein Doppelmörder, einer, dem man das nicht ansehen würde, das hätten Sie doch auch nie gedacht, oder?" Schüler beugt sich besorgt zur jungen Frau hin.

„Nein, das hätte ich nie vermutet, er war ein bisschen komisch, aber ein Mörder, nein, so sah er nicht aus."

„So ist das, Frau Reich, niemand kann einen Mörder erkennen, ich wäre froh, wenn ich diese Gabe hätte. Sie können jetzt gehen, wir haben Ihre Zeugenaussage aufgenommen und melden uns bei Ihnen. Ich bin froh, dass Sie gekommen sind."

Mandy Reich geht erleichtert nach Hause, sie hat sich die Begegnung mit einem Kommissar ganz anders vorgestellt. Sie dachte, sie würde stundenlang verhört.

Schüler schaut in die Ferne, beobachtet eine startende Maschine. „Deckert, lass uns diesen komischen Vogel finden. Ich will ihn haben. Wir müssen in Houston mit den kooperierenden Stellen Kontakt aufnehmen. Das können wir aber erst morgen starten."

Im Flughafengebäude werden großflächig Flyer verteilt, die an vielen Stellen aufgeklebt werden. Auf dem Flyer sieht man einen grinsenden Hoffmann. Es ist ein Geburtstagsbild, das Martina Hoffmann zur Verfügung gestellt hat. Darauf steht, dass man fünftausend Euro Belohnung erhält, wenn man sachdienliche Hinweise zur Ergreifung dieses Mörders geben kann.

Schüler ist mit seiner Arbeit und dem derzeitigen Ermittlungsstand zufrieden und er lädt Deckert nach Hamburg auf den Fischmarkt ein, wo es ein edles Restaurant gibt. Endlich können die Männer ihren Gourmetgaumen erfreuen.

„Glaub mir, Deckert, ich kann es fühlen, wir sind so nah dran." Schüler formt zwischen Zeigefinger und Daumen einen schmalen Spalt.

„Ich hoffe, du hast recht, denn jeder Tag, den dieser Kerl irgendwo da draußen ist, könnte er uns weiter entgleiten."

Schlagartig wird Schüler klar, dass Deckert recht hat. Jede Minute, jede Stunde, jeder Tag können bedeuten, dass sich Uli Hoffmann weiter entfernt. Im Zweifelsfall nie gefasst wird.

Doch Schüler hat wieder seinen Tunnelblick, er will und wird diesen Mann fassen, koste es, was es wolle. Die Bilder der ermordeten Frauen, besonders das des Körpers von Gabi von Wolf, der so furchtbar misshandelt wurde, kreisen in seinen Gedanken. Da erlaubt sich so ein Mensch, einem anderen das Leben zu nehmen und dann noch abzuhauen und womöglich irgendwo in der Ferne glücklich zu werden.

Er nimmt eine Gabel voll mit delikatem Heilbutt in den Mund, aber er kann ihn nicht mehr genießen.

*

Manuel hupt zweimal kräftig, Hoffmann eilt aus seinem Zimmer.

Mit seinem Koffer steigt er bei Manuel ein.

Freundlich begrüßt er ihn. Manuel dagegen agiert verhalten, er gibt ihm zwar kurz die Hand, wirkt aber abwesend.

Es ist Hoffmann auch egal, er bekommt heute einen Job, das ist schon erfreulich genug.

Direkt neben dem Restaurant befindet sich das andere Motel, das hat Hoffmann in der ersten Nacht in der Dunkelheit gar nicht gesehen. Natürlich ist die Tatsache, dass sein Arbeitsplatz so nahe liegt, sehr praktisch, denn er hat kein Auto. Zu Fuß läuft hier in Amerika nur selten jemand und die Busse fahren nicht so oft.

Als Hoffmann vor dem Motel aussteigt, düst Manuel schon fort, es gibt kein Handshake mehr, kein Auf Wiedersehen.

Er geht zur Rezeption, das Motel hat den pompösen Namen »Madison Luxury«. Auch hier gibt es den tollen HBO-Fernsehsender. Auch hier wirkt wieder alles schäbig und staubig.

Eine ältere Dame schlurft aus dem Hinterzimmer hervor, in dem sie zu wohnen scheint.

Streng verlangt sie nach Ausweis und Vorausbezahlung, sie schaut mit ihren schon trüben, graugrünen Augen über ihren übergroßen Brillenrand. Hoffmann fühlt sich kontrolliert und nicht gerade freudig willkommen geheißen. Doch mit seiner Angst im Nacken, der Angst, die nur Verbrecher kennen, die nicht erwischt werden wollen, macht er alles, was von ihm verlangt wird. Er darf nicht auffallen, schon gar nicht mit aggressivem

Verhalten. Er gibt der Hotelchefin schnell seinen Ausweis und zahlt für drei Tage im Voraus.

Nun schaut die Chefin namens Betty etwas freundlicher zu Hoffmann, in Amerika kann man mit Geld schon ein Lächeln hervorzaubern.

Das Lächeln von Betty ist wenig charmant, denn es fehlen einige wichtige Zähne. Das große Geld verdient sie hier gewiss nicht.

Sie fragt Hoffmann, ob er auch im »Dragonfly« arbeite, dem chinesischen Restaurant von nebenan. Hoffmann nickt. Die alte Lady ist zufrieden und gibt Hoffmann einen Schlüssel. Dieses Motel ist fast ausgebucht, aus den Zimmern hört man Stimmen und Gespräche. Der eine oder andere huscht im Gang an Hoffmann vorbei. Alle tragen Arbeitskleidung.

Schnell wird Hoffmann klar, dass alle diese Menschen hauptsächlich Asiaten, Schwarzarbeiter von Eddie sind. Er selber ist nun einer von ihnen, denjenigen, die illegal im Land leben und alles tun, um Geld zu verdienen.

Betrübt schließt Hoffmann sein Zimmer auf, die Nummer 13. Das Zimmer ist wie erwartet ausgestattet: mit einem Kingsize-Bett, einer Couch, einem kleinen Glastisch und einem Fernseher.

Das Bad ist noch älter und die Handtücher noch grauer als im vorherigen Motel. Hoffmann legt sich auf das Bett. Ein bekannter muffiger und schimmeliger Geruch steigt ihm in die Nase. So wollte er ganz bestimmt nicht leben, aber wie wäre das Leben in einem deutschen Gefängnis? Er wäre eingesperrt, würde vielleicht von anderen Mitgefangenen terrorisiert, gar vergewaltigt.

Hoffmann wird es bei diesen düsteren Gedanken ganz schlecht. ‚Alles ist besser, als eingesperrt zu sein. Das kommt für mich nicht in Frage‘, denkt er.

Lange nachdenken kann er jedoch nicht, er soll bereits um 10 Uhr im »Dragonfly« seinen Dienst beginnen.

Hoffmann hängt seine wenigen Habseligkeiten in den schäbigen Schrank, dann macht er sich auf den Weg zu seinem neuen Arbeitsplatz als Küchenhilfe und Spülkraft.

Arbeitskleidung hat er noch keine. Er geht durch den Haupteingang und fragt einen Mitarbeiter nach Eddie. Sofort kommt ein streng aussehender Angestellter, der Vorarbeiter Cheng, auf Hoffmann zu, er ruft, der Eingang sei nur für Gäste, Angestellte dürften hier nicht rein, schüttelt wütend den Kopf, nimmt Hoffmann an der Jacke und zerrt ihn wieder hinaus. Er deutet auf einen anderen Eingang, den für Angestellte hinter dem Gebäude, da wo die vielen Mülltonnen stehen, da wo es bestialisch stinkt, da wo die Ratten leben.

Jetzt kommt sich Hoffmann selbst wie eine Ratte vor, er ist jetzt ganz unten gelandet, sein Studium als Diplomingenieur nutzt ihm hier nichts. Mit gesenktem Kopf läuft er in die Küche. Cheng, der als Vorarbeiter über eine höhere Position verfügt, wirft Hoffmann Arbeitskleidung zu. Hoffmann reagiert nicht schnell genug und die Kleidung fällt auf den schmierigen Küchenboden. Hoffmann hebt schnell seine Kleidung auf und zieht sich im Personalraum um. Hier stehen alte, rostige Spinde und eine lange Bank. Von Tischen oder einem Mindestmaß an Gemütlichkeit fehlt hier jede Spur.

Die Kleidung passt Hoffmann nicht, alles ist zu weit, die Hosen aber dann wieder zu kurz.

Hoffmann fühlt sich wie ein Clown. Er betrachtet sich in einem alten Spiegel, der an der Wand hängt.

Die Arbeitskleidung ist benutzt, schmutzig und sie stinkt zum Himmel.

Hoffmann möchte in den Spiegel schlagen, aber er traut sich nicht, so wie er sich Zeit seines Lebens nie etwas getraut hat. Wenn Hoffmann sich was traut, dann kann wieder ein Mord geschehen. Seine Fähigkeiten, bestimmte Behandlungen durch seine Mitmenschen auszuhalten, sind sehr viel eingeschränkter, seitdem er ein Mörder geworden ist. Seine Toleranzgrenze liegt zwei Zentimeter über dem Boden.

Hoffmann weiß, wie gefährdet Menschen in seiner Umgebung sind, er versucht so gut er kann, diese schlimmen Impulse in seinem Gehirn einzudämmen. Er muss sich beherrschen, denn in diesem Land gibt es noch die Todesstrafe. Er darf sich nicht den kleinsten Fehler erlauben, er muss unauffällig bleiben, wenn er eine Zukunft haben möchte.

Die böse Hälfte seiner zwiespältigen Persönlichkeit nimmt aber unterdessen immer festere Formen an. Es ist eine innere Kraft, die ihn zu beherrschen scheint. Manchmal ballt er eine Faust und führt mit grimmiger Miene Selbstgespräche. Sein Tun und Handeln liegen dann im Besitz dieser inneren Macht.

Aber noch ist Hoffmann gut in der Lage, sich als Diener der untersten Schicht zu ergeben. Sein Weiterleben und seine Existenz hängen davon ab.

Mit angekratztem Selbstbewusstsein begibt sich Hoffmann in die Küche.

Es ist Zeit vorzukochen. In riesigen Kübeln kochen Fleisch und Gemüse, es werden Saucen hergestellt, weiteres Gemüse geputzt, zwischendurch gespült. In der Küche gibt es eine riesige Schnellspülmaschine, die schon nach fünf Minuten mit dem Spülen fertig ist, man muss aber den oberen Teil der Maschine herausheben, da alles verdampfen muss. Ein großer Kraftakt. Hoffmann besitzt keine besonderen körperlichen Kräfte oder

Fähigkeiten, aber ihm ist klar, dass diese Aufgabe nun die seine ist.

Nach nur zwei Minuten der Einweisung darin, was er alles leisten muss, pfeift der Vorarbeiter Cheng schrill durch den Raum. Er winkt Hoffmann hektisch zu, er solle gefälligst anfangen zu arbeiten. Hoffmann zieht sich die Hose bis zum Bauchnabel hoch, denn sie rutscht bei jeder Bewegung. Cheng verschwindet kurz, als er wiederkommt, wirft er Hoffmann ein Seil zu. Er macht eine Bewegung, die Hoffmann zeigen soll, dass er das Seil als Gürtel benutzen soll. Alle Asiaten lachen laut auf. Cheng lacht mit und klatscht sich vor Freude auf den Schenkel.

Hoffmann bindet sich das Seil um, die Hose hält. Die Demütigung, die er spürt, bekommt keiner mit.

Die Arbeit beginnt, in Akkordarbeit muss er Gemüse putzen, Reis kochen, Töpfe spülen, Teller polieren. Nach nur einer Stunde schmerzen Hoffmanns Gelenke und seine Beine, er hat das Gefühl, Gewichte an seinem Körper zu tragen.

Das Schlimmste an der Arbeit ist die Beobachtung durch Cheng. Der scheint ihn auf dem Kieker zu haben. Jedes Mal, wenn Hoffmann zu ihm hinüberlugt, haften dessen Augen auf ihm. Es scheint so, als ob Cheng großen Spaß daran hat, Hoffmann anzutreiben und ihn lächerlich zu machen.

Der erste Arbeitstag geht nach dreizehn Stunden Schwerstarbeit um 23 Uhr zu Ende.

Niemals, nicht in seinen kühnsten Träumen, hätte Hoffmann erwartet, jemals so hart arbeiten zu müssen.

Er schleicht sich in dieser Nacht in sein Hotelzimmer. An Duschen ist nicht zu denken. Halb bewusstlos fällt er auf sein schäbiges Bett.

Er schläft die ganze Nacht wie im Koma durch. Kurz vor seiner nächsten Schicht wacht er auf.

Als er erschöpft aufstehen möchte, gelingt es ihm nicht gleich. Er ist wie vollkommen eingerostet. Er muss sich erst auf die Kante des Bettes setzen, ein wenig warten, um dann mit einem Ruck aufzustehen.

Normalerweise müsste Hoffmann jetzt kräftig frühstücken, aber er empfindet einfach kein Hungergefühl. Mit langsamen Bewegungen bereitet er sich auf die nächste Horrorschicht vor.

Er spritzt Wasser in sein Gesicht, zieht die verhasste Kleidung an, er hat noch ein paar Minuten Zeit, um Fernsehen zu schauen. Es laufen viele Shows, bei denen Menschen zur Schau gestellt werden, das Publikum lacht auf. Hoffmann kann nicht mitlachen, denn in seinen Gedanken ist er es, über den alle lachen.

Nachdem er seine stumpfen Haare gekämmt hat, geht er los, taucht ein in sein neues Leben, in das »Dragonfly«.

Dort angekommen findet er auf seinem Spind neue Arbeitskleider. Sie sind sauber und passen besser.

Hoffmann ist erleichtert, heute kann ihn keiner mehr auslachen. Als er zu seinem Arbeitsplatz kommt, nimmt niemand Notiz von ihm. Jeder ist voll beschäftigt. Die kleinen, giftigen Augen von Cheng hängen nach wie vor an ihm.

*

„Hallo, spricht dort Detektive Smith?" Schüler spricht etwas lauter als sonst in das Telefon, da sein Gesprächspartner sehr weit weg in Houston sitzt.

Schüler und Deckert haben die amerikanische Polizei informiert, haben Fotos geschickt und die Tathergänge übermittelt.

Detektive Smith ist ein freundlicher und kooperativer Partner, dem viel an der Verhaftung und der Auslieferung Hoffmanns gelegen ist.

In einer örtlichen Nachrichtensendung sollen Fotos von Hoffmann veröffentlicht werden, um die Chance einer Verhaftung zu erhöhen.

Schüler fällt es schwer, seine Ermittlungen abzugeben, am liebsten würde er verdeckt nach Amerika reisen und Hoffmann selber dingfest machen.

Doch das ist unmöglich. Die Zuständigkeit hatten nun seine amerikanischen Kollegen, außerdem ist das Land zu groß, um eine reelle Chance zu haben, ihn zu fassen.

Detektiv Smith macht noch ein paar Späße, dann verabschiedet er sich.

Schüler wird nachdenklich. Er und Deckert haben so hart gekämpft, um diese Morde aufzuklären. Sie sind nur immer ein wenig zu spät gekommen. Jetzt ist dieser Mann in einer relativen Sicherheit. Amerika scheint so unendlich groß zu sein. Es gibt dort so viele gesuchte Verbrecher, ständig liefern die Nachrichtensender neue Gesichter. War es möglich, Uli Hoffmann zur Verantwortung zu ziehen?

Müde und entmutigt muss Schüler das Kapitel Hoffmann jetzt erst einmal abschließen, er kann im Moment nichts tun.

Er muss loslassen, einer anderen Institution sein Vertrauen schenken.

Vertrauen kann Schüler nur schlecht. In den Jahren seiner harten Arbeit in der Mordkommission hat er sehr viele, schlimme Verbrechen und Bilder gesehen. Ermordete Kinder, brutal vergewaltigte und ermordete Frauen, erschossene Bandenmitglieder und vieles mehr.

Jedes Mal, wenn er dann in das Gesicht einer ermordeten Person schaut, sucht er verzweifelt nach einer Antwort. Er versucht darin zu lesen, studiert den letzten Ausdruck der Mimik. Manchmal sind die Augen der Toten voller Entsetzen weit aufgerissen, manchmal steht der Mund offen, aber immer sind es leblose Gesichter, deren Seelen die Körper verlassen haben. Schüler weiß, dass der Mensch, wenn er tot ist, egal, wer er mal war, verletzbar und endlich geworden ist.

Da war ein Mensch, der hat gelebt, geatmet, gearbeitet, er hat geliebt und irgendjemand hat sich das Recht angemaßt, diesen Menschen zu töten.

Bei jedem Toten ergreifen Schüler Ohnmacht und Trauer, es kostet ihn viel Kraft, die Bilder zu verarbeiten. Deswegen hat er seit jeher wie ein Besessener gearbeitet, um Morde aufzuklären, um den Tätern die Möglichkeit zu nehmen, normal weiterleben zu dürfen.

Diese Beharrlichkeit seiner Arbeit hat ihn in der Aufklärungsrate der Verbrechen in eine führende Position gebracht, aber innerlich fast zerbrochen. Er konnte und kann bis heute einfach nicht abschalten, nicht ruhen, bis ein Mordfall aufgeklärt ist. Er ist es dem Toten schuldig.

Ein eigenes Leben außerhalb der Arbeit konnte Schüler nicht führen. Immer war da ein Fall, ein Telefonat, eine Festnahme.

Kindergeburtstage, Familienfeiern, eine beglückende Ehe waren für Schüler nicht erreichbar, obwohl er die Sicherheit, die Wärme seiner Frau eigentlich zum Überleben brauchte.

Er liebt seine Familie, seine Frau, seine Kinder bis zur letzten Faser seines Körpers. Und doch wird er getrieben von einer inneren Macht, seine Arbeit beenden zu müssen, einen Fall zu klären, einen Mörder zu fassen. Es muss Buße geben, ein Mensch muss für seine schreckliche Tat bezahlen.

Der Preis für dieses Leben Schülers sind Einsamkeit und der Weg in die Depression.

Doch nichts und niemand kann Schüler retten, er hat selbst sein Leben den Opfern, den Ermordeten, gewidmet.

*

Der zweite Tag, den Hoffmann in der Küche verbringt, wird noch härter als der erste, denn es ist Wochenende, Freitagabend. Da gehen viele Menschen aus und sie gehen noch spät essen. Im »Dragonfly« kann man am Wochenende bis 23 Uhr bestellen oder sich an dem überdimensionalen Buffet bedienen. Das heißt für Hoffmann, an diesen Tagen noch schneller zu spülen und noch schneller zu kochen.

Er darf ständig die Spülmaschine ausräumen, das dampfende, schwere Oberteil, in dem sich große Töpfe, Pfannen und Schüsseln befinden, heraushieven und ausräumen. Er hat zeitweise das Gefühl umzukippen und hält sich deshalb krampfhaft an der Spüle fest.

Eines wird Hoffmann schnell klar, um hier zu bestehen, muss er regelmäßig essen, um zu Kräften zu kommen.

So beschließt er, wenn Cheng im Restaurant alles kontrolliert, schnell eine Schüssel Reis mit Fleisch zu essen. Den Mitarbeitern wird gestattet, in ihren knappen Pausen zu essen, aber Eddie verlangt von ihnen, dass sie fünf Dollar dafür bezahlen. Hoffmann hat keine Lust, auch nur einen Cent dafür zu bezahlen, so isst er von nun an heimlich. Er schlingt eine Schüssel Nahrung herunter. Seine Kollegen würden ihn nicht verraten, auch sie essen heimlich, wenn Cheng gerade einmal aus der Küche geht. Jeder versucht hier zu überleben.

An diesem Abend torkelt Hoffmann um 1.30 Uhr aus dem »Dragonfly«. Er fühlt sich um Jahrzehnte gealtert.

Diesmal kehrt er schnell in dem nahegelegenen Burgerrestaurant »Wendy' s« ein, um noch zwei Burger zu essen. Außerdem bestellt er sich noch einen riesigen Eistee mit viel Zucker.

Er verschlingt alles in kurzer Zeit, fühlt sich augenblicklich besser und geht in sein Motel. Er hat keinen Wecker und bittet seinen Nachbarn Lee, ihn am nächsten Morgen um 9 Uhr zu wecken. Der nickt müde.

Am nächsten Morgen wird Hoffmann um 9.45 Uhr wach. Erschrocken steht er, obwohl er wieder eingerostet ist, schnell auf, duscht kurz, kämmt sich und rast ins »Dragonfly«. Er kommt gerade noch pünktlich. Cheng schaut demonstrativ auf seine Uhr.

So vergehen die nächsten Tage.

Nach einer Woche gibt es Geld. Cheng überreicht es den Arbeitern in einem braunen Umschlag. Keiner zählt nach, keiner öffnet den Umschlag, alle stecken ihn in ihren Spind.

Widerwillig macht es Hoffmann genau wie die anderen, er möchte unter keinen Umständen auffallen.

Aber es juckt ihm in den Fingern, zu gerne möchte er wissen, wieviel Geld in dem Umschlag steckt.

Als er an diesem Abend in sein Motelzimmer kommt, zählt er fünfhundert Dollar, für sieben Tage Arbeit, im Schnitt zwölf bis dreizehn Stunden am Tag. Macht einen Stundenlohn von weniger als sechs Dollar.

Aber bei wem sollte Hoffmann sich beschweren? Er weiß nun, dass er wahrscheinlich aus diesem Motel so schnell nicht herauskommt. Er ist abhängig von diesem Job, kann keinerlei Erhöhung seiner Lebensqualität erwarten. Er ist gefangen wie eine Fliege in einem Spinnennetz.

In der Zwischenzeit laufen im regionalen Nachrichtensender KTRK in Houston Texas Berichte über einen deutschen Mörder, der in Texas auf der Flucht sein soll, sein Name sei Uli Hoffmann. Das Bild mit seinem grinsenden Gesicht wird mehrfach wöchentlich ausgestrahlt.

Die Belohnung, die zur Festnahme dieses Täters führen, beträgt fünftausend Dollar.

Von all dem bekommt Hoffmann nichts mit, er sitzt in Arlington bei Dallas und fühlt sich sicher.

Nach ein paar Tagen im »Dragonfly« beginnt für Hoffmann eine gewisse Routine. Es sind immer dieselben Abläufe, derselbe Stress, derselbe Horror. Aber immerhin hat er eine Ablenkung, so muss er nicht über eine mögliche Entdeckung nachdenken.

Hoffmann hat Eddie, den Chef vom »Dragonfly«, seit seinem ersten Kennenlernen nicht mehr gesehen. Er hat ihn auch nicht sonderlich vermisst.

Doch heute ist er da. Er kommt in die Küche. Seine Präsenz ist auf sehr unangenehme Weise beinahe greifbar. Dieser kleine alte Mann spricht nicht viel, aber seine Blicke sind noch schärfer als die von Cheng. Sie stechen Hoffmann in den Rücken. Er fängt an zu schwitzen. Eddie steht in einer Ecke, von der aus er Hoffmann die ganze Zeit beobachtet.

Hoffmann sieht aus den Augenwinkeln zu Eddie hinüber und versucht krampfhaft, nichts falsch zu machen. Dann spricht Eddie mit Cheng, er flüstert ihm etwas ins Ohr. Beide schauen zu Hoffmann. Ihre Blicke treffen sich. Entsetzt schaut Hoffmann nach unten, hat er doch gelernt, dem Chef nicht direkt in die Augen zu schauen.

Nach kurzer Zeit verschwindet Eddie in seinem Büro.

Doch Cheng hat sich verändert. Er hat von Eddie irgendetwas erfahren. Hoffmanns Herz scheint zu explodieren, das Blut in seinen Adern rauscht laut und heiß. Der Schweiß läuft Hoffmann über das Gesicht.

‚Was war es, was weiß Cheng, wissen sie über mich Bescheid? Kommen die Cops gleich in die Küche, werden sie mich auf den Boden schmeißen, meine Arme auf den Rücken drücken, mir mit Gewalt Handschellen anlegen, werde ich gefoltert?' Hoffmann gehen sämtliche Szenarien durch den Kopf. Doch der Tag, der Abend und die Nacht schleichen sich heran, nichts geschieht.

Als Hoffmann müde an seinen Spind geht, um seine Arbeitskleidung hineinzuhängen, steht plötzlich Cheng hinter ihm. Hoffmann erschreckt sich.

Cheng schaut ihm ernst ins Gesicht, dann sagt er: „Eddie will dich sprechen, aber nicht hier, er holt dich in fünf Minuten am Eingang ab."

„Äh, was will er denn von mir, will er mir kündigen?"

Hoffmann versucht seinen Schrecken herunterzuspielen, hofft aber, dass er von Cheng erfährt, was los ist.

„Das wird dir Eddie schon selber sagen, wasch dich gefälligst, du stinkst wie eine beschissene Ratte."

Hoffmann wäscht sich schnell in der Mitarbeitertoilette. Dort sind die riesigen Mülleimer immer überfüllt, alles ist schmutzig und spackig, Seife ist auch keine da. Es hat niemand Zeit, für Ordnung zu sorgen. Die Putzfrauen kommen erst nachts. Die Mitarbeitertoilette wird anders als die Gästetoilette ohnehin selten geputzt, die zahlenden

Gäste sollen sich wohlfühlen und wiederkommen, die Mitarbeiter sind zu jeder Zeit austauschbar.

Ängstlich und mit wild klopfendem Herzen steht Hoffmann am Eingang, seine Gedanken laufen Sturm. War er noch vor ein paar Minuten hundemüde, so ist er nun hellwach und vorbereitet, vorbereitet auf das Schlimmste.

Nach etwa fünfzehn Minuten fährt eine edel aussehende Limousine vor. Der schwarze Lack glänzt. Die Scheibe im Fond wird langsam ein Stück heruntergelassen. Hoffmann beugt sich vor, er sieht Eddie, er hat einen teuren Mantel an und deutet Hoffmann an, dass er einsteigen soll.

Hoffmann steigt in die Luxuskarosse, er sitzt hinten, neben Eddie. Zwischen den Vorder- und Hintersitzen befindet sich eine Trennscheibe. Eddie klopft mit seinem Stock dagegen. Das Auto fährt los.

Wortlos fahren sie zu einer Bar. Es ist ein sogenannter Gentleman Club, eine Bar für Männer.

Eddie ist eine bekannte Größe in dieser Bar, denn jeder gibt ihm die Hand, einige verneigen sich vor ihm. Hoffmann trottet ihm hinter her, er fühlt sich schäbig mit seinen verschwitzten Haaren und mit seiner ungewaschenen Kleidung.

Der Club ist sehr dunkel, wenn man sich an die Dunkelheit gewöhnt hat, sieht man eine Tänzerin auf einer Bühne, sie ist halbnackt. In ihrem dünnen Slip stecken Geldscheine, einige Männer stehen nah an der Bühne und grölen, sie haben Geld in der Hand und strecken ihre Arme hoch.

In der hintersten Ecke steht ein Tisch, zu dem Hoffmann und Eddie von einem vornehmen Ober geführt werden.

Von hier aus kann man immer noch gut auf die Bühne schauen. Aber das interessiert Hoffmann nicht. Nicht heute.

Eddie bestellt sich eine Bloody Mary, mit viel Wodka. Er fragt Hoffmann, was er trinken wolle.

Hoffmann weiß nicht, was er sagen soll, ihm fällt nur ein Whiskey Cola ein, den er in Deutschland gern mal getrunken hat.

Eddie bestellt ihm einen Whiskey on the Rocks. Auch gut. Eddies Fahrer steht neben ihnen, er setzt sich nicht dazu, scheinbar ist er Eddies Bodyguard.

Der Whisky schmeckt Hoffmann hervorragend, am liebsten würde er ihn in einem Zug austrinken, Eddie lächelt, er nimmt einen kräftigen Zug von seiner Bloody Mary. Danach putzt er sich mit einer edlen Stoffserviette den Mund ab. Er schaut Hoffmann intensiv an, er lächelt nun nicht mehr, sondern sieht äußerst ernst aus. Hoffmann wagt es nicht, diesem Blick zu begegnen. Er schaut starr nach vorne.

„Willst wohl die kleine Amerikanerin dort auf der Bühne vernaschen? Hier in Amerika wird erst das Geld verdient, dann kommen die Huren dran, nicht die Huren auf den Straßen, die sind die Pest, ich meine die Edelhuren, so wie die auf der Bühne." Eddie schaut intensiv in das Gesicht von Hoffmann, dann lacht er auf, sein Lachen erinnert an eine sehr alte Frau, die mehr krächzen als lachen kann.

Hoffmann lacht leicht gequält mit, er weiß nicht, was er hier soll. Er ahnt nichts Gutes.

Eddie bestellt noch zwei Drinks. Hoffmann nimmt einen kräftigen Schluck. Eddie beobachtet ihn. Er lacht nun nicht mehr. Ein schick gekleideter Mann mittleren Alters kommt zu Eddie an den Tisch. Die beiden Männer stecken die Köpfe zusammen und unterhalten sich. Hoffmann bekommt nicht mit, über was sie sprechen. Er schaut angestrengt auf die Tanzfläche, die Tänzerin räkelt sich auf dem Boden, wieder steckt ein Mann mit Cowboyhut Geld in ihren Slip.

Der Mann verabschiedet sich wieder von Eddie, er hat von Hoffmann keinerlei Notiz genommen.

Wieder bestellt Eddie Getränke, Hoffmann fühlt sich von dem harten Stoff bereits stark angeheitert, doch Eddie stößt mit ihm an und er wartet, bis Hoffmann sein Glas leer hat. Da gibt es keinen Widerspruch und kein Entkommen.

Hoffmann fängt an, sich zu entspannen, es kommt ganz automatisch, der Alkohol hat seine Alarmängste ausgeschaltet.

Eddie schnappt sich plötzlich Hoffmann am Hemdenkragen und zieht ihn brutal an sich ran. Hoffmann kann den Wodka aus nächster Nähe, aus Eddies Mund riechen. Seine Zähne sind beinahe schwarz, eine Nebenwirkung des Kautabaks.

Dann kommt ein Satz, der Hoffmann wie ein Vorschlaghammer trifft, einen Satz, den er am liebsten nie gehört hätte:

„Du wirst gesucht, bist ein verfluchter Mörder, hast Frauen umgebracht in deinem Land, jetzt denkst du, in Amerika bist du sicher, bringst mich in Schwierigkeiten, du verfluchter Hurensohn."

Eddie gibt seinem Bodyguard ein Zeichen. Der schlägt Hoffmann die Faust ins Gesicht. Hoffmann fällt von seinem Stuhl. Danach tritt er Hoffmann mehrfach brutal in die Seite. Hoffmann schreit auf.

Er denkt nur noch, dass sein letztes Stündlein geschlagen hat, und ist sich sicher, dass er jetzt umgebracht wird.

Doch der Bodyguard verschwindet wieder. Eddie befiehlt Hoffmann aufzustehen und sich wieder auf den Stuhl zu setzen.

Hoffmann sitzt zitternd und schmerzgekrümmt auf dem Stuhl. Eddie zündet sich eine Zigarre an. Tief atmet er den ersten Zug ein.

Niemand in der Bar nimmt Anstoß an dem, was geschehen ist.

Hoffmann kann nicht glauben, was ihm gerade widerfahren ist, er weiß keinen Ausweg, keine Ausrede, die Wahrheit ist bekannt.

Eddie schweigt eine Weile, dann wirft er Hoffmann eine Stoffserviette hin. Er deutet ihm an, er solle sich sein Blut aus dem Gesicht wischen.

„Geh und wasch dich, ich muss mich ja schämen, was für ein blutverschmierter Idiot an meinem Tisch sitzt."

Hoffmann torkelt zum Waschraum der Bar. Im Spiegel sieht er, dass seine Nase schief ist, sie ist gebrochen. Sein Gesicht ist voller Blut, er sieht grausam zugerichtet aus.

Plötzlich steht der Bodyguard von Eddie hinter Hoffmann. Er legt sich seinen Finger auf seine Lippen, soll heißen, dass Hoffmann still sein soll. Er stellt sich vor Hoffmann, greift nach dessen Nase und renkt sie mit einem schmerzhaften Ruck wieder in die richtige Position.

Hoffmann schreit auf. Der Schmerz ist schier unerträglich. Doch seine Nase ist jetzt wieder gerade.

Der Bodyguard verschwindet, Hoffmann lässt das Wasser laufen, er wäscht sein Blut ab, wäscht seine Haare. Zurück bleiben eine geschwollene Nase und ein dickes Auge.

Hoffmann versucht nachzudenken, was dieser Chinese von ihm will. Wollte er ihn an die Polizei ausliefern, hätte er das längst getan. Was also will er von ihm? Er hat ihm heute gezeigt, dass er alleine bestimmt, was geschieht.

Wie betäubt geht Hoffmann wieder zu Eddie an den Tisch, der Bodyguard steht auch wieder dabei.

„Oh, wie schön, Marco hat deine Nase wieder gerade gemacht, ich wusste doch, dass ich mich auf ihn verlassen kann, geht es dir gut?

Ich habe mir überlegt, dass ich dich Rock nenne, du trinkst gerne Whiskey on the Rocks, das passt zu dir.

Los, trink noch einen, hey Marco, setz dich neben Rock, er muss sich heute noch amüsieren, wir müssen ihn in sein neues Leben einführen, nicht wahr, Rock, oder willst du weiter Teller spülen? Du bist ein alter Mann, schwach und langsam, als Küchenhilfe nicht geeignet. Du bekommst einen neuen Job bei mir, aber jetzt trinke noch ein paar Drinks, dann werde ich dich einarbeiten."

Hoffmann trinkt einen Whiskey nach dem anderen, er spürt nun keine Schmerzen mehr, er spürt auch keinerlei Angst mehr. Er ist völlig ausgeliefert und kann aus dieser Situation nicht mehr heraus. Er muss sich seinem Schicksal fügen, muss alles machen, was ihm Eddie aufträgt.

In den frühen Morgenstunden brechen die Männer auf. Die Limousine bringt Hoffmann in sein Motel. Er schafft es gerade noch an seine Tür, dann fällt er halb bewusstlos in sein Bett.

Am nächsten Tag, gegen Nachmittag, wacht Hoffmann auf, er fühlt seinen Körper nur noch als Ansammlung von Schmerzen. Jeder Muskel und jede Faser fühlen sich verspannt an. Es ist, als ob Hoffmann im Feuer gekämpft hat.

Er sitzt in der Falle, hier würde er nicht wieder rauskommen. Die Amerikaner wussten bereits, dass er ein gesuchter Mörder ist. Eine Mordanklage gilt weltweit. Er ist ein international gesuchter Mörder.

Eddie sprach von einem neuen Job, Hoffmann lässt sich seitlich aus dem Bett gleiten, auf allen vieren krabbelt er in das Badezimmer.

Mit einem schmerzhaften Ruck gelangt er in eine aufrechte Haltung.

Im Spiegel sieht Hoffmann sein geschwollenes Gesicht. Seine Lippe ist geschwollen, sein Auge ist jetzt blau verfärbt. Sein Zahnfleisch schmerzt. Als er seine Zähne betrachtet, sieht er, dass ein vorderer Backenzahn schief im Zahnfleisch sitzt. Hoffmann berührt den Zahn, er wackelt. Er berührt ihn fester, drückt herum, bis er den Zahn in der Hand hält.

Schlimmer kann sich Hoffmann einen Abstieg nicht vorstellen. Er sieht sich nun selber als ein Verlierer, ganz unten in der Gesellschaft angekommen.

Hoffmann nimmt eine Dusche, eigentlich hat er vor, eiskalt zu duschen, aber seine Empfindlichkeit siegt, er duscht fast dreißig Minuten mit heißem Wasser.

Als er sich angezogen hat, klingelt sein Zimmertelefon, Hoffmann wundert sich, hier hat keiner seine Nummer.

Als er ran geht, meldet sich Marco, sein Peiniger der letzten Nacht.

Er sagt in knappen Worten, dass er ihn in einer halben Stunde abholen wird. Eddie wolle ihn sehen.

Hoffmann hat nicht die geringste Lust, den verfluchten Eddie und den brutalen Marco zu treffen.

In seinem Hirn geht er mögliche Strategien durch. Kurz plant er, einfach zu flüchten, sich ein paar Wochen versteckt zu halten, in einem anderen Staat. Aber dann kommt der Gedanke, dass andere ihn als gesuchten Mörder identifizieren könnten. Nach Deutschland kann er nicht mehr zurück, noch am Flughafen würden die Handschellen klicken.

Er sitzt im Spinnennetz und ist Eddies Marionette.

Hoffmann ballt die Faust, hätte er eine Waffe, dann …

Fest klopft es an der Moteltür.

Hoffmann zuckt zusammen, war das die Polizei?

Marco ruft durch die Tür: „Ich bin es, komm beeil dich! Eddie wartet."

Lethargisch öffnet Hoffmann die Tür, die edle Limousine passt nicht zu dem heruntergekommenen Erscheinungsbild des Motels.

Widerwillig steigt Hoffmann hinten ein. Eddie wartet schon. Er grinst Hoffmann an, klopft mit seinem Stock an die Trennscheibe, die Fahrt geht los.

Hoffmann weiß nicht, was hier gespielt wird. Nach etwa einer Viertelstunde des gemächlichen Fahrens und Schweigens hält das Auto vor einer großen Einkaufsmall.

Eddie beugt sich zu Hoffmann, „Du brauchst dringend neue Kleidung, denn wer für mich arbeitet, muss gut aussehen."

Die Männer steigen aus. Eddie führt Hoffmann in einen eleganten Laden für Herrenbekleidung.

Hier gibt es ausschließlich Anzüge, Hemden und feine Jacken, außerdem Schuhe.

Eddie schnippt mit seinen knöchernen Fingern nach einer Verkaufsberatung. Eine junge Frau eilt herbei, sie scheint Eddie zu kennen. Die beiden grüßen sich mit einer Umarmung.

Eddie flüstert der Verkäuferin etwas ins Ohr. Beide schauen auf Hoffmann und brechen augenblicklich in schallendes Gelächter aus.

Hoffmann fühlt sich ausgelacht, wie so oft, eine riesige Wut wächst in ihm, das Lachen gellt in seinen Ohren, er würde der Verkäuferin gerne seine Wut zeigen … Sie würde ganz sicher nicht mehr lachen, wenn sie nur wüsste, zu was er imstande wäre. Hoffmann muss sich zusammenreißen.

Nach einer Weile verschwindet Eddie aus dem Laden. Marco aber bleibt und beobachtet das Geschehen.

Die Verkäuferin gibt Hoffmann die Hand. „Ich bin Angel, Eddie sagte, Sie brauchen ein paar Anzüge und Schuhe, ich werde jetzt ein paar Modelle holen, die Sie dann anprobieren."

Angel klingt sehr bestimmt, sie wird Hoffmann Kleidung zum Anprobieren bringen, eine eigene Meinung oder ein Mitbestimmungsrecht hat Hoffmann hier nicht, das ist ihm sofort klar.

Es ist Eddies Auftrag, der hier zählt.

Hoffmann probiert einige Anzüge und Schuhe an. Es ist ihm gleichgültig, wie er damit aussieht. Er weiß nicht, warum er jetzt plötzlich Anzüge tragen soll. Das alles bereitet ihm großes Unbehagen.

Nach einer längeren Zeit kommt Eddie zurück und bezahlt die Anzüge und Schuhe.

Er hakt sich bei Hoffmann unter und führt ihn aus dem Geschäft. Hoffmann fühlt sich grausam genötigt.

Die Männer steigen wieder in die Limousine, die Fahrt führt weiter raus aus Arlington. Sie fahren wieder wortlos durch ein ländliches Gebiet.

Hoffmann schaut durch sein Fenster und sieht Bäume, Sträucher, Farmen, Pferde und Rinderherden an sich vorbeiziehen. Wohin soll die Fahrt führen, wann würde sie enden?

Nach etwa einer Stunde hält das Auto in einem Gewerbegebiet. Es sieht aus wie ein stillgelegter Schlachthof.

Eddie klopft mit seinem Stock an die Trennscheibe und gibt Marco ein Zeichen, dass er aussteigen soll.

Eddie schaut zu Hoffmann, sein Blick ist finster, beinahe angsteinflößend, er greift mit seinen ledrigen Fingern zu einem Fach vor seinen Beinen. Er nimmt eine Lederkassette heraus und legt sie behutsam auf seinen Schoß.

Er schaut wieder zu Hoffmann, dann rutscht er ganz nahe an ihn heran. Hoffmann kann die Wärme seines kleinen, alten Körpers spüren. Er kann seinen scharfen, nach Kautabak riechenden Atem wahrnehmen. Eddie öffnet behutsam die Kassette.

„Das ist jetzt dein Werkzeug, mein Lieber."

Hoffmann schaut entsetzt auf die geöffnete Kassette. In dem edlen dunkelblauen Samt liegt ein schwarzer Revolver, seitlich daneben in einer eingefügten Mulde befindet sich noch ein Schalldämpfer.

„Das ist dein neues Spielzeug, Rock, du wirst viel Geld damit verdienen."

Hoffmann fühlt sich schwindelig, er hört alles wie von weit weg, als ob er in Watte gehüllt wäre. Sein Ohr macht einen ihm bekannten schrillen Ton. Tinnitus, immer mal wieder leidet Hoffmann daran, aber heute ist es besonders schlimm. Das kann doch bloß alles ein böser Traum sein, Hoffmann zwickt sich, er möchte aus dem Horror aufwachen.

„Los, nimm das Teil mal raus, schieß mal eine Runde."

„Ich kann nicht schießen, ich habe noch nie eine Waffe in der Hand gehabt, ich glaube, Sie haben den falschen Mann für diesen Job."

„Ach ja, killst zuhause in Deutschland eiskalt unschuldige Frauen, aber eine Knarre kennst du nicht?"

Eddie schnappt Hoffmann und drückt ihn an die Tür.

„Du dreckiger Bastard, dir zeige ich, was du alles kannst."

Eddie hält Hoffmann die Waffe an den Kopf, er entsichert die Waffe.

Er befiehlt Hoffmann auszusteigen, die Waffe auf ihn gerichtet. Hoffmann hält die Hände nach oben. Im nächsten Moment kommt Marco und schubst Hoffmann, er fällt zu Boden.

„Ich kann lernen, sehr schnell lerne ich, wie man mit einer Waffe schießt." Hoffmann versucht verzweifelt, sich gegen die Misshandlungen zu schützen.

Eddie entspannt sich und hält die Waffe nicht mehr auf Hoffmann gerichtet.

Marco zeigt Hoffmann, wie man eine Waffe entsichert und damit schießt. Auf dem verwaisten Schlachthof machen die Männer Schießübungen. Natürlich hat Hoffmann längst die gut sichtbare Waffe in Marcos Gürtel erblickt, selbst wenn er die andere Waffe nun in den Händen hält, könnte er die Männer nicht überwältigen. Noch wäre er da nicht schnell genug mit dem Schießeisen.

Nach einiger Zeit kann Hoffmann eine gewisse Freude am Schießen entdecken. Es ist für ihn nicht so schwer, und wie Eddie vermutet hat, ist er ein wahres Naturtalent. Eddie scheint sehr zufrieden.

Nach einer Stunde geht die Fahrt weiter. Hoffmann sitzt grinsend neben Eddie, das Schießen hat ihm Spaß bereitet. Es ist viel einfacher, als er je vermutet hätte. Der Revolver ist wieder ordentlich verpackt in der Lederkassette, in dem Fach vor Eddies Füßen.

Hoffmann entspannt sich ein wenig, sicher würden ihn die Männer nun zurück ins Motel fahren.

Auf der Wegstrecke fahren sie an einem Radfahrer vorbei. Marco fährt langsam, öffnet das Fenster ein wenig. Er scheint ihn nach einem Weg zu fragen. Hoffmann schaut neugierig raus.

Im nächsten Moment packt Eddie Hoffmann am Genick, drückt ihm die Kassette mit dem Revolver in die Hand und befiehlt ihm, den Mann zu töten.

Da die Autoscheiben getönt sind, bekommt der Radfahrer von den sich auf dem Rücksitz des Autos abspielenden Szenen nichts mit.

„Los, Rock, kill den Mann, sofort, sonst bist du dran, verstehst du, was ich sage? Bring ihn um, kill diesen Bastard."

„Warum, was hat er getan, ist er Ihr Feind, ich kann ihn doch nicht einfach erschießen, wer ist dieser Mann?" Hoffmann fängt an zu zittern, er bekommt panische Angst, was wäre, wenn er sich weigert, würde Eddie ihn hinrichten? Wäre jetzt und hier sein Leben vorbei?

Ein schriller Ton steigt in Hoffmanns rechtem Ohr auf, wird so laut, dass er beinahe verrückt wird. Kalter Schweiß läuft ihm den Rücken hinunter. Sein Adrenalinspiegel steigt gefährlich hoch. Sein Atem wird schwerer, er hat das Gefühl, keine Luft mehr zu bekommen, sein Herz rast.

Er nimmt zitternd die Waffe aus der Kassette, lässt sein Fenster langsam runter, entsichert die Waffe, der Radfahrer dreht sich zu ihm nach hinten, der Lauf der Waffe schaut aus dem Fester, noch bevor der Mann erkennen kann, dass es sich um eine Waffe handelt, schießt Hoffmann. Ein lauter Knall erschrickt die Stille der Landschaft. Ein paar Pferde laufen wiehernd und aufgescheucht über die Weide. Hoffmann starrt auf den leblosen Mann auf der Straße. Er hat ein Loch in der Schläfe, Blut strömt heraus, Marco gibt Gas. Hoffmann lässt die Waffe los, Eddie steckt sie wieder in die Kassette.

Wie ein Roboter, fremdgesteuert, fragt Hoffmann, an Eddie gerichtet: „Wer war das?"

Eddie grinst Hoffmann an: „Das, mein Freund, war niemand, den ich kenne, diesen Mann hast du erschossen, als ob es ein Kinderspiel ist. Ein guter, sicherer Kopfschuss, keine Schreie, keine Zeugen, ein sauberer Job. Ich wusste, Rock, dass du ein Naturtalent bist, gleich zu Anfang habe ich es in deinen Augen gelesen, du bist ein geborener Killer. Deine Mutter wäre stolz auf dich.

Du wirst mir ab jetzt mit viel angenehmerer Arbeit dienen. Wir fahren zum Frisör, dann suchen wir dir eine geeignete Wohnung.

Du leistest gute Arbeit, also wirst du auch gut bezahlt."

Hoffmann sitzt im Auto wie in Trance, die Morde in Deutschland waren anders, etwas in ihm hat die Taten ausgelöst, es war seine Entscheidung. Nun ist er gezwungen, alles auszuführen, was Eddie von ihm verlangt. Er weiß, er muss Dinge tun, die er hasst und niemals von sich aus tun würde. Welche Wahl hätte er, er kann nicht fliehen, ganz bestimmt lässt ihn Eddie bewachen.

Er könnte sich umbringen und so all dem Grauen, das ihm schon widerfahren ist und noch wird, entkommen.

Aber Hoffmann ist kein Mensch, der sich selber Leid zufügt.

Sie fahren in die Innenstadt zum Frisör. Es ist ein schäbiger und ungepflegter Salon. Neben den Frisörstühlen liegen überall Haare auf dem Boden, weit verstreut, von zahllosen Kunden, die heute schon einen Schnitt verpasst bekommen haben.

Der Inhaber Tony, auch ein Chinese, hat ein unerfreuliches Erscheinungsbild. Überall auf seinem Körper sieht man farbige und abschreckende Tattoos. Die Motive sind Schlangen und Totenköpfe, dabei kriechen die Schlangen aus den Köpfen raus. Ein Ausdruck von Tod und Verderben.

Tony trägt eine Art Goldschiene im Mund, Hoffmann hat das in Deutschland einmal bei bekannten Rappern im Fernsehen gesehen.

Bei Tony sieht diese Schiene brutal und ungepflegt aus. Er ist ein sehr großer Chinese, der gerne seine Muskeln zeigt.

Hoffmann wird an einen Platz geführt, eine junge Frau beginnt ihm die Haare zu waschen.

Eddie spricht derweil mit Tony, die beiden scheinen sich köstlich zu amüsieren. Sie gehen nach hinten in die Geschäftsräume. Marco bleibt wie Kaugummi an Hoffmann kleben. Er lässt ihn nicht aus den Augen.

Die junge Frau kann sehr behutsam und fast zärtlich Haare waschen. Hoffmann schließt die Augen. Er genießt die wohlige Behandlung und wünscht sich, dass sie ewig dauern möge.

Aber schon nach kurzer Zeit sind die Minuten der Freude vorbei. Die Frisörin schneidet, Hoffmann sieht auf dem Boden einige Kakerlaken, er tritt nach ihnen, aber sie sind schneller und rennen in die Ritzen der schäbigen Wände.

Nach einer kurzen Weile ist Hoffmann fertig. Er ist überrascht, dass er so gut aussieht.

Würde ihm nicht ein Zahn fehlen, würde er sich glatt als tollen Hecht bezeichnen.

Vergessen sind die schlimmen Gedanken an Selbstmord, die er gerade noch gehabt hat.

Als Eddie um die Ecke kommt, schlägt die Stimmung jäh um, was würde als Nächstes passieren?

*

„Mensch Manfred, du solltest doch schon vor drei Wochen kommen, du weißt, wie wichtig unsere Sitzungen sind, es geht dir doch nicht gut."

Diplompsychologe Fritz Ascher sitzt Hauptkommissar Schüler gegenüber. Seine Worte sind behutsam und freundschaftlich.

„Ich weiß, Fritz, ich wollte kommen, aber dieser verfluchte Gutachter hat mich aufgehalten. Ein sehr gefährlicher Mann, er konnte uns entkommen. Weißt du, Fritz, wir waren so nahe dran, fast hätten wir ihn geschnappt, er hat zwei Frauen das Leben genommen, ich weiß, er wird es wieder tun."

„Manfred, du kannst die Welt nicht retten, es werden immer Menschen, so böse sie auch sind, entkommen. Sie leben irgendwo unentdeckt frei und friedlich und du kannst nichts dagegen tun. Du kannst nur etwas für dich tun. Du musst deinen Beruf von deinem Privatleben trennen, du musst dich distanzieren von dem Leid und dem Grauen. Wenn du das immer mit dir rumträgst, füllt es dich ganz aus, nimmt vollkommen Besitz von dir und macht dich krank.

Es nimmt dir Raum und Luft, du wirst daran ersticken. Glaubst du, dass du nur einem Opfer hilfst, wenn du dich opferst?"

„Fritz, hör auf, du kannst das nicht verstehen, du siehst nicht die Bilder, das Leid und die Leere jener Menschen, die ein Familienmitglied oder Freund verloren haben. Die Augen dieser Menschen sind so voll Hoffnungslosigkeit und Traurigkeit, dass es einem das Herz zerreißt. Ich kann so einem Tier von Mörder nicht erlauben, dass er frei und friedlich durch die Gegend läuft und sich überlegt, vielleicht noch mal zu morden. Überlege mal, Fritz, es wäre deine Frau, deine Sandra, die ermordet in eurem Wohnzimmer liegt. Nun komme ich zu dir und du schaust mich an, du hast die Erwartung, dass ich den Mörder fange, dass er büßt für den Schmerz, den er dir und deiner Familie angetan hat. Man kann sich von dem Leid und dem Grauen nicht distanzieren, denn dann hat man den falschen Beruf. Ich kann doch nicht sagen, es ist jetzt Feierabend, nun ist mir alles scheißegal, ich denke nicht mehr an die Toten, ich denke nicht mehr an die Familien, die zurückbleiben. Nein, mein Freund, so läuft das nicht. Dieser Beruf nimmt dich vollkommen ein und du denkst noch nachts nach, ob du irgendeinen Hinweis nicht beachtet hast."

Fritz Ascher blickt betroffen auf den Boden. Es ist leicht, Menschen Ratschläge zu geben, aber diese Konfrontation mit seinem eigenen Leben lässt ihn erschaudern.

„Ich verstehe dich sehr gut, aber du brauchst auf jeden Fall einen Ausgleich, vielleicht ein Hobby, bei dem du ganz abschalten kannst. Bist du nicht ein guter Segler, ich meine, dein Kollege Deckert hat mir davon erzählt."

Schüler grinst in sich hinein … „Ja, Segeln, das ist lange her, es hat mir nur am Anfang Freude bereitet, aber erfüllt hat es mich nicht. Du weißt doch, Angelika wird schnell seekrank, soll ich vielleicht immer alleine segeln gehen?"

„Uli, du bist alleine, Angelika lebt seit vielen Jahren nicht mehr mit dir zusammen, sie wird wohl kaum mit dir segeln gehen."

„Ja, da hast du recht, wer weiß, was noch kommt." Schüler blickt verlegen zur Seite. Die Sache mit seiner Frau hat er noch immer nicht verarbeitet, für ihn ist die Möglichkeit einer Versöhnung noch nicht ausgeschlossen. Er vergisst einfach, wieviel Zeit schon vergangen ist. Den Schmerz des Alleinseins betäubt er mit Alkohol und Schlaftabletten.

„Wie kannst du zurzeit schlafen, Manfred, gelingt dir das Einschlafen?"

„Ja, dank Targin schlafe ich wie ein Baby."

„Großer Gott, Targin, das ist ein Opiat für schmerzgeplagte Menschen, die das Zeug nach schweren Operationen einnehmen. Du hast keine Schmerzen, Uli, das hier macht süchtig, du bist gewiss schon abhängig. Ich verstehe nicht, dass dir dein Arzt das verschreibt. Der gehört hinter Gittern."

„Jaja, ich weiß, ich weiß, aber ich kann verdammt noch mal nicht schlafen. Ohne Targin liege ich die ganze, verdammte Nacht wach. Und das ist doch auch nicht gesund. Mit Yoga und so 'n Scheiß braucht mir auch niemand zu kommen, ich muss einfach ein paar Stunden schlafen, das ist alles."

„Wie geht es dir morgens, bist du dann frisch und ausgeruht?"

Schüler lacht verlegen: „Nein, bestimmt nicht, ich bin eher erschlagen, aber da gibt es ja guten Kaffee, nach der siebten Tasse werde ich fit."

„Manfred, so kann das nicht weitergehen, hast du schon mal an eine Kur gedacht, du solltest mal sechs Wochen ausspannen. Nach diesen langen Dienstjahren und in deiner Position kannst du dir beinahe die schönsten Orte Deutschlands aussuchen. Gib dir einen Ruck, dann kommst du kraftvoll wieder zu deinem Dienst zurück."

„Nein, Fritz, sowas ist nichts für mich. Alte Weiber, Anwendungen und fröhliche Krankenschwestern, die mich um 6 Uhr in der Früh wecken, vielleicht hab ich dann noch einen Kurschatten an mir dran. Ich sehe vor meinem inneren Auge einen Saal mit alten, geilen Böcken und Stevie Wonder grölt aus der Box »I Just Called to Say I Love You«. Hilfe, ich würde wegrennen."

Die beiden Männer lachen herzlich.

„Du bist unverbesserlich, Manfred, man kann dich nicht beraten und schon gar nicht belehren, aber wenigstens haben wir mal zusammen gesprochen, das ist mir sehr wichtig. Ich muss dich regelmäßig sehen. Versuche die Termine einzuhalten, dann ist dir auch schon ein wenig geholfen."

„Du, Fritz, jetzt mal was ganz anderes. Wie kann es sein, dass ein Mann, Mitte fünfzig, auf einmal zum Mörder wird. Vorher lebt er unauffällig, ein Saubermann, einer, der anderen sagt, was sie falsch machen, ein Gutachter.

Einer, der nie auffällig geworden ist. Der Mann hatte noch nicht mal Strafzettel. Er ist lange Jahre verheiratet mit einer Frau, lebt ein biederes Leben in einem Reihenhaus etwas weiter draußen. Er wirkt auf seine Mitmenschen unnahbar, manchmal griesgrämig. Dann auf einmal bringt dieser Mann seine Chefin um, bei der er seit mehr als zwanzig Jahren tätig ist, vorher vergewaltigt und quält er sie noch. Die Ermordete wurde schrecklich zugerichtet.

Ein paar Tage vorher hat er spät in der Nacht eine junge Studentin auf einer Bundesstraße so genötigt, dass sie von der Straße abkommt, in eine Böschung stürzt und stirbt. Danach versucht er, die Tat zu verdecken und legt große Tannenäste auf das Auto.

Ich kann ein solches Verhalten nicht begreifen, warum schlägt er erst jetzt zu, warum nicht, als er noch ein junger Mann war?"

„Es sieht so aus, als ob du es hier mit einem Psychopathen zu tun hast.

Dieses Thema über Psychopathen ist sehr komplex. Es spielen viele auslösende Faktoren eine Rolle, die dann als Gesamtsumme zu solchen Taten führen.

Fangen wir mal mit der Kindheit an. Vielleicht liegt hier der Ursprung seiner Entwicklung. Hat er eventuell in frühester Kindheit mit seiner Mutter oder weiblichen

Verwandten sehr schlechte Erfahrungen gemacht und damit ein schweres Trauma erlitten? Konnte er diese negativ prägenden Erfahrungen nicht kompensieren, das heißt, niemand war da, der ihn in seelischen Krisen oder gar bei seelischer Grausamkeit getröstet oder aufgefangen hat? Je schwerer er gelitten hat, desto wahrscheinlicher kann eine derartige Krankheit entstehen und desto schwerwiegender kann sie sich entwickeln.

Dann noch die Gene, vielleicht ein fehlgesteuertes Hormon im Gehirn, und auf einmal wird ein für uns scheinbar unauffälliger Mensch zum Mörder.

Aber er selber fühlt im tiefsten Inneren schon lange einen Impuls, den er immer schlechter steuern kann. Man kann es mit Gasen in Tiermastanlagen vergleichen. Wenn man einen Kuhstall oder eine Hühnerlegefabrik verschließt und keinen Luftaustausch ermöglicht, können die aus den massenhaften Exkrementen der Tiere resultierenden Gase nicht mehr entweichen. Die Gase werden immer konzentrierter, bis es zu einer Explosion kommt.

Wahrscheinlich hat er diese Energie schon lange in sich getragen und in vielerlei Hinsicht in seinen Gedanken ausgeübt.

Oft bauen solche Täter jahrelang einen riesigen Druck auf, dann kommt ein Punkt, an dem sie diesen Hass rauslassen müssen und der Mord geschieht. Manchmal ist es nur ein Tröpfchen, das dieses Fass zum Überlaufen bringt. Ein Psychopath ist im Grunde ein guter Schauspieler. Keiner käme auf die Idee, dass hinter diesem Menschen, der sich unauffällig, oft sogar ausgesprochen freundlich und hilfsbereit verhält, ein sadistischer Mörder steckt. Dieser Mörder trägt sozusagen eine Maske der Normalität.

Deswegen hören wir so oft von Nachbarn, bei denen ein schreckliches Verbrechen geschah: ‚Ich hätte ihm das niemals zugetraut, er ist ein so ruhiger und ordentlicher Mensch, er hat meine Einkäufe ins Haus gebracht … usw. usw.‘

Ich glaube, jetzt, da er angefangen hat zu morden, braucht er dieses Gefühl der Erleichterung regelmäßig. Er wird mit großer Sicherheit wieder morden.“

Schüler blickt ins Leere, stellt sich weitere tote Frauen vor, er sieht den grinsenden Gutachter Uli Hoffmann vor sich. Er lebt frei und glücklich im fernen Ausland, wahrscheinlich wird es schon bald ein nächstes Opfer geben.

Schüler schnappt seinen Mantel und verlässt grußlos das Zimmer.

Fritz Ascher bleibt alleine zurück und schaut nachdenklich aus dem Fenster in den grauen Dezemberhimmel. Ein paar streitende Krähen fliegen schimpfend vorbei. Es fängt an zu regnen.

*

„Sehr schön, diese neue Frisur, Rock, jetzt fahren wir zu deiner neuen Wohnung."

Fast könnte man meinen, Eddie sei ein guter Freund Hoffmanns, großzügig, besorgt um sein Wohlergehen.

Die Männer fahren los, kommen in ein völlig neues Wohngebiet. Dort stehen viele Mehrfamilienhäuser.

Im »Paradise Inn«, einem etwas älteren Wohnkomplex, biegt Marco ab.

Die Männer steigen aus. Sie laufen ein Stück über hübsch angelegte Wege, mehrere Mehrfamilienhäuser stehen auf einem riesigen Grundstück, in der Mitte liegt ein schöner Pool, umringt von ein paar älteren Liegen.

Ein Flachdachbungalow mit der Aufschrift »Office« ist das Ziel der Männer. Hier werden Mietverträge unterschrieben.

Nicht so bei Hoffmann, Eddie spricht kurz mit der Sekretärin, die gibt ihm einen Schlüssel.

Die Männer verabschieden sich und laufen durch das Gelände. Hoffmann kann ein kleines Fitnessstudio und einen Waschsalon erkennen. Einige Leute stehen draußen und unterhalten sich. Alle scheinen Eddie zu kennen, denn jeder grüßt ihn freundlich.

Auf dem Gelände sind wunderschöne Büsche und blühende Pflanzen verteilt. Alles wirkt gepflegt und sauber. Nach einer Weile laufen die Männer ein paar Teppen hoch. Eddie schließt eine Wohnungstür auf.

Sie betreten eine geräumige Wohnung. Sie verfügt über zwei Schlafzimmer, ein Duschbad, ein großes Wohn-/Esszimmer und eine offene Küche. Dort stehen sämtliche Küchengeräte und Geschirr. Hier hat bis vor Kurzem wohl noch jemand gelebt, denn Hoffmann erkennt, dass im Schlafzimmerschrank noch fremde Kleidungsstücke hängen.

„Voilà, mein lieber Rock, das hier ist nun deine Bleibe, nur für den Anfang, vielleicht besitzt du schon bald ein eigenes Haus mit Pool."

Eddie zieht einen Briefumschlag aus seinem Mantel.

„Für dich, mein Lieber, hast heute einen guten Job gemacht. Marco bringt dir später noch einen Autoschlüssel vorbei, hier in Amerika geht keiner zu Fuß. Und geh zum Zahnarzt, diese verdammte Lücke will ich das nächste Mal nicht mehr sehen!"

Eddie geht an die Tür, er winkt Hoffmann zu sich und als der vor ihm steht, schnappt er ihn und drückt ihn brutal an die Wand.

„Wenn du denkst, ich gebe dir hier alles und du haust ab, denkst du falsch, denn dann bist du schon tot, wir beobachten dich, zu jeder Zeit, in jeder Sekunde. Vertrauen muss man sich verdienen, hast du das verstanden?"

Hoffmann nickt kurz. Zufrieden verlässt Eddie die Wohnung. Marco kommt noch einmal hoch und klopft laut an die Tür. Als Hoffmann öffnet, wirft er dessen Koffer und die Einkaufstüten in die Wohnung.

Danach geht er, Hoffmann ist alleine. Er ist noch ganz benommen von dem Tag, dem schrecklichen Mord, zu dem er gezwungen wurde, den vielen Bedrohungen und Prügeln, die er einstecken musste.

Er weiß nicht, was noch alles auf ihn zukommt. Langsam packt er seinen Koffer und die Einkäufe mit den neuen Anzügen aus. Lethargisch, fast wie ferngesteuert hängt er seine Kleidung in den Schrank. Die andere, die dort noch hängt, schiebt er in die rechte Ecke, vielleicht würde ja noch jemand kommen und sie abholen. Vielleicht war dieser Jemand aber schon tot.

Der Umschlag, den Eddie ihm gegeben hat, fällt zu Boden, Geldscheine gleiten aus der Öffnung. Hoffmann setzt sich auf den Boden, er zählt die Scheine, es sind Hundert-Dollar-Noten. Er zählt dreitausend Dollar.

Wofür hat Eddie ihm das Geld gegeben, ist es wegen des Mordes? Hoffmann überlegt fieberhaft: ‚Könnte es sein, dass Eddie mich als Killer beschäftigen will?

Muss ich nun jeden Tag jemanden abknallen?

Eddie ist ein bekannter, angesehener und sehr reicher Mann, hat er Feinde? Handelt es sich hier um eine Mafia?‘

Es klopft laut an der Tür, jemand boxt mit der Faust so hart an die Tür, dass sie Hoffmann beinahe entgegenfällt.

Hoffmann zuckt zusammen, aber er weiß, dass es nur Marco ist, diese Schläge sind sein Markenzeichen, Schläge gegen Türen oder gegen Menschen.

Marco holt Hoffmann zum Einkaufen ab. Er fährt ihn in einen nahegelegenen Markt. Es scheint so, dass Eddie sicher sein möchte, dass es Hoffmann gut geht, dass für ihn gesorgt wird.

Hoffmann weiß nicht, was er alles kaufen soll, aber Marco wirft allerlei in den Wagen. Steaks, Saucen, Brot, Butter, Wurst, Käse, Eier, mehrere Sixpacks Bier, Weinflaschen, Dr. Pepper, Fanta, Coke, Chips usw. Der Einkaufswagen quillt fast über.

An der Kasse angelangt, beträgt der Preis stolze dreihundertfünfzig Dollar. So viel Geld hat Hoffmann für einen Einkauf noch nie ausgegeben. Er schaut zu Marco, der aber zeigt auf ihn, er selber muss den Einkauf zahlen. Richtig, er hat ja einen Umschlag.

„Das nächste Mal kann ich alleine einkaufen gehen", raunt Hoffmann Marco zu.

„Du gehst einkaufen, wenn Eddie das sagt, ist das klar?"

„Ja, natürlich, ich meinte es nur gut, das macht ja alles Arbeit, ich meine für dich."

„Mach dir keine Sorgen um mich, ich werde gut bezahlt, und jetzt halt dein verfluchtes Maul."

Hoffmann nickt stumm. Die beiden Männer fahren zurück zu Hoffmanns Appartement. Sie tragen gemeinsam die Lebensmittel nach oben.

Marco teilt Hoffmann mit, dass er morgen früh gegen 9 Uhr wieder vorbeikommen wird.

Danach verschwindet Marco. Hoffmann verstaut die vielen Lebensmittel im Kühlschrank und im Küchenschrank. Zum ersten Mal ist alles da, was sein Herz begehrt.

Fast beschwingt bereitet Hoffmann ein Steak zu, dazu öffnet er einen Fertigsalat und nimmt sich paar

Brotscheiben dazu. Er schaltet den großen Fernseher ein und denkt sich, dass sein Leben vielleicht doch gar nicht so schlecht ist.

Einige Tage zuvor hat er noch in einem heruntergekommenen Motel gewohnt, täglich dreizehn Stunden unter schlimmsten Arbeitsbedingungen als Spülkraft gearbeitet und jetzt sitzt er auf einem sauberen und schönen Sofa und genießt Steaks und ein kühles Bier. Doch welchen Preis er dafür würde zahlen müssen, weiß er nicht.

An den unschuldigen Mann, den er erschossen hat, denkt er jetzt nicht mehr. Keiner hat diese Tat gesehen. Er kann dafür nicht zur Verantwortung gezogen werden.

Im Fernseher läuft eine Komödie, Hoffmann lacht befreit mit.

In der Nacht schläft er wie ein Baby.

Frisch geduscht und gut gefrühstückt, öffnet er am nächsten Morgen seine Wohnungstür, an der wie gewohnt wieder hart gehämmert wird.

Marco steht angelehnt, mit Spiegelpilotenbrille, an der Tür. Er grinst Hoffmann an: „Heute ist ein schöner Tag für dich, würde gern tauschen.“

„Ich bin bereit, was steht heute an?" Hoffmann wirkt erstmalig gut gelaunt. Er fühlt sich heute zum ersten Mal nicht als Opfer.

Vielleicht liegt es daran, dass er sich eine mögliche Auslieferung an die Polizei nicht mehr fürchten muss. Es ist ihm nun klar, dass Eddie andere Ziele für ihn hat.

Eddie steht an der Limousine und raucht seine Zigarre, er gibt Hoffmann freundlich die Hand.

„Los, Rock, jetzt kaufen wir dir ein Auto, ich kenne einen Jungen, der hat eine kleine Werkstatt, bei ihm steht dein Schlitten. Er hat ihn gerade noch überholt. Schwing dich ins Auto, es geht los."

Wieder fahren die Männer eine Weile durch die Stadt, ein wenig mulmig wird Hoffmann schon, denn er denkt an den Radfahrer vom Vortag.

Aber die drei Männer biegen unversehens in eine Seitenstraße ein, in der eine Werkstatt neben der anderen liegt.

Fast am Ende der Straße liegt die besagte Werkstatt. Die Männer steigen aus. Die Werkstatt sieht aus wie eine große alte Garage. Umgeben von wuchernden Gräsern und Unkraut, das noch nie gejätet wurde. In der Mitte der Werkstatt steht ein Auto auf einer Hebebühne. Unter dem

Auto schraubt ein junger, sehr schlanker Mann konzentriert an einem der Bremssattel herum.

„Hi Curley, du Bastard". Marco nimmt den ölverschmierten Mann in die Arme.

„Bist du fertig? Du weißt, Eddie wartet nicht so gerne."

„Ich brauch nur noch `ne Sekunde, mein Freund, dann könnt ihr den Chevi mitnehmen."

Marco reicht dem jungen Mann einen Umschlag, er legt ihn beiseite, das Geld zählt er nicht nach.

Kurze Zeit später wird das Auto, eine Chevrolet Corvette, Baujahr 1999, herabgelassen. Curley fährt den laut brummenden Sportwagen aus der Werkstatt, dann poliert er mit einem speckig aussehenden Tuch das Lenkrad und die Konsole blank. Er lässt die Fahrertür offen. Eddie setzt sich in das Auto und fährt los. Marco folgt ihm, mit Hoffmann auf dem Beifahrersitz. Hoffmann ist ein wenig enttäuscht, er hat gedacht, dass er gleich fahren darf.

Marco scheint die Gedanken von Hoffmann gelesen zu haben: „Du hast noch keine Papiere, du brauchst Pass, Führerschein und eine Social Security Nummer, dann kannst du fahren."

„Ich habe einen Führerschein und einen Pass."

„Oh Klasse, dann bist du schon morgen im Knast, wirst zum Tode verurteilt wegen Mehrfachmordes, bist du verrückt, du lebst hier in Texas, dem gefährlichsten Staat hier in Amerika, du brauchst dringend neue Papiere."

Hoffmann hat glatt vergessen, dass er ein gesuchter Mörder ist, nun auch in den Staaten. Er muss nach wie vor auf der Hut sein.

Die Männer fahren das Auto zu Hoffmann in die Wohnanlage, Eddie parkt es ein. Ohne ein Wort steigt er zurück in seine Limousine und deutet Hoffmann an auszusteigen. Hoffmann steht ein wenig verloren auf dem Parkplatz. Die Limousine rauscht davon.

Hoffmann kann Eddie und dessen Gedanken zu keiner Minute einschätzen. So großzügig und freundlich er in einem Moment sein kann, so grausam und unberechenbar ist er im nächsten.

In den nächsten drei Tagen geschieht nichts. Hoffmann ist zu jeder Sekunde vorbereitet, dass Marco an seine Tür hämmert, aber es tut sich nichts.

Es ist anstrengend, wenn man ständig jemanden erwartet, Hoffmann kann nicht abschalten, er fragt sich, was als Nächstes kommt.

Es ist vierzehn Tage vor Weihnachten, ein Fest, das Hoffmann immer zutiefst gehasst hat.

Er hätte in Deutschland ein paar Tage frei, Tage, die er dann mit seiner Frau verbringen müsste. Ein Grauen für Hoffmann. Seine Frau wäre die gesamte Zeit schlecht gelaunt, weil sie das Geschenk, das sie sich gewünscht hätte, nicht bekommen hätte.

Hoffmann ist und war nie ein Romantiker, der seiner Frau vielleicht mal ein Schmuckstück oder edles Parfum geschenkt hätte. Dazu reichte seine Wertschätzung nicht. Es war meistens ein Haushaltsgerät, das mal ausgetauscht werden musste.

Seine Frau war auch nichts anderes als ein Haushaltsgerät.

Wenn er dann wieder zurück in sein Büro kam, war er sehr glücklich. Er war süchtig nach Frau von Wolf.

Hoffmann grinst, als er an Gabi von Wolf denkt. Er hat noch frische Erinnerungen an die Vergewaltigungen, die sie in seinen kranken Vorstellungen von Gerechtigkeit verdient hat. Sie ist selber schuld an ihrem Tod, Hoffmann nickt selbstgefällig.

Seine Mutter hat stets gemahnt, dass Menschen nur ihre eigenen Interessen vertreten und andere Menschen auf diesem Wege manipulieren.

Der Einfluss anderer Menschen kann einen vergiften. Hoffmann wehrt sich dagegen, an seine Mutter zu denken. Sie ist die letzte Person, an die er erinnert werden möchte. Er versucht die Gedanken an sie sofort auszulöschen, wie einen Lichtschalter auszuknipsen.

Er presst seine Lippen aufeinander und hält sich seine Ohren zu, diese Reaktion in Gedanken an seine Mutter hat er vor ein paar Jahren entwickelt. Er möchte über die Gefühle, die er dabei hat, nicht nachdenken.

Die Auseinandersetzung mit seinen Gedanken fürchtet Hoffmann.

Inmitten dieser unangenehmen Stimmung hämmert es an die Tür.

Marco holt Hoffmann ab, er sagt nicht, worum es geht.

Eddie wartet bereits in der Limousine. Hoffmann steigt hinten zu ihm ein. Eddie nickt kurz, dann geht die Fahrt los.

Sie fahren in die Stadt und halten vor einem recht schicken Haus an. Alle Männer steigen aus. Marco klopft, jedoch nicht so laut und proletenhaft wie an Hoffmanns Tür.

Die Tür wird von einer Hausangestellten geöffnet. Sie führt die Männer in einen sogenannten Salon. Überall stehen sehr edle englisch aussehende Möbel herum. Hoffmann hat einmal einen Studienkollegen aus England gehabt, der auch ähnliche Möbel besaß, doch die waren zerschlissen und verlebt. Die Möbel in diesem Haushalt sind opulent, gepflegt und äußerst geschmackvoll.

Nach einer Weile erscheint ein älterer Herr, ein Chinese. Er stellt sich als Akuma vor. Er wirkt in sich gekehrt und gebildet. Eddie spricht kurz mit ihm. Da die beiden Chinesisch sprechen, können Hoffmann und Marco kein Wort verstehen.

Akuma bittet Hoffmann höflich, mit ihm zu kommen. Er wird in einen Raum geführt, der die Anmutung eines Fotoateliers hat. Hoffmann muss sich auf einen Stuhl setzen, Akuma stellt eine blaue Wand dahinter. Dann stellt er Strahler zur Beleuchtung auf. Er bittet Hoffmann, ernst zu schauen, dann macht er mit einer großen Kamera mehrere Bilder.

Als er fertig ist, wird Hoffmann wieder in den Salon geführt.

Eddie reicht Akuma einen braunen Umschlag. Die Männer verabschieden sich und fahren wieder in Hoffmanns Wohnanlage.

Eddie wirkt schlecht gelaunt.

„Du kostest mich verdammt viel Geld, du kleiner deutscher Bastard, ich hoffe nur, dass du das alles wert bist."

Eddie winkt Hoffmann aus dem Wagen.

*

Schüler ist gerade auf dem Sprung, er möchte heute unbedingt noch Weihnachtseinkäufe machen. Er hat sich vorgenommen, sich in diesem Jahr richtig ins Zeug zu legen. Zum einen möchte er natürlich seinen Kindern eine Freude bereiten, zum anderen möchte er auch seine Frau ein wenig beeindrucken. Er hat geplant, dass die ganze Familie zusammen feiert.

Mit seiner geschiedenen Frau Angelika hat er ausgemacht, dass sie in seinem damaligen Haus feiern. Angelika ist nicht begeistert, denn sie weiß nur zu gut, dass die anfängliche Freude schnell umschlagen kann. Schwelende Konflikte zwischen Schüler und seinen Kindern, die entstanden sind, als Schüler immer wieder seinen Job wichtigen Ereignissen wie Geburtstagen oder Schulauftritten vorzog. Die Kinder sind in dieser Zeit, als Schüler noch bei ihnen lebte, ständig enttäuscht worden. Irgendwann waren sie abgestumpft und erwarteten von ihrem Vater nichts mehr. Ein sehr ungesunder Prozess.

Aber Schüler denkt nur an seine letzten Jahre der Einsamkeit, Jahre der Entbehrung menschlicher Zuwendung und Wärme.

Seine Trinkeskapaden, seine Schlaflosigkeit und seine Sucht nach Schlaftabletten haben zudem seine Gesundheit erheblich geschädigt, im Grunde hat er nichts zu verlieren.

Wenn er so weiterleben würde, wäre sein Ende nah. Schüler möchte es so gerne noch einmal probieren. Er möchte wieder Liebe spüren, er hat diese Liebe in seinem Herzen, sie war nie erloschen.

Das Telefon klingelt, am anderen Ende hört er ein Knacken und Rauschen, dann erkennt er die markige Stimme von Detective Smith aus Houston.

Für einen Moment setzt Schülers Herzschlag aus.

„Hey Kollege, wir haben Hinweise, dass dein Doppelmörder Hoffmann gesehen wurde."

„Das ist doch nicht möglich." Schüler kann nicht glauben, was er da hört.

„So wie es aussieht, lebt der Kerl nicht in Houston, er wurde in Arlington, das liegt in der Nähe von Dallas, erkannt, er soll in einem Restaurant arbeiten.

Ein ehemaliger Mitarbeiter hat ihn erkannt. Da eine hohe Belohnung ausgesetzt wurde, wollte der sich wohl schnell die Kohle unter den Nagel reißen."

„Das sind großartige Neuigkeiten, werden Sie ihn ausliefern, wenn er verhaftet wurde? Wie lange dauert so was bei euch in den Staaten?"

„Langsam, erstens müssen wir die Anschuldigungen überprüfen, dann muss geklärt werden, ob der Kerl hier in den USA Straftaten begangen hat. Eine Auslieferung dauert. Aber wenn wir ihn haben, dann kann er keinem mehr schaden."

„Wunderbar, Detective Smith, ich hätte nicht gedacht, dass so schnell ein Erfolg zu verzeichnen ist, ich habe nicht dran geglaubt, diesen Bastard je zu schnappen."

„Wir haben die Police Departments in Arlington und Dallas informiert, die werden den Hinweisen nachgehen, so etwas geht sehr schnell, die werden ihn kriegen, es ist nur eine Frage der Zeit."

Schüler fühlt eine innere Wärme aufsteigen. Sie würden Hoffmann kriegen, daran hegt er nun keinen Zweifel mehr.

Beschwingt eine Melodie pfeifend, geht Schüler aus dem Büro …

*

Die Tür wird mit einem lauten Knall aufgestemmt, es ist die Hintertür des Restaurants »Dragonfly«, das Dallas SWAT Team kennt keine Rücksicht auf Verluste.

Die Mitarbeiter schreien auf, Töpfe fliegen vom Herd, Geschirr und Besteck fallen klirrend zu Boden, die Männer vom SWAT Team bahnen sich unaufhaltsam ihren Weg von der Küche zu den Gasträumlichkeiten. Sie tragen schwarze Anzüge, die Gesichter sind mit Skimasken verhüllt, auf ihren Köpfen sitzen Helme mit hellen Lampen, sie tragen alle scharfe Waffen. Manche Menschen im Restaurant stehen von ihren Tischen auf, wollen schreiend wegrennen, einige sitzen im Schock ganz ruhig. Das SWAT Team verlangt laut rufend, dass sich alle Menschen auf den Boden legen, die Arme sollen nach vorne zeigen, die Beine sollen gespreizt werden.

Einige der Polizeibeamten gehen in die hinteren Räume und zu den Toiletten, es wird kein einziger Mensch in diesem Gebäude vergessen.

Eddie ist heute nicht in seinem Restaurant.

Alle Gäste und alle Angestellten werden überprüft, das Gebäude bleibt während dieser zweistündigen Untersuchung verschlossen.

Uli Hoffmann, der gesuchte Doppelmörder, ist in diesem Restaurant nicht zu finden. Die Angestellten geben alle vor, den Gesuchten nicht zu kennen. Sie wissen nur zu gut, was ihnen droht, wenn sie sie sich in Eddies Geschäfte einmischen.

Der Manager Cheng spuckt zu Boden, als er das Bild von Hoffmann sieht.

Der Police Detective Miller nimmt Cheng mit, denn er ist sich sicher, dass Cheng mehr weiß, als er zugibt. Schnell wird klar, dass die Angestellten hier alle ohne Papiere arbeiten, und zum   Teil der englischen Sprache nicht mächtig sind. Die Zollbehörde wird bestellt.

In dieser Nacht wird das Restaurant »Dragonfly« bis auf Weiteres geschlossen.

„Dieser verdammte Bastard, ich habe geahnt, dass er mir nur Ärger macht, aber den verfluchten Laden wollte ich ohnehin abgeben, er bringt mir nicht viel bei der Geldwäsche, aber danke, dass du mich informiert hast, ich werde eine Weile untertauchen, bis Gras über die Sache gewachsen ist."

Eddie legt auf, seine Augen starren nach vorne, sie sind schwarz. Sein Informant hat ihm vom Einsatz des SWAT Teams berichtet.

Hoffmann ahnt von alledem nichts, er sitzt in seiner Wohnung und wartet auf neue Instruktionen.

Wie immer trommelt es an seine Türe, diesmal sind auch Tritte zu hören. Die Tür reißt schließlich aus den Angeln.

Hoffmann erschreckt sich, Marco greift ihn am Arm und herrscht ihn an, sofort mitzukommen.

Die beiden steigen in die Limousine, Eddie ist nicht dabei.

„Wohin geht die Fahrt?" Hoffmanns Herz schlägt ihm bis zum Hals.

„Halts Maul, du verdammter Idiot, Eddie hat wegen dir großen Ärger, er wird dir wahrscheinlich dein verdammtes Hirn rausknallen."

Hoffmann kann sich nicht denken, dass ihn jemand erkannt haben könnte.

Je weiter Marco fährt, desto unruhiger wird Hoffmann, fast panisch. Was könnte es nur sein, hat er etwas falsch gemacht?

Nach etwa einer Stunde kommen sie an, fahren in die lange Auffahrt einer Farm, das Tor aus edlem Holz öffnet sich, das Grundstück ist großflächig eingezäunt.

Der Weg führt an Pferde- und Bisonweiden vorbei. Grillen zirpen laut, der Abend naht, die Natur ist atemberaubend schön.

Wenn Hoffmann nicht steif vor Angst wäre, hätte er diese Fahrt ganz sicherlich genossen.

Vor einem großen aus Holz gebauten Farmhaus bleibt der Wagen stehen.

Marco steigt aus und befiehlt Hoffmann, im Auto zu warten.

Er spricht mit den Männern, die am Eingangsportal stehen, sie sehen aus wie Polizisten, private Schutzleute für Eddie. Hoffmann fängt an zu schwitzen. Er reibt seine nassen Hände an seiner Hose ab und starrt auf die Männer und achtet auf jeden Gesichtsausdruck, der ihn erkennen lässt, was passiert sein könnte.

Hoffmann wird bewusst, was für ein mächtiger Mann Eddie sein muss. Er hat Kontakte zu vielen bedeutenden Menschen. Es konnte unmöglich ein Restaurant sein, das ihm solche gewaltigen Geldmengen verschaffte. Wer war Eddie, mit was verdient ein solcher Mann so viel Geld? War es ein Mann aus der Unterwelt mit einem riesigen Kartell auf seiner Seite? Das würde bedeuten, dass er auch ebenso viele Feinde hätte.

Nach ein paar Minuten erscheint Eddie, er hat eine Zigarre im Mund. Zornig schaut er in Hoffmanns Richtung, alle anderen Männer blicken ebenfalls zu ihm hin. War das sein Ende? Hoffmann ist auf alles gefasst.

Die Schweißperlen stehen auf seiner Stirn, er fängt an zu zittern.

Eddie spricht kurz mit Marco, der fordert nun Hoffmann auf auszusteigen.

Hoffmann steht mit wackeligen Knien vor Eddie. Der dreht sich um und geht in sein Farmhaus.

Marco schnappt Hoffmann grob am Arm und zerrt ihn ins Haus.

Das Eingangsportal ist geprägt von massivem Holz und edlen Steinfliesen. An den Wänden hängen Jagdtrophäen.

Hoffmann wird in Eddies Arbeitszimmer geführt. Dort steht ein massiver und mächtig aussehender Schreibtisch aus einem Edelholz.

„Kannst du dir denken, warum wir uns hier treffen, Rock?"

„Nein, ich weiß es wirklich nicht, es scheint, als ob Sie sehr wütend auf mich sind, ich zerbreche mir schon den Kopf darüber, was es sein könnte?"

„Halt dein Rand, du armseliger Verlierer, du bist zu nichts gut, du bist eine Ladung Scheiße." Eddie beugt sich zu Hoffmann:

„Die haben heute mit dem SWAT Team mein Lokal durchwütet, und weißt du, wen sie gesucht haben?"

„Oh nein, ich hätte nicht gedacht ..."

„Halt dein verficktes Maul!" Eddie schubst Hoffmann zur Seite.

„Normal müsste ich dir eine Ladung Blei verpassen, genau hier rein." Eddie sticht Hoffmann seinen Finger auf seine Stirn.

„Die eine Hälfte deines Hirns ist pure Scheiße, die andere ist nicht zu identifizierender Schlamm.

Du wirst die nächsten Tage in meinem Gästehaus wohnen und du wirst dich nicht vom Fleck rühren, ich schwöre dir, wenn du mir oder meiner Familie Schwierigkeiten bereitest, werde ich dir jedes Körperteil einzeln abhacken."

Marco, der die ganze Zeit in der Ecke gestanden hat, schnappt Hoffmann am Arm und führt ihn in ein hinteres Gebäude.

„Ich hole deine Sachen ab, deine Wohnung siehst du nie wieder, du wirst bis auf Weiteres hier wohnen, und stell keine verdammten Fragen, tu einfach alles, was dir gesagt wird."

Marco verschwindet.

Hoffmann bleibt stumm zurück. Er hat keine Wahl und muss sich seinem Schicksal fügen.

„Mister Cheng, Sie kennen diesen Mann. Detective Smith hält Cheng das Foto von Hoffmann vor das Gesicht. Cheng ist ein schmieriger Typ, der es gut versteht, andere zu bevormunden und zu quälen, aber er ist Chinese, er hat einen Ehrenkodex gelernt. Ein Chinese verrät keinen Chinesen. Er bleibt bei seiner Meinung auch nach zwei Tagen mörderischen Verhöres. Selbst Schlafentzug und enormer Druckaufbau haben Cheng nicht brechen können. Er wird als Zeuge entlassen.

Der Zeuge, der den Hinweis gegeben hat, dass Hoffmann in dem Restaurant arbeitet, ist nicht mehr bereit, vor Gericht gegen Eddie auszusagen, obwohl ihm das Zeugenschutzprogramm offeriert wird. Seine Glaubwürdigkeit wird nun angezweifelt. Es wird wegen mangelnder Beweise nicht weiter ermittelt.

Det. Smiths Wut ist grenzenlos. Ihm sind die Hände gebunden.

Es gibt keinen Joker in diesem Fall.

Nach ein paar Tagen wird Eddie verhört, er hat sich von alleine gemeldet und gibt vor, im Urlaub gewesen zu sein.

Wie zu erwarten, macht Eddie Detective Smith gegenüber die Aussage, dass er Hoffmann noch nie gesehen oder jemals von ihm gehört hat, geschweige denn, dass der jemals für ihn gearbeitet hat. Nach einer weiteren Woche durfte Eddie das »Dragonfly« wiedereröffnen. Die Papiere der Mitarbeiter haben sich in Eddies Safe befunden. Wie zu erwarten, sind alle Mitarbeiter laut Eddies Papieren ordentlich angestellt. Bei Eddie gibt es offenbar tatsächlich keine Schwachstellen. Er ist auf alles vorbereitet.

‚Weihnachten in Texas ist so anders‘, denkt Hoffmann. Er hat sich nach den anfänglichen Wutattacken Eddies in dem Gästehaus eingelebt und versucht sich nun nützlich zu machen. Außerdem quält ihn die Dringlichkeit herauszufinden, mit welchen kriminellen Geschäften Eddie sein Geld verdient.

Zu Weihnachten kommen einige fremde Besucher, die Hoffmann noch nie zuvor gesehen hat. Die Männer tragen noble Anzüge, aber ihre zahlreichen dunklen Tattoos und ihr merkwürdiges Verhalten lassen auf Geschäftspartner von Eddie schließen. Eddie ist ungewohnt aufgeregt und behandelt die vier Männer wie Könige. Einer der Männer wirkt besonders brutal, sein Name ist José.

Als sie sich in Eddies Büro zurückziehen, schubst José Marco zu Boden.

Marco steht schnell auf und zieht seinen engen Pullover wieder in die richtige Position. Er macht keine Anstalten, sich zu wehren.

Einer der Männer sagt zu Marco: „Leg dich wieder hin, du bist doch sowieso Eddies Bettvorleger."

Alle lachen laut, Eddie drängt hektisch in sein Büro und verschließt schnell die Tür.

Marco wirkt sichtlich verletzt und wütend. Diese Gunst der Stunde nutzt Hoffmann.

Er fragt Marco, wer diese Männer sind.

„Das ist der Penner José und seine abgefuckte Crew, sie leben in Bolivien, alle paar Wochen sind sie hier und bringen den Stoff mit."

„Welchen Stoff?", fragt Hoffmann.

„Bist du so blöd oder tust du nur so? Schnee, Mann, lupenreiner, fantastischer Schnee."

„Schnee? Meinst du etwa Kokain?"

„Mann, ich wusste, dass du bescheuert bist, aber so kleinhirnig kannst doch selbst du nicht sein, dachte, du warst lange in der Schule.

225

Hast du gedacht, Eddie verdient so viel Kohle mit dem öligen »Dragonfly«?"

„Nein", stottert Hoffmann. Jetzt weiß er endlich, was Sache ist.

Marco winkt Hoffmann zu sich. „Komm, ich zeig dir mal was Schönes."

Die beiden Männer gehen in Marcos Privaträume. Er holt einen kleinen Plastikbeutel aus seinem Schreibtisch. Darin befindet sich ein weißes Pulver.

Marco streut das Pulver auf den Schreibtisch, mit seiner Kreditkarte formt er vier Straßen Kokain.

Er zieht sich zwei der Straßen rein, danach presst er seine Augen zusammen und schreit laut ein „Wow!" hinaus. Er schüttelt einige Male seinen Kopf, dann winkt er Hoffmann zu sich.

Der winkt ab, Drogen seien nichts für ihn.

Marco schnappt Hoffmann am Arm und drückt seinen Kopf auf die zwei übrig gebliebenen Kokainhügel.

„Los, zieh sie dir rein, dann haben wir ein tolles Geheimnis, Eddie erlaubt so was in seinem Haus nämlich nicht. Wenn er es rausfindet, würde er uns glatt umnieten, und zwar ohne mit der Wimper zu zucken.

Aber ich kann dir versprechen, du bist nach dem Zug Koks ein neuer Mensch, du hast dann endlich deinen verfluchten Schiss verloren und kriegst deinen Stock aus dem Arsch."

Hoffmann beugt sich umständlich über den Stoff, zieht erst ein wenig zögerlich, dann schnupft er den Stoff in zwei tiefen Zügen in die Nase. Es haut ihn bald um, ein wahnsinniger Druck macht sich in seinem Kopf breit. Er hält sich seine Ohren zu und taumelt im Raum umher.

Dann macht sich ein Gefühl der absoluten Entspanntheit und zugleich das Gefühl von unglaublicher Power breit.

Hoffmann zieht sich schnell die zweite Straße rein, wieder kommt erst dieser Druck, dann die positiven Gefühle.

Er hat wirklich in diesem Moment seine Angst völlig verloren und kann erschreckend klar denken. Ihm wird nun deutlich, dass Eddie ein riesiges Drogenkartell betreibt. Er macht die Geschäfte anscheinend hauptsächlich mit Südamerika.

Eddie bringt den Stoff dann über Einzelhändler unter die Leute. Und das Geschäft scheint zu florieren, denn Marco erwähnte, dass das Kartell, also diese Männer, alle paar Wochen vorbeikommen. Wie sie die Drogen ins Land bringen und um wieviel Koks es sich handelt, kann Hoffmann nicht wissen, es müssen aber größere Mengen sein, denn Eddie verfügt über einen großen Einfluss, Geld und Macht. Und er scheint einige Feinde zu haben, sonst würden nicht vor beiden Eingängen seiner Farm schwerbewaffnete Wachen stehen.

Das weitere Weihnachtsfest verläuft, nachdem die vier Männer das Haus wieder verlassen haben, etwas ruhiger, obwohl Eddie immer wieder großen Stimmungsschwankungen unterliegt.

Hoffmann hat Eddie nie in Begleitung eine Frau gesehen und jetzt weiß er, warum das so ist.

Eddie ist verrückt nach Marco, seinem Bodyguard. Das ist auch der Grund, warum Marco ständig in Eddies Nähe sein muss. Eddies Zunge wird locker, wenn er Koks geschnupft oder große Mengen an Whiskey getrunken hat, er hält jedem Vorträge, wie man zu arbeiten und zu leben hat, dann wieder wird er melancholisch und fängt an, traurige Stücke auf dem Klavier zu spielen. Ständig dreht es sich um ihn und seine Bedürfnisse. Dauernd betatscht er Marco und rennt ihm hinter her. Es ist Eddie völlig egal, was sein Personal alles sieht. Er handelt in diesen Momenten unverfroren und ungeniert nach seinen niedrigsten Instinkten. Dabei lacht er wie ein altes Weib.

Hoffmann kann sehr genau erkennen, dass Eddie sehr verliebt in den jungen und muskulösen Marco ist, Marco lässt alles geschehen, er bevorzugt dieses Leben, da er kaum eine andere Perspektive hat.

Eddie hat ihn aus üblen Kreisen geholt. Marco war einst in einen Raubüberfall involviert. Er hatte sich von einem Kumpel überreden lassen, einen todsicheren Job mit schnellem Geld zu übernehmen. Es lief darauf hinaus, dass Marcos Kumpel den Kioskbesitzer ohne Warnung niedergeschossen hat und am Ende die Kasse nicht mehr öffnen konnte. Voller Panik flohen die beiden junge Männer. Der Überfall wurde nie weiterverfolgt und Marco konnte seinen Kopf gerade noch aus der Schlinge ziehen.

Doch Marco hat zu dieser Zeit zu trinken angefangen und Drogen zu konsumieren, meistens Meth, eine Droge, die leicht zu beschaffen und nicht so teuer ist. Er braucht diese kurzen Trips in seinem Gehirn, um die schlimmen Bilder des sterbenden Kioskbesitzers vergessen zu können.

Genau zu dieser Zeit suchte Eddie nach einem Bodyguard. In einer zwielichtigen Billardbar fand er dann Marco und hat sich sofort in den muskulösen, gutaussehenden Mann verguckt. Für Marco ist das Leben mit Eddie eine bessere Alternative, als ständig betrunken und high in billigen Mobilhomes herumzulungern. In seiner Position als Sicherheitsmann fühlte er sich wieder gebraucht. Der Job brachte wieder Struktur und Ablenkung in sein Leben. Er fühlt sich auch sehr geschmeichelt, dass Eddie ihn umwirbt. Er erhält teure Geschenke, Schmuck, Kleider und ein Auto. Eddie ist für ihn trotz des sexuellen Kontaktes stets eine Vaterfigur. Einen realen Vater hat Marco nie gehabt.

Eddie beschäftigt gerne Leute mit Vergangenheit. Sie sind es, die ihm treu bleiben, die alles tun, was er von ihnen verlangt, da sie keinen anderen Ausweg sehen. Er hat sie schlicht in der Hand.

Eddie hat förmlich gerochen, dass auch Hoffmann einmal zu seiner Familie, einer Familie, bestehend aus Schwerkriminellen, gehören würde.

Er hat in Hoffmann sofort den Psychopathen erkannt. Niemals würde ein weißer Mann, ausgestattet mit einer gewissen Bildung, als Spülkraft arbeiten, für Eddie ein Gewinn.

Die Jahreswende steht vor der Tür, Hoffmann schaut durch sein Fenster. Was wird ihm das neue Jahr bringen? Hoffmann ahnt nichts Gutes.

*

„Hallo Detective Schüler, hier ist Detective Smith, ich muss Ihnen leider mitteilen, dass wir Hoffmann verloren haben, wir haben alles versucht, aber die Leute in dem Restaurant, in dem Hoffmann angeblich gearbeitet haben soll, und zwar jeder Einzelne, behaupten, dass sie Hoffmann nie gesehen haben."

Schüler reibt sich seine zugequollenen Augen, er hat auf der zerschlissenen Ledercouch in seinem Büro fest geschlafen, wie hunderte Male zuvor, er muss kurz zu sich kommen und realisieren, wo er ist und um was es geht. Er und Deckert haben noch einen Abschlussbericht geschrieben, dann ist Deckert gegangen. Durch seine chronische Schlaflosigkeit kommt es immer öfter vor, dass Schüler mitten am Tag, wenn er kurz zur Ruhe kommt, einschläft.

Blitzschnell kann er die Worte zuordnen, es geht um Hoffmann, den Zweifachmörder, der schon so gut wie verhaftet war.

„Verloren? Ich dachte, ihr habt ihn, hat der Bastard in dem Restaurant gearbeitet oder nicht? Wenn er dort gearbeitet hat, muss ihn doch mindestens einer gesehen haben, einer packt immer aus!"

„Nein, negativ, keiner hat ausgepackt und der Zeuge, der uns den Hinweis gegeben hat, bekam kalte Füße, ich bin mir nicht sicher, ob Hoffmann wirklich dort gearbeitet hat, es tut mir wirklich leid, wir werden die Suche natürlich nicht ganz einstellen, aber wir haben keine Erlaubnis erhalten, mittels der regionalen TV-Sendern nach ihm zu suchen. Der Verdacht, dass sich Hoffmann hier in der Umgebung von Dallas aufhält, wurde fallen gelassen."

„Gerade bei einer Ausstrahlung im Fernsehen Ihrer Region hätten wir eine große Chance, ihn zu kriegen, ich glaube nicht an eine Verwechselung, ich glaube, dass es Hoffmann wirklich war, der in dem Restaurant gearbeitet hat. Gibt es da nicht eine Chance, dass wir dranbleiben, denn wenn wir jetzt aufgeben, so nahe am Ziel, werden wir ihn verlieren."

„Meine Jungs haben das »Dragonfly« für ein paar Tage observiert, wir geben alles." Detective Smith wirkt genervt und fühlt sich auf den Schlips getreten.

„Detective Schüler, ihr habt ihn in Deutschland ja auch nicht gekriegt, der Kerl ist in einem der größten Länder der Welt, wer weiß, ob er überhaupt noch in Texas ist."

„Verdammt, dieser Kerl ist schon wieder entkommen, ich wäre jetzt gerne vor Ort …"

„Ja, ja, das sind Sie aber nicht, ich muss weiter, ich melde mich, wenn es Neues gibt." Detective Smith beendet das

Gespräch, er überlegt fieberhaft, was passiert sein könnte, er würde den Fall auch gerne lösen.

Schüler sitzt bedrückt vor seinem Schreibtisch, in wenigen Stunden beginnt das neue Jahr.

Als er in die Schublade greift, findet er eine leere Whiskyflasche. „Wer zum Teufel legt eine leere Flasche in die Schublade?", entfährt es ihm.

Er schleudert die Flasche an die Wand, sie zerschellt mit einem lauten Knall, er streift seine Haare zurück, nimmt seinen Mantel und verlässt sein Büro.

Er lässt sich durch die Kieler Innenstadt treiben, es ist kalt und trostlos. Er kommt in das Kneipenviertel, geht gleich in die erste Bar hinein …

*

Eddie ruft Hoffmann in sein Büro, er hält ihm einen Umschlag hin.

„Da, schau mal, was dein Freund Eddie für dich hat."

Hoffmann öffnet den Umschlag, darin befinden sich ein amerikanischer Führerschein, ein amerikanischer Pass und eine brandneue Social Security Number.

Hoffmann ist erstaunt, wie gut alles aussieht, jetzt ist er illegal legalisiert. Sein neuer Name ist Rock Miller. Er betrachtet wohlwollend seine Fotos auf den Dokumenten. Ein selbstgefälliges Grinsen huscht über sein Gesicht.

„Hey Rock, du wirst nie wieder deinen alten Namen nennen, noch mit irgendjemanden darüber sprechen, schmeiß deinen alten gottverdammten Pass weg, am besten du verbrennst ihn, jetzt gleich."

„Ich werde ihn draußen verbrennen", schlägt Hoffmann vor.

„Nein, Rock, du wirfst das faule alte Scheißpapier gleich bei mir in den Kamin und wir schauen gemeinsam in die Flammen. Los, beweg dich und hole alle Papiere, die du hast, und beeile dich, ich habe für den Scheiß nicht ewig Zeit."

Bedrückt geht Hoffmann in sein Zimmer. Sich von seiner wahren Identität zu trennen, fällt ihm schwer. Er mochte seinen Namen, er hat nie zuvor seine Identität verschwiegen oder gefälscht. Jetzt mit seinem neuen Namen fühlt er zum ersten Mal, dass er betrügt und dass er ein Krimineller ist. Der Mord an seiner Chefin hat ihn kalt gelassen, er hat keine Schuldgefühle, nur Selbstmitleid.

Widerwillig geht er mit seinen Papieren zu Eddie.

Eddie schürt das Feuer im Kamin, er reißt Hoffmann die Papiere aus der Hand und wirft sie in den Kamin. Die Flammen lodern auf. In Hoffmanns Augen spiegeln sich die züngelnden Flammen wider.

Uli Hoffmann ist gerade gestorben, er existiert nicht mehr.

„Rock, es wäre von Vorteil, wenn du deine Haare dunkler färbst, nur eine Zeit lang.

Ich habe hier noch eine Zahnschiene, die trägst du, wenn du außer Haus bist. Niemand wird dich erkennen. Wir müssen aufpassen, Rock, ich glaube, die Cops haben mich noch ein paar Wochen im Visier. Ich kann es mir nicht erlauben, mit dir gesehen zu werden.

Das heißt aber nicht, dass du noch weiter Urlaub hast.

Marco hat dir eine neue Bleibe organisiert, komplett eingerichtet, in Waco.

Du wirst dich ein wenig wie ein Cowboy kleiden, ich meine Westernhut, Cowboystiefel, karierte Hemden und so nen Scheiß. Wir haben dir ein neues Prepaidhandy besorgt, das trägst du immer bei dir und wenn ich immer sage, meine ich immer, auch wenn du gerade auf dem Pott sitzt. Sei immer erreichbar. Ich habe in den nächsten Wochen `ne Menge Arbeit für dich, Rock."

„Was für einen Job hast du für mich, Eddie?" Hoffmann fröstelt bei dem Gedanken, dass er einen schrecklichen Job bewältigen muss, doch er hat keine andere Wahl.

Eddie kommt ganz nah an Hoffmann und flüstert ihm ins Ohr: „Warte es ab, Rock, warte es einfach ab."

Eddies Miene verfinstert sich, Hoffmann läuft ein kalter Schauer über den Rücken.

Nach zwei Tagen ist es soweit. Marco kommt, um Hoffmann mitzunehmen, er hat noch schnell das Auto, das für Hoffmann bestimmt ist, abgeholt. Es war in einer nahegelegenen Garage untergebracht.

Marco öffnet die Tür, im Eingang steht das Auto, die Corvette, das erste Auto, das nun Uli Hoffmann gehört, das heißt, solange Eddie ihm das erlaubt.

Hoffmann geht um das Auto, ein gewisser Stolz macht sich in ihm breit, solch einen sportlichen Wagen hat er noch nie gefahren. Der Wagen ist nicht der neueste, aber er sieht sehr gut aus.

„Marco fährt vor, du folgst ihm bis zu deinem neuen Zuhause, vergiss deine Dokumente nicht!", ruft Eddie aus der Haustür, dann verschließt er sie.

Hoffmann steigt in sein neues Gefährt, er stellt seinen Rückspiegel ein, betrachtet sein dunkelgefärbtes Haar, seine Zahnschiene. Er sieht einen Fremden im Spiegel.

Er drückt auf das Gaspedal …

Nach einer Stunde kommen sie in ein ländliches Gebiet, geprägt von Farmen, Pferdezüchtern und Milchbauern und großen weitläufigen Feldern.

Es ist ein Außengebiet von Waco, nahe der Kleinstadt Gatesville. Sie fahren auf einer unbefestigten Straße, durch holpriges Gelände bis zu einer alten Farm.

Marco stellt sein Auto direkt vor das alte Haus. Hier würde niemand nach Hoffmann suchen, hier interessierte sich keiner für einen gesuchten Mörder. Die Nachbarschaft besteht aus Bäumen und staubigen Wegen.

Hoffmann steigt aus und folgt Marco in das Haus.

„Hier habe ich doch gewiss keinen Empfang." Hoffmann schaut genervt zu Marco.

Der hält ihm sein Handy vor die Nase.

„Hier, mein Freund, hast du vollen Empfang, hier wohnen zwar Farmer, aber keine Idioten."

Die Farm wirkt schmuddelig und staubig, es scheint so, dass hier über einen längeren Zeitraum kein Mensch mehr gelebt hat.

Als Hoffmann seinen Koffer auf das Sofa schleudert, wirbelt eine riesige Staubwolke auf.

„Hier muss ich erst mal saubermachen." Hoffmann rümpft seine Nase.

„Sei erreichbar, und zwar zu jeder Zeit, ich hau wieder ab, und denk dran, wenn du unterwegs bist, nimm dein scheiß Phone mit."

Marco rauscht ab, sein Auto wirft noch eine zusätzliche Menge Staub in die Luft.

Hoffmann schaut sich sein neues Zuhause erst einmal in Ruhe an.

Im Zentrum des Hauses ist das Wohnzimmer, mit einer zerschlissenen Ledercouch, einem Holztisch, einem älteren Fernseher und DVD-Player, Unmengen an DVDs, einem Holzregal mit selbstgeschnitzten Figuren darauf, dann eine offene Küche. Als Hoffmann dort eine Schranktür öffnet, fällt sie auf seinen Fuß herunter. Er schreit auf und humpelt fluchend im Haus herum, bis der schlimmste Schmerz nachlässt.

Die Küche ist voll ausgestattet, doch müssen das Geschirr und die Töpfe gespült werden, alles ist staubig.

Hinter der Küche liegt ein schmaler Flur, der zum Schlafzimmer und zum Badezimmer führt.

Im Schlafzimmer steht ein großes Bett, darauf liegt eine kitschige Tagesdecke.

Hoffmann liftet die Decke, darunter ist alles staubig und schmutzig, das Badezimmer besteht aus einer schmalen Dusche, einem Waschbecken und einer Toilette. Im Waschbecken flitzt eine riesige Kakerlake in den Abfluss.

Im Kleiderschrank hängen wieder mal Kleidungsstücke. Hoffmann nimmt sie raus und betrachtet sie.

Es sind große Hemden und Jeans. ‚Wer war wohl diese Person?‘, denkt Hoffmann. ‚Lebt dieser Mann noch?‘ Hoffmann schiebt die Kleidungsstücke auf die linke Seite. Er schiebt auch seine trüben Gedanken zur Seite.

Er beginnt aufzuräumen. Als er den Wasserhahn aufdreht, sprüht mit Druck eine übelriechende braune Soße heraus. Das Wasser ist noch abgedreht, es ist an einen Brunnen angeschlossen und der muss erst aktiviert werden.

Hoffmann ist erleichtert, als nun klares Wasser aus dem Wasserhahn läuft.

Er beginnt zu spülen, die Schränke auszuwaschen.

Spülmittel hat er keines, auch hat er nichts zu essen.

Hoffmann beschließt, erst einmal einkaufen zu gehen. Er steckt sein Handy in die Innentasche seiner Jacke, schaut nach, ob sein Führerschein in seinem Geldbeutel steckt, und holt aus seinem Umschlag ein wenig Bargeld.

„Mein Name ist Rock Miller", übt er vor dem Spiegel, er darf auf keinen Fall Fehler machen. Hoffmann steckt noch schnell die ihn entstellende Zahnschiene in seinen Mund. Er kann mit dieser Schiene kaum sprechen, aber sie zeigt Wirkung.

Im Supermarkt angekommen, wird er gleich am Eingang von einer sehr jungen Frau angesprochen, sie möchte wissen, wie denn seine Postleitzahl lautet. Es ist eine harmlose Umfrage.

Hoffmann geht wortlos an der jungen Frau vorbei. Er möchte nicht auffallen.

Schnell verlässt er mit den nötigsten Lebensmitteln und Waschmittel den Laden.

Wieder auf der Farm, bricht der Abend an, es wird sehr kalt.

Im Wohnzimmer befindet sich ein offener Kamin, Hoffmann sammelt ein wenig Reisig, im hinteren alten Schuppen findet er noch eine ganze Menge Holz.

Nach ein paar Stunden hat Hoffmann eine ganz manierliche Ordnung hergestellt, er sitzt mit einem Steak vor dem Fernseher. Er schaut nun vermehrt CNN, um auf dem Laufenden zu bleiben.

Erleichtert stellt er fest, dass seine Person nicht erwähnt wird.

Nun muss er abwarten, welchen Auftrag er erhält.

Die erste Nacht in der Farm verläuft sehr unruhig, Hoffmann hat zum Schlafen sein Fenster aufgelassen, um mögliche Schritte von Fremden zu hören. Er hört in dieser Nacht sehr viele Geräusche, die aber ausnahmslos alle von den dort lebenden Tieren stammen.

Wie gerädert steht Hoffmann am nächsten Morgen auf.

Als er im Bad ist, meldet sich sein Handy.

Hoffmann springt vom Toilettensitz auf und hastet zu seinem Phone. Mit halb heruntergelassenen Hosen spricht er mit Eddie.

Der erklärt ihm, dass in einer Stunde zwei Männer vorbeikommen und etwas bei ihm abliefern werden. Er solle nichts fragen, sondern das Paket einfach mit ins Haus nehmen.

Gedankenstürme rasen mal wieder durch Hoffmanns Kopf. Was kann das sein? Ein Paket? Er soll nichts fragen, nichts sprechen.

Das alles klang sehr geheimnisvoll und gefährlich. Doch Hoffmann antwortet nur kurz: „O.k., alles klar." Damit war das Gespräch beendet. Er weiß genau, dass er Eddie mit Fragen nicht belästigen kann, er würde schon früh genug wissen, um was es geht.

Etwa drei Stunden später kommt ein älterer Buick angefahren. Darin sitzen zwei Mexikaner.

Sie hören laut ihre Musik aus der Heimat. Die beiden machen einen gefährlichen und unfreundlichen Eindruck.

Einer der Männer steigt aus, er hält ein braunes Postpaket in den Händen.

Hoffmann lächelt den Mann an und reicht ihm die Hand.

Der Mexikaner wirft das Paket in die Eingangstür, spuckt in die Ecke und verschwindet wieder in seinem Auto.

Die Männer fahren mit versteinertem Gesicht und grußlos davon.

Ein Freundschaftsbesuch war das nicht. Hoffmann hebt das Paket auf und bringt es in sein Haus. Er öffnet das sorgsam verpackte Paket mit einem scharfen Messer.

Er erkennt sofort die Samtkiste, die in Eddies Auto war. Die Kiste mit der Pistole. Die Pistole, mit der Hoffmann einen Mann erschießen musste. Er öffnet sie und erkennt auch die Waffe wieder, sie enthält keine Munition.

An der Kiste wurde ein Brief befestigt. Mit zitternden Händen öffnet Hoffmann den Brief.

Ein Bild fällt heraus, Hoffmann hebt es auf. Ein Mann ist darauf zu sehen, diesen Mann hat Hoffmann noch nie zuvor gesehen.

Dann liest er die wenigen Zeilen. Sie enthalten die Adresse des Mannes und etwas über seine täglichen Aktivitäten.

Zum Schluss steht da noch, dass es ein sauberer Kopfschuss sein muss. Überleben ist keine Option. Der Schalldämpfer muss benutzt werden, möglichst keine Zeugen, denn der Mann wohnt in einem dicht besiedelten Wohngebiet.

Hoffmann rennt zur Toilette, muss sich übergeben, er kniet vor der Toilette und muss noch mehrfach würgen.

Er hat den Auftrag erhalten, einen fremden Mann zu erschießen, schlimm genug, doch nun lebt er in den USA, dort dürfte er sich nie erwischen lassen. Hoffmann kann nicht glauben, dass er nun in Zukunft als Auftragskiller arbeitet.

Aus seinen Gedanken gerissen, schrillt sein Telefon, mit zittrigen Händen nimmt er das Gespräch an.

Es ist Marco, er fragt ihn, ob er alles erhalten habe und ob alles cool sei.

Hoffmann holt tief Luft, am liebsten würde er Marco anschreien, ob sie da bei Eddie noch alle ganz dicht seien. Doch er antwortet nur kurz: „Ja, alles cool, alles in Ordnung, ich komme klar."

„Du wirst es in fünf Tagen umsetzen, Rock, vorher observierst du ihn ein wenig, um seine Gewohnheiten zu studieren und um sicherzugehen, dass du in einer guten Deckung bist. Du willst doch bestimmt nicht in den Knast gehen, oder?"

Hoffmann kann nichts weiter als „O.k." sagen.

Marco informiert ihn noch kurz, dass dieser Mann namens Alvarez jeden Tag in einen bestimmten Fitnessclub geht. „Eddie möchte, dass du dich in dem Fitnessclub anmeldest. Ab heute gehst du dann jeden Tag hin und wenn Alvarez nach Hause fährt, folgst du ihm. Aber bitte unauffällig. Der Typ ist mit allen Wassern gewaschen, ein schwerer Junge, also gib dir Mühe, Rock. Wenn du das geschafft hast, gibt es eine Menge Kohle für dich. Hast du alles verstanden?"

„Ja, aber was ist, wenn ich keine gute Deckung finde, oder was wäre, wenn er merkt, dass ich ihm folge?"

„Dann, Rock, bist du tot, der Kerl würde keine Minute zögern, wenn er Wind davon bekommt, dass du hinter ihm her bist, also zieh dich warm an, denn Eddie beschäftigt keine Loser, und noch was, die Munition für die Knarre kommt später, die kannst du dir nirgendwo kaufen, denn die Wumme ist eine Sonderanfertigung, damit du nicht auf dumme Gedanken kommst."

Marco beendet das Gespräch, das war alles an Informationen zu diesem Auftragsmord.

Heute Abend um 20 Uhr würde Hoffmann Alvarez im Sportclub kennen lernen und ihn ein paar Tage später umbringen.

Hoffmann rennt bei diesem Gedanken auf die Toilette, er hat schlimme Bauchkrämpfe und Durchfall. Er überlegt fieberhaft, wie er fliehen könnte, denn sein Leben wäre von nun an ständig in höchster Gefahr.

Wo ist er angekommen? Er will frei sein, frei von Zwängen, Nörgeleien und sicher vor dem Zugriff der Polizei. Jetzt würde er sicher einer der meistgesuchtesten Verbrecher werden. Und das in Amerika, einem Land, das die Todesstrafe ausübt, besonders häufig in Texas.

Hoffmann wird jetzt klar, dass er nie in einer schlimmeren Lage in seinem Leben gewesen ist als genau in dieser Situation.

Deutschland ist dagegen ein Kinderspiel. Da geht man ein paar Jahre in den Knast, dann wird man schon viel früher wegen guter Führung wieder entlassen.

Hoffmann will dieses Leben nicht, er will diese Farm nicht und schon gar nicht diesen schrecklichen Auftrag.

‚Selbst als Spüler wäre es in Ordnung gewesen, aber das hier ist zehn Nummern zu groß, das Risiko erwischt zu werden, immens'. Diese Gedanken rennen durch seinen Kopf.

Aber er sitzt mittlerweile so tief in diesem Netz der Kriminalität, dass er keinen Ausweg weiß, den er realisieren könnte.

Eddie bewacht ihn sicherlich, vielleicht hat er sogar Überwachungskameras in dem alten Farmhaus anbringen lassen.

Bei diesem Gedanken springt Hoffmann auf und macht sich auf die Suche.

Er sucht das gesamte Haus nach möglichen Kameras und Abhörwanzen ab. Er verhält sich hektisch und entwickelt fast eine Paranoia.

Er findet nichts und doch ist er sich sicher, dass er niemals fliehen könnte, da man jeden seiner Schritte beobachtet. Er hat große Angst vor Eddie und seiner Brutalität und seinen Leibwächtern. Die würden ihm die Knochen brechen, wenn er aufbegehren oder bei einer möglichen Flucht erwischt werden würde.

Diese Angst lässt ihn gehorchen, den Plänen folgen, die Eddie mit ihm hat.

Am späten Nachmittag fährt Hoffmann los, um Sportkleidung zu kaufen.

Gegen Abend trifft er dann als Neukunde im Athletic-Club ein. Der Fitnessclub ist riesig und sehr luxuriös. Er verfügt über Tennisplätze, eine Aschenbahn, ein Olympia-Schwimmbad und hunderte Trainingsgeräte.

Überall hängen moderne Flatscreens von der Decke, die Sportler haben alle spezielle Kopfhörer auf und können beim Trainieren ihr Lieblingsprogramm anschauen.

Hoffmann hat solch einen Sportclub noch nie gesehen. In seiner Hosentasche trägt er das Bild von Alvarez, er nimmt es heraus und schaut zum hundertsten Mal darauf. Er schaut sich um und geht in alle Sportbereiche, er kann diesen Mann einfach nicht finden.

Dann geht er in den Nassbereich, wo Schwimmbad und Saunen sind. Auch dort kann er ihn nicht finden. Er sucht nun bereits seit einer Stunde in allen Bereichen. Mittlerweise ist es dunkel geworden und in den Außenanlagen hält sich jetzt kein Sportler mehr auf.

Hoffmann fängt an zu schwitzen. Er hat sich ein Baseballcap gekauft, um sein Gesicht zu verstecken, nur schwitzt er fürchterlich darunter, dazu kommt sein intensiver Ton im Ohr. Hoffmann ist bis aufs Äußerste angespannt.

Es ist schon 20.30 Uhr und von Alvarez gibt es noch immer keine Spur.

Hoffmann beginnt zu fluchen, er zweifelt an den Aussagen Marcos und wird vor Ungeduld und Angst immer panischer.

Dann geht er an einem großen Mann vorbei und erkennt dessen Locken. Auf einem Bild kann man die Größe nicht erkennen, aber die wilden Locken von Alvarez sind unverkennbar. Hoffmann erschreckt sich furchtbar, sein Opfer nun so nahe zu sehen. Er wirkt gegen diesen Alvarez klein und zierlich und Alvarez gleicht von seiner Statur her eher einem Wrestler. Er unterhält sich angeregt mit einer Gruppe von Männern. Alvarez scheint eine Art Rädelsführer zu sein, denn die anderen Männer hängen an seinen Lippen.

Alvarez spricht laut, jeder andere an den nahegelegenen Trainingsgeräten kann ungestört zuhören.

Es geht um Autos. Alvarez kritisiert die Autohändler der Marke Hammer in der Stadt. Sie hätten keine Ahnung von Autos und könnten Kunden niemals zufriedenstellen, sie würden auf den Verkaufshöfen wie Idioten herumstehen und hätten ihre schwitzigen Hände stets in den Hosentaschen. Alle lachen bei Alvarez' Ausführungen.

Hoffmann setzt sich in die Nähe auf ein Beintrainingsgerät. Man sitzt bequem und kann unbeobachtet beobachten und zuhören.

Hoffmann traut sich kaum, seinen Kopf zu heben. Er darf auf keinen Fall auffallen, Alvarez darf ihm nicht in die Augen schauen.

Hoffmann läuft der kalte Schweiß über den Rücken, dieser Alvarez ist ein sehr großer und starker Mann, wenn er es nicht schaffen könnte, ihn gleich mit dem ersten Schuss niederzustrecken, könnte Alvarez ihn mit einem Schlag seiner Faust töten. Bei diesen Gedanken beginnt Hoffmanns Herz zu rasen, er hat beinahe den Eindruck, ohnmächtig zu werden. Und wieder hat er die entsetzlich schrillen Tinnitusgeräusche im Ohr.

Er atmet schneller, versucht aber unter keinen Umständen aufzufallen. Ihm wird speiübel.

Währenddessen amüsieren sich Alvarez und sein Gefolge immer mehr. Die Sprüche werden derber, das Lachen lauter.

Dieser Mann kommt nicht zum Trainieren in diesen Fitnessclub, er pflegt hier seine sozialen Kontakte.

Kurz nach 21.30 Uhr verabschiedet sich Alvarez plötzlich von seinen Kumpanen.

Hoffmann folgt ihm in die Umkleidekabine, er freut sich insgeheim schon auf eine lange heiße Dusche. Doch Alvarez macht keine Anstalten zu duschen. Er holt seine Sporttasche aus seinem Spind und macht sich auf den Weg.

Hoffmann eilt schnell zu seinem Schrank, sein Schlüssel fällt ihm herunter, dann versucht er den Schlüssel reinzustecken, doch es gelingt ihm nicht, er wird hektisch und versucht nun mit aller Gewalt, den Spind zu öffnen.

Da sieht er, dass er eine andere Schlüsselnummer hat, sie stimmt nicht mit der Spindnummer überein.

Wild fluchend, nun am richtigen Schrank, zieht Hoffmann seine Tasche heraus.

Er eilt zum Ausgang und versucht Alvarez zu finden, der Parkplatz ist riesig, überall fahren Autos ab und einige kommen an. Der Club hat bis 24 Uhr geöffnet.

Die vielen Scheinwerfer blenden Hoffmann, er kann nichts und niemanden mehr erkennen.

Er hat Alvarez verloren. Ihm bleiben für die Hinrichtung noch vier Tage.

Völlig frustriert und ausgelaugt steigt Hoffmann in seine Corvette. Wenigstens diese kleine Freude hat er jetzt. Der Heimweg dauert eine gute dreiviertel Stunde, Zeit, in der sich Hoffmann ein wenig entspannen kann.

Er schaltet seinen Lieblingsmusikkanal an, die Golden Oldies, und genießt die kurze Freiheit.

Als er bei seiner Farm ankommt, sieht er dort Marcos Auto im Scheinwerferlicht stehen, ein dumpfer Druck in der Brust macht sich bei Hoffmann breit.

Marco ist der letzte Mensch, den er jetzt sehen will.

Marco, der einen Schlüssel vom Farmhaus hat, sitzt im Wohnzimmer und schaut Fernsehen.

Hoffmann tritt ein.

„Hey Rock, schön dich zu sehen, und wie war's, hast du dieses Schwein observiert? Ich habe dich noch gar nicht zurückerwartet, dachte, du beobachtest ihn, bis er in seinem Bett liegt."

„Hey Marco, was für eine Überraschung! Ja, ich hab den Kerl gleich gefunden, er war nur ganz kurz beim Sport, bin ihm dann nach Hause gefolgt, der Kerl sitzt vor dem Fernseher, Mann, da bin ich dann losgefahren."

„Alles klar, Rock, Eddie wollte wissen, wie es heute lief, und vergiss nicht, am Freitag ist der Kerl hinüber." Marco macht eine Handbewegung an seinem Hals, die Hinrichtung Alvarez' andeutend.

„Ja, ja, alles cool, er ist ein ganz schön großer Brocken."

„Rock, dieser Brocken kriegt eine Kugel in die Stirn, das war es, das ist kein so großes Ding, du bist doch beim Schießen ein Naturtalent, weißt du nicht mehr? Außerdem hast du doch schon ein paar mehr Leute um die Ecke gebracht, das war doch auch nicht schwer, oder?"

Hoffmann nickt. Schweigend sitzen die Männer noch eine Weile zusammen, bis Marco plötzlich aufbricht und nach Hause fahren möchte. Vorher zieht er noch ein paar kleine wohlbekannte Tütchen aus seiner Jackentasche.

„Hier, Rock, nimm den Stoff, wenn der Tag näherkommt, schnupf ein bisschen, dann bist du locker drauf, dann triffst du das Schwein, verstehst du?"

„Danke, Marco, das ist nett von dir, ich hoffe, ich mache einen guten Job, grüß Eddie von mir."

„Mach ich, Alter, mach's gut."

Hoffmann schaut Marco hinterher, erst als er die Rücklichter nicht mehr sehen kann, entspannt sich sein Körper ein wenig.

Seine Lügen über das Observieren hätten auch auffliegen können, aber Marco schien mit seinen Ausführungen zufrieden zu sein.

Hoffmann weiß, dass er auf Marco nicht zählen kann, er ist nur Eddies Gespiele und Sklave. Würde er den Job versauen, hätte er keinen Tag mehr zu leben, dieser Gedanke zehrt an Hoffmann, die Angst um sein Überleben.

Er legt die Kokstütchen in ein Versteck, er wählt eine alte Tasse mit Schwämmen unter der Spüle, das würde Eddie, falls er ihn besucht, nicht finden.

Heute würde er es nicht brauchen, heute reicht Alkohol, um zu entspannen und die ständige Todesangst ein wenig beiseitezuschieben.

Hoffmann schläft auf der Couch bei laufendem Fernseher ein.

Am nächsten Morgen schreckt Hoffmann hoch, er braucht ein paar Sekunden, um zu realisieren, wo er sich befindet und was am gestrigen Tag passiert ist.

Sofort verkrampft er sich wieder. Er beschließt frühstücken zu gehen, er braucht Ablenkung, die kann er unmöglich den ganzen Tag auf dieser tristen Farm finden.

Die Eier und der Speck schmecken hervorragend, der Kaffee wird freundlich nachgeschenkt, so kann man den Tag beginnen.

Hoffmann beschließt nach Waco zu fahren, er muss sich Kleidung besorgen, er trägt dabei seine Zahnschiene und eine Kappe, er achtet darauf, dass ihn niemand jemals erkennen kann.

In einem nahegelegenen »Walmart« kauft er sich ein paar Westernhemden im billigen Stil und einen Cowboyhut.

Er fühlt sich mit dem Hut auf dem Kopf wie ein vollkommen neuer Mensch, er selber erkennt sich jetzt nicht mehr. Doch sein Outfit gefällt ihm, verleiht ihm ein wenig Stolz und Lässigkeit. Lässig, das will er in Zukunft sein. Lässig, cool und aufmerksam. Wer weiß, wieviel Kohle er mit seinem neuen Job verdienen kann.

Fast frohlockt Hoffmann bei diesem Gedanken, doch die Angst im Nacken, als der Nachmittag anbricht, kommt schnell wieder zurück und ergreift Besitz von ihm.

Nun heißt es wieder observieren, erst im Fitnessclub, dann vor Alvarez' Haus.

Hoffmann muss herausfinden, an welcher Stelle er den tödlichen Schuss am besten und unauffälligsten abgeben könnte. Heute darf er Alvarez unter keinen Umständen verlieren.

Doch nun weiß er, dass dieser Mann wahrscheinlich nicht duschen und schnell das Studio verlassen wird, sollte er eine Routine haben und sie beibehalten.

Schnell steuert Hoffmann noch einen Burgerladen an und holt sich Stärkung, die er in den nächsten Stunden brauchen wird.

Wieder geht Hoffmann in den Sportclub, seinen Kopf gesenkt.

Die junge Frau an der Rezeption versucht freundlich zu sein, sie fragt Hoffmann belanglos nach seinem Befinden, Hoffmann nickt kurz, dann stürmt er in den Sportbereich, ohne auch nur ein Wort zu wechseln. Die Zahnschiene könnte herausfallen, die Frau könnte Verdacht schöpfen, Hoffmann weiß, dass er sich hier auf sehr dünnem Eis bewegt.

Schnell sucht er wieder das Beintrainingsgerät auf. Dort setzt er sich und entspannt ein wenig, doch Alvarez lässt sich Zeit, er ist nirgendwo zu sehen. Hoffmann steht immer wieder auf, er hat von dem Gerät aus einen exzellenten Überblick über das ganze Studio und er ist sich sicher, dass sich Alvarez nicht im Schwimmbereich aufhält.

Da erblickt er einen der Männer, mit denen Alvarez gestern in einer Gruppe geplaudert hat.

Dieser Mann spricht mit einem anderen Trainingspartner.

Hoffmann steht auf und macht sich auf die Suche nach Alvarez, er wartet den ganzen Abend, doch Alvarez taucht nicht auf.

Gegen 23 Uhr verlässt Hoffmann völlig frustriert den Club, er hat nur noch drei Tage Zeit für die Vorbereitung eines Mordes, zu dem er den Auftrag hat, und er weiß noch nicht mal, wo Alvarez wohnt. Was wäre, wenn Alvarez gar nicht mehr auftauchte, er hat Marco belogen. Ein schwerer Druck macht sich in Hoffmanns Brust breit.

Sein Handy klingelt, Marco ruft an. Er will wissen, wie es heute gelaufen ist.

„Hey Bruder, wie geht es und wie lief es, bist du noch bei Alvarez zum Observieren?"

„Hör mal, Marco, der Typ war heute nicht da, ich war seit 18 Uhr im Club, seine Buddys habe ich alle gesehen, aber ihn nicht, ich hoffe, er kommt morgen vorbei!"

„Oh Shit, das ist nicht gut, fahr zu ihm nach Hause und kontrolliere, ob er dort ist, wenn du sein Auto in der Einfahrt gesehen hast, rufst du mich an, ich muss wissen, was der Kerl macht."

„Geht es um Drogen?"

„Nicht dein Bier, Rock, mach einfach deinen Scheißjob und halte die Fresse, verstehst du das endlich?"

„Ja, natürlich, Marco, ich wollte nicht neugierig sein."

„Dann gib Gummi und mach dich los, ich erwarte deinen Anruf."

Marco hängt ein, Hoffmann springt aus seinem Auto. Er hat ausgerechnet heute den Zettel mit der Adresse von Alvarez vergessen. Zeit, um zurückzufahren, hat er nicht mehr. Marco und vor allem Eddie warten ungeduldig auf seine Berichterstattung. Er muss die Adresse sofort herausfinden.

Er läuft mit schnellen Schritten in den Eingang zur Rezeption,
mit Blick auf den Boden erzählt er der jungen Frau, dass er eine Geschäftskarte von seinem Kollegen verloren habe. Der Kollege sei auch Mitglied in diesem Studio und heiße Alvarez.
Die junge Frau schaut Hoffmann kritisch an, hat doch ihr Chef ihr immer wieder eingebläut, niemals private Daten herauszugeben.

„Sie haben einen interessanten Akzent, wo kommen Sie her?" Die junge Frau ist ganz fasziniert von dem ausländisch klingenden Mann.

Hoffmann schaut auf den Boden, wirkt verlegen, weiß nicht, was er auf die Schnelle sagen kann.

Die junge Frau erkennt das Dilemma und denkt, Hoffmann hätte Probleme mit Frauen.

„Bist du Russe?"

Hoffmann nickt kurz.

Sie schaut auf die Mitgliederkarten.

„Wie heißt denn Ihr Geschäftspartner?"

„Er heißt Alvarez, er ist ein großer Mann mit lockigen Haaren."

„Ja, Pietro Alvarez, er ist ein sehr guter Kunde und jahrelanges Mitglied hier bei uns. Er ist ein großer Bauträger und er hat die neue moderne Mall in Waco gebaut."

„Ja, ja, ich weiß, ich bräuchte nur die Adresse, damit ich ihn besuchen kann, er wartet auf mich."

„Oh, dieser Akzent, ich liebe ihn, sind Sie aus Russland?"

Hoffmann nickt genervt.

Die junge Frau schreibt Hoffmann die Adresse auf und schiebt ihm den kleinen Zettel mit ihren langen Fingernägeln zu.

„Er wohnt im besten Viertel dieser Stadt, in Kings Crossing, direkt an einem wunderschönen See."

Hoffmann schnappt sich den Zettel, nickt ein kurzes Danke und verlässt eilig den Club.

Schnell gibt er im Auto die Adresse in sein Navi, dann brettert er los.

Er weiß genau, in welche Gefahr er sich mit dieser Aktion gebracht hat, es könnte seinen Tod bedeuten, aber er hat keine andere Wahl gehabt. Marco wartet schon auf seinen Anruf.

Nach einer halben Stunde kommt er in Kings Crossing an, einem Wohngebiet der Sonderklasse.

Die Häuser haben hier mehr den Charakter von Mansions, riesigen Stadtvillen.

Umgeben von einer einladenden riesigen Flora und dem Zirpen der Grillen hält Hoffmann in einer abgelegenen Seitenstraße. Zu Fuß geht er in die Nähe des Hauses von Alvarez.

In dessen Eingangsbereich steht ein riesiger Hammer, dieses Auto hat eine phantastische Sonderausstattung, eingerahmt in glänzendes, frisch poliertes Chrom, ein Traum für jeden Mann. Hoffmann kann seine Augen kaum von dem Schlitten lassen. Im Vorgarten ranken Oleander und wunderschöne Zierkakteen. Der pompöse

Eindruck, den Hoffmann nun von Alvarez hat, macht ihm nur noch mehr Angst. Ein Mann, der so leben kann, wird sich nicht so einfach erledigen lassen.

In das Innere des Hauses hat Hoffmann von außen keine Einsicht, die riesigen Fenster sind mit edlen Blinds versehen und darüber hängen schwere und kostbare Vorhänge

Er geht langsam an der Einfahrt vorbei, seitlich am Haus ist eine Art blinder Fleck, dort steht eine größere Palme, wenn er dort stehen würde, um den Schuss abzufeuern, könnte ihn niemand sehen. Die Flucht wäre einfach, da Alvarez Haus das letzte Haus vor einem kleinen Wald ist.

Da kommt plötzlich ein Mann mit seinem Hund aus der Dunkelheit, völlig lautlos überrascht er Hoffmann.

„Sir, hallo, wen suchen Sie, kann ich Ihnen helfen?" Hoffmann bekommt einen Panikanfall und läuft los, er rennt in eine nahe Seitenstraße, dort versteckt er sich hinter einem Baum.

Als der Mann sieht, dass Hoffmann wegläuft, beginnt er zu telefonieren.

Nach ein paar Minuten kommt Alvarez aus dem Haus, er begrüßt den Mann mit dem Hund per Handschlag, die beiden kennen sich wohl gut.

Hektisch gestikulierend redet der Mann auf Alvarez ein. Hoffmann beobachtet schwitzend hinter dem Baum aus einiger Entfernung das Geschehen. Er ist erleichtert, dass er sein Auto nicht in unmittelbarer Nähe geparkt hat.

Sein Herz hämmert laut in seiner Brust. Dieser Job ist unmöglich, Hoffmann glaubt nun keine Minute daran, dass er es schaffen kann, diesen Mann in dieser Gegend niederzustrecken.

Er verharrt noch eine ganz Weile hinter dem Baum, der Mann mit dem Hund ist längst gegangen.

Dann kommt auf einmal ein Streifenwagen der Polizei, er hält direkt vor Alvarez' Einfahrt.

Alvarez kommt aus seiner Eingangstür, begrüßt kurz die Cops, dann geht er wieder in sein Haus.

Die Cops bleiben noch eine Weile, dann fahren sie langsam in der Siedlung herum.

Hoffmann sieht nun, dass die Luft rein ist, er beschließt zu seinem Auto zurückzugehen, er dreht sich beim Laufen mehrfach um, dann erreicht er sein Auto und setzt sich hinein. Etwas in ihm sagt ihm, dass er noch nicht losfahren kann. So bleibt er zwei weitere Stunden in seinem Auto sitzen. Er ist angespannt und voller Panik, die Cops werden sicherlich noch in dieser Siedlung sein, was ist, wenn sie ihn kontrollieren. Er hat eine neue

Identität, und doch würde er auffallen. Was würde er erklären, wenn die Cops ihn fragen, was er in diesem Viertel sucht? Er ist sich außerdem sicher, dass die Polizei ihn erkennen würde. Sie würden einen flüchtigen Mörder aus Deutschland finden. Hoffmann beschließt, noch einmal in die Nähe des Hauses zu gehen, er nimmt sein Fernglas mit und versteckt sich hinter einem Baum in einem gegenüberliegenden Grundstück. Sein Telefon vibriert, es ist Marco.

„Mensch Bruder, wie lange bist du denn heute bei Alvarez, ist alles gut?"

„Oh, Marco, ja ich bin immer noch da, ich muss sicher sein, seine Gewohnheiten genau zu beobachten, Alvarez war den ganzen Abend zuhause, warte, ich muss Schluss machen, ich sehe ihn, er geht mit einem Hund Gassi." Hoffmann legt auf und schaut durch sein Fernglas.

,Bingo, der Kerl hat einen Hund, einen kleinen Chihuahua, er geht in die Dunkelheit, er geht in den kleinen Wald, dort wäre es wesentlich einfacher, ihn zu erschießen', sagt Hoffmann voller Hoffnung zu sich selbst.

Hoffmanns Wangen glühen, eine innere Erleichterung macht sich in ihm breit, nach diesen anstrengenden

Vorkommnissen ist das heute der erste Lichtblick gewesen.

Er fährt nach Hause, in sein einsam gelegenes Farmhaus.

Als er in seinem Wohnzimmer sitzt, merkt er, wie aufgedreht er nach dieser gefährlichen Aktion ist.

Hoffmann greift unter die Spüle, dahin, wo die kleinen weißen Päckchen liegen.

Er zieht eines hervor und betrachtet es. Kokain, niemals im Leben hätte er geglaubt, dass er Lust verspüren würde, einen tiefen Zug von diesem Zeug zu nehmen. Doch jetzt und hier kann er an nichts anderes denken, er muss runterkommen von seiner Angst. Das letzte Mal hat ihm die Droge seine Angst genommen. Er fühlte sich nach dem Schnupfen von Koks frei und stark, fast so, als ob er unverwundbar sei. Diese Wirkung hielt ziemlich lange an und er hat danach keine Suchtgefühle.

Süchtig will Hoffmann nicht werden, denn dann wäre sein Leben vorbei.

Er braucht nur heute Abend einen Kick, ein Gefühl der Freiheit. Freiheit von Angst und Beklemmung.

Er erinnert sich, wie Marco mit seiner Kreditkarte zwei Häufchen gestaltet hat.

So macht er es nun auch. Eine Zeit lang schaut er auf die Häufchen, dann schnupft er sie mit tiefen Zügen ein.

Ein Brennen steigt in seiner Nase auf, ein unsagbarer Druck im Kopf macht sich breit, doch dann kommt das Gefühl der Befreiung.

Hoffmann schreit auf, es ist ein derart starkes Glücksgefühl, das nun Besitz von ihm ergreift.

Und obwohl es tief in der Nacht ist, duscht er, zieht sich um und springt in sein Auto.

Seine Zahnschiene lässt er zuhause, seinen Cowboyhut setzt er auf.

Er fährt geradewegs in den nahegelegenen Gentlemen Club.

Er hat genug Geld mitgenommen, um auch ausreichend Spaß zu haben. Er, der zurückhaltende, zynische und ewig neidische Mann kennt nun keine Hemmungen mehr.

Er geht zügig ran und lässt die Damen wissen, welche Ziele er in dieser Nacht hat.

Natürlich sind die jungen Frauen sehr nett zu dem merkwürdig aussehenden, ein bisschen steif wirkenden, älteren Typen, aber egal, er hat heute seine Geldbörse offen, somit ist er auch der Star. Zu dem Kokain kommen noch etliche harte Drinks dazu, eine gefährliche Mischung. Diese Nacht endet erst am nächsten Tag.

Das Telefon klingelt, Hoffmann hört es genau, es ist leiser gestellt, aber den Klingelton erkennt er sofort, er weiß im Hinterkopf, dass er sofort an sein Handy muss, doch er ist so steif, dass er einen Moment braucht, um zu realisieren, wo er sich befindet.

Er sieht seine Hose über einem fremden Stuhl hängen, von dort kommt das konstante Klingeln. Er greift nach der Hose, der Stuhl fällt laut zu Boden. Eine Stimme stöhnt leicht auf. Hoffmann dreht sich erschrocken zur Seite und sieht eine völlig fremde Frau neben sich liegen. Sie sieht scheußlich aus, ihr ganzes Makeup ist verschmiert, ihr Gesicht hat nun die Anmut einer Fratze.

Hoffmann steigt schnell aus dem Bett. Die Frau dreht sich schlafend auf die andere Seite.

Hoffmann erkennt, dass er in einem schäbigen Motel gelandet ist, schnell sucht er nach seiner Geldtasche. Er kann sie nicht finden. Überall liegen Hoffmanns Kleidungsstücke und die der Frau verstreut auf dem Boden.

Wieder klingelt sein Handy, schnell geht er ran. Es ist Marco und er klingt sehr wütend: „Hey Mann, was ist los, pennst du noch? Du weißt doch genau, dass du dein scheiß Phone immer bei dir tragen musst, das ist eine verbindliche Abmachung."

„Weißt du, Marco, ich war gestern noch ein wenig aus und da habe ich die Zeit vergessen."

„Scheiße Mann, vergnüg dich, wenn du deinen Job erledigt hast, dann kannst du feiern, jetzt musst du dich konzentrieren, damit du keinen scheiß Fehler machst, ab jetzt fokussierst du dich auf deine Aufgabe."

„Nein, ich mache keine Fehler, ich war nur aus, alles läuft verdammt gut, du kannst dich entspannen."

„Ich melde mich heute Abend wieder, und du wirst observieren." Marco hängt auf.

Hoffmann wird nun hektisch, verzweifelt sucht er seine Geldbörse. Er wirft die Kleidungsstücke in die Luft, schaut unter den Sessel, rennt in das Badezimmer.

Er schüttelt die Frau im Bett, er fragt sie nach seiner Geldbörse, doch die Frau reagiert nicht, sie nuschelt etwas völlig Unverständliches, sie scheint unter Drogen zu sein.

Hoffmann zieht die Nachtischschublade auf, dort liegt seine Geldbörse. Hektisch greift er nach ihr, seine Ausweise und der Führerschein sind noch drin, sein Geld ist verschwunden.

Da er eine Gedächtnislücke hat, kann er sich nicht erinnern, ob er vielleicht sein Geld ausgegeben hat oder ob er von der Frau im Zimmer beraubt wurde.

Es ist ihm schlicht egal, er zieht sich schnell an und verlässt das Motelzimmer.

Auf dem Parkplatz steht seine Corvette schief und belegt gleichzeitig drei Parkplätze, Hoffmann inspiziert das Auto von allen Seiten. Er kann keine Beschädigungen erkennen.

Er ist geschockt, dass er einen derartigen Filmriss hat, dass er sich an nichts erinnern kann.

Er nimmt sich vor, nie wieder Drogen zu konsumieren.

Entsetzt stellt er fest, dass es schon später Nachmittag ist. Er kann noch nicht einmal zum Essen gehen, er hat keinen Penny mehr in der Tasche. Er fährt nach Hause, duscht und macht sich Eier und Speck.

Als Hoffmann kurz vor dem Fernseher sitzt, bekommt er starke Kopfschmerzen. Er weiß nicht, ob es von dem Kokain oder dem Alkohol oder beidem zusammen kommt. Er kramt schnell drei Aspirintabletten aus dem Schrank, die offenbar von seinem Vorgänger stammen.

Dann muss er schon wieder los, in den Fitnessclub. Er kann nur hoffen, dass die junge Frau von gestern heute nicht wieder an der Rezeption sitzt, sie könnte ihn auffliegen lassen.

Mit noch immer starken Kopfschmerzen und einem unguten Gefühl in der Brust fährt Hoffmann los.

Es beginnt zu regnen, erst zögerlich, dann zieht ein schweres Gewitter auf.

Als der Regen kräftig an die Windschutzscheibe prasselt, bekommt Hoffmann auf einmal eine Panikattacke. Er muss rechts ranfahren. Dieser Regen, diese Geräusche, er wird wieder daran erinnert, wie er die junge Frau in den Tod gehetzt hat und wie er die Tat ungeschehen machen wollte.

Er denkt an seine Chefin, wie er sie erstickt hat, wie er sie brutal vergewaltigt hat, all diese Bilder kreisen um ihn herum wie Geister, die ihn verfolgen.

Er sinkt mit dem Kopf auf sein Lenkrad und beginnt zu weinen.

Die Tränen gelten nicht den Opfern, sondern sind einzig und allein seinem Selbstmitleid geschuldet, dass ihm diese schlimmen Dinge widerfahren mussten.

Nach kurzer Zeit kann sich Hoffmann wieder fassen. Er fährt weiter.

Im Fitnessclub sitzt heute ein junger Mann an der Rezeption, Hoffmann kann aufatmen.

Schnell eilt er in die Trainingsräume. Er ist noch ein wenig früh vor Ort und beschließt, auf dem Laufband zu trainieren.

Heute hat er an der Rezeption Kopfhörer erhalten und er kann während des Trainings die Nachrichten schauen.

In den News kommt ein Bericht über die Drogenprobleme in Waco, es wird über ein chinesisches Kartell gesprochen, das den Markt beherrsche.

Es gebe Krieg zwischen dem chinesischen und dem mexikanischen Kartell. Es geht hauptsächlich um den Schmuggel von Kokain und Meth.

Gestern habe es eine Schießerei gegeben, bei dem ein hohes Tier des chinesischen Kartells getötet worden sei. Hoffmann hält die Luft an, könnte es sich bei dem Getöteten um Eddie handeln?

Doch dann erscheint ein Bild des Ermordeten, das eindeutig nicht Eddie zeigt, sondern einen viel jüngeren Mann.

Das war es also, hier ging es darum, die Konkurrenz auszuschalten. Alvarez ist mit Sicherheit ein hohes Tier des mexikanischen Kartells.

Wenn der erwischt werden sollte, schwächt es das gesamte Kartell.

Aber warum sollte er fünf Tage warten, warum sollte er ihn erst genau observieren? Eddie will wissen, wer bei ihm ist, wen er trifft. Wahrscheinlich gehören die anderen Männer im Fitnessclub auch zu seinem Kartell.

Diese Gedanken gehen Hoffmann durch den Kopf. Seine Zukunft besteht darin, als Auftragskiller Eddies Gegner zu eliminieren.

Während seiner Gedankenstrudel hört er auf einmal eine laute, ihm vertraute Stimme.

Alvarez ist gekommen, er spricht schon am Eingang gut gelaunt mit ein paar Männern. Lautes Gelächter macht sich breit.

Hoffmann zieht sich ein wenig in den hinteren Trainingsbereich zurück. Da Alvarez so laut spricht, braucht er nicht in dessen unmittelbarer Nähe zu sein.

Und er möchte unbedingt vermeiden, dass Alvarez Augenkontakt zu ihm aufnimmt. Hoffmann trainiert unauffällig, immer den Kopf zum Boden gerichtet.

Sein Telefon in der Hosentasche vibriert. Schnell geht Hoffmann ran, überraschenderweise ist Eddie am Apparat.

„Hör gut zu, Rock, wir haben eine Planänderung, heute ist der Tag, an dem du den Kerl erschießen wirst, wir haben unsere Strategie geändert, es gab einen hässlichen Zwischenfall, der es erfordert, dass du den Job heute Nacht erledigen musst.

Wir haben die geladene Waffe und den Schalldämpfer in dein Auto gelegt und zwar da, wo du es gelernt hast. Hast du alles verstanden, Rock?"

„Oh, ja, ich meine nein, ich … warum schon heute, ich muss doch noch observieren, muss den …"

„Verdammt, Rock, es ist kein Verschieben mehr möglich, du rufst uns an, wenn du deinen Auftrag erfüllt hast, aber vergiss nicht, wenn du versagst, bist du ein toter Mann, aber wenn du es schaffst, bist du bald ein sehr reicher Mann, du kannst wählen, was dir besser gefällt. Ich erwarte, dass dir alles gelingt."

Eddie hängt ein.

Hoffmann hat das Gefühl, dass er mit hohem Tempo auf eine Wand zufährt, er wird immer schneller, dann prescht er in die Wand. Er ist tot und hängt aus dem Auto. Diese Vision ist so lebendig, dass Hoffmann den körperlichen Schmerz fast wahrnehmen kann. Er nimmt auch den schrillen Ton in seinem Ohr wahr, er ist heute so schlimm, dass Hoffmann sein Ohr durch Zudrücken schützen will, doch es nützt ihm nichts, der schrille und vernichtende Ton bleibt.

Er schnappt nach Luft, jetzt hat er das Gefühl, sein Bewusstsein zu verlieren, es ist, als ob Watte in seinen Ohren wäre, die Stimmen um ihn herum werden von der Watte erstickt.

Erschrocken schaut sich Hoffmann um, hat jemand seine Verzweiflung erkannt, kann ihm jemand ansehen, dass er nun bald einen Mann erschießen muss? Noch heute?

Hoffmann geht zum Ausgang, er weiß, dass Alvarez bestimmt noch eine Stunde bleiben wird.

Er schließt sein Auto auf, seine Hände zittern, er kann im Innenraum nichts erkennen.

Im hinteren Teil auf den Boden, unter einer schmalen Matte ist ein großes Loch, als er sie anhebt, sieht er den dort platzierten Kasten. Er öffnet die Kiste, dort liegt die Waffe, daneben der Schalldämpfer. Hoffmanns Hände zittern, als er die Kiste schließt und an ihren Platz zurücklegt. Er sieht sich um, nach allen Seiten. Niemand ist in seiner Nähe, er schließt sein Auto ab, sieht sich erneut um, schaut nun in die geparkten Autos, ob da noch jemand sitzt. Erleichtert darüber, dass er niemanden gesehen hat, geht er in den Fitnessclub zurück.

Eddie besitzt seinen Farmschlüssel, seinen Autoschlüssel, was hat er noch? Er hat die totale Gewalt über ihn, die absolute Kontrolle.

Hoffmann ballt seine Faust, er ist so wütend über seine ausweglose Situation.

Doch es würde ihm nichts nützen, wenn er sich in seinem Selbstmitleid verlieren würde, er muss nun genau fokussieren, damit nicht er derjenige ist, der in wenigen Stunden tot ist.

Im Trainingsraum geht Hoffmann jetzt doch ein wenig näher an die Gruppe von Alvarez und dessen Freunde heran, er versucht genau zu erfahren, was Alvarez noch alles vorhat. Doch er spricht nur über sehr belanglose Sachen, wie seine schlechte Putzfrau und irgendwelche Käfer auf seinen Pflanzen.

So geht das die folgende Stunde weiter.

Hoffmann versucht sich zu entspannen, es gelingt ihm nicht. Seine Aufregung und die entsetzliche Angst sind fast greifbar.

Die Zeit geht heute schneller um als gewöhnlich. Hoffmann möchte den Sekundenzeiger der großen Uhr im Trainingsraum gerne festhalten. Es scheint, dass nun ein Wettlauf um sein Leben beginnt, und bei jedem Ticken dieses Sekundenzeigers verschwinden normale

Konturen und erscheinen Schreckgespenster. Ein beängstigendes Grauen ergreift nun Besitz von ihm. Der Tag ist gekommen, der Tag, der auch seinen Tod bedeuten könnte.

Hoffmann macht sich bereit, bereit, das Unwiderrufliche auszuführen. Es gibt keinen anderen Weg, es gibt kein Entrinnen.

*

Der Wecker klingelt unnachgiebig laut durch das Zimmer. Schüler erschreckt sich wie jeden Morgen halb zu Tode bei diesem Lärm.

Er sucht die Stelle des Weckers, der ihn zum Schweigen bringt. Doch heute kann er sie nicht finden, seine Hände zittern, der Wecker schreit weiter, laut und nicht auszuhalten. Schüler rutscht ein Stück nach oben, greift den Wecker und wirft ihn an die Wand.

Mit einem lauten Knall zerspringt der Wecker in tausend Einzelteile.

Zufrieden legt Schüler sich in sein Bett zurück. Er war erst kurz vorher eingeschlafen. Seine Schlafmedizin wirkt nicht mehr so schnell und sicher wie zu Anfang. Schüler muss nun seit geraumer Zeit zwei Tabletten statt einer nehmen, um die gleiche Wirkung herzustellen. Schwere

Nebenwirkungen, wie bleierne Müdigkeit über den ganzen Tag hinaus sind die Folge des zu hohen Konsums. Er schläft trotz der hohen Dosierung oft erst im Morgengrauen ein und verschläft den Wecker, wenn der nicht wirklich laut klingelt.

Schnell wird Schüler klar, dass er jetzt aufstehen muss, um seinen Dienst anzutreten.

Er hat an diesem Tag die traurige Aufgabe, eine Wohnung aufzusuchen, in der sich ein Familiendrama abgespielt hat. Ein Vater hat seinen kleinen Sohn erstickt und sich dann die Pulsadern geöffnet. Der Vater konnte gerettet werden.

Schüler hasst Männer wie diesen, die trotzig und stur reagieren, weil sie nicht das kriegen, was sie wollen. Sie entscheiden dann über Tod und Leben und können ein letztes Mal ihre Macht darüber ausleben. Für Schüler sind solche Taten, die sogenannten erweiterten Suizide, narzisstische und feige Taten. Er hat schon viele solcher Dramen miterlebt, hat die toten Familienangehörigen gesehen, meistens ganz junge Kinder, junge Mütter.

Schüler schleift sich unter die Dusche, seine morgendliche Routine beginnt.

Den Kaffee nimmt er für unterwegs mit.

Deckert ist schon am Tatort, die Kinderleiche wurde einen Tag zuvor abtransportiert, es gilt nun weitere Spuren zu finden.

Alles, was die beiden Kommissare finden, ist eine kleine Blutlache neben dem Kinderbett.

„Viel Blut kam da aber nicht raus, der Kerl hätte der Menschheit einen Gefallen getan, wenn er es richtig gemacht hätte, was für ein Versager."

„Manfred, du bist ja wieder mal gut gelaunt, naja, ich bin deinen Zynismus ja gewohnt. Der Vater war total am Ende, seine Frau wollte ihm das Besuchsrecht streichen lassen, da können die Frauen schon ganz schön brutal sein."

„Oh ja, der arme Mann, was glaubst du, hat das Kind gedacht, als der vermeintliche Beschützer, sein eigener Vater, ihn erstickt hat, ihm das Kissen auf den Kopf gedrückt hat, was glaubst du, wie lange die Qual des Todeskampfes gedauert hat?"

Deckert geht einen Schritt betreten zurück, er hat auch zwei Kinder und möchte sich das von Schüler Gesagte nicht vorstellen.

Als die beiden Kommissare fertig sind, stehen sie eine Weile am Wagen.

„Martin, weißt du, wozu ich Lust habe?"

Schüler schweigt einen Moment, es wirkt so, als ob er Hemmungen hat, das auszusprechen, was ihn beschäftigt.

Deckert stellt sich nun sehr nahe zu ihm. „Na, nun sag mal, was ist es, was du gerne tun möchtest?"

„Du wirst es nicht glauben, aber ich möchte bei Arthur einen Antrag stellen, um nach Dallas zu reisen, weißt du, da,wo dieser Hoffmann leben soll."

„Du bist verrückt, Manfred, dieser Antrag wird nicht genehmigt, die Polizei vor Ort hat den Fall geschlossen beziehungsweise auf Eis gelegt. Du, da gibt es keine Zeugen, und das verdammte Land ist sehr groß, wo willst du ansetzen?"

„Nein, Martin, das Land ist nicht das Problem, es wurde in diesem Fall von Seiten der Kollegen aus Houston und Dallas sehr schlampig gearbeitet, sie haben die Suchmeldung mit seinem Foto eingestellt, obwohl sich ein Zeuge gemeldet hatte. Die haben einfach nicht weiter recherchiert. Und das muss ich nun zu Ende führen. Der Zeuge war meines Erachtens ein sehr guter Zeuge. Er hat Hoffmann eindeutig erkannt, den Rückzieher hat er aus Angst gemacht, ich bin mir sicher, dass dieser Gutachter noch immer ganz in der Nähe lebt. Er lebt frei und glücklich, obwohl er zwei Menschen auf dem Gewissen hat, er hat Arbeit und sein verdammtes Leben.

Ich werde Arthur bitten, dass ich in diesem Fall noch einmal auf eigene Faust recherchieren darf, ich brauche nicht viel Zeit, ich werde diesen Kerl finden und ich werde ihn ausliefern."

„Manfred, Arthur wird dir keinen müden Cent dafür geben, du weißt, in den Vereinigten Staaten herrschen andere Gesetze, du glaubst doch nicht, dass dich da irgendjemand unterstützt."

„Ich hab da so einen Plan, ich werde mit einem Privatermittler arbeiten, der kennt sich in dem Umfeld aus und kommt an die Ermittlungsunterlagen ran."

„Was ist es, was zieht dich an diesem Fall so an, warum kannst du nicht loslassen? Manfred, ich kann das einfach nicht verstehen."

„Ich … ich kann es schwer ausdrücken … es ist die Brutalität, mit der er seine Chefin getötet hat, die Art und Weise, wie diese schöne Frau auf dem Boden platziert war, es … es lässt mich einfach nicht los. Ich denke, er wird es wieder tun und wieder und wieder. Das kann ich nicht zulassen, es geht einfach nicht."

Deckert schaut beschämt zur Seite. Er schätzt Manfred Schüler als Menschen, heute mehr denn je.

*

Alvarez lacht laut auf. Hoffmann erschrickt, dann treffen sich ihre Blicke. Alvarez nickt Hoffmann mit einem breiten Grinsen freundlich zu.

Hoffmann nickt kurz zurück und läuft in eine andere Richtung. Sein Herzschlag hat einen Augenblick ausgesetzt.

Langsam blickt Hoffmann zurück, Alvarez spricht mit seinen Kumpels und schaut Hoffmann nicht nach.

Nach kurzer Zeit verabschiedet sich Alvarez von seinen Freunden, er redet etwas wie: „Haltet mir die Stellung, bis ich wieder zurück bin."

„Schönen Urlaub, Pietro, und grüße die Frauen von uns."

Helles Gelächter bricht aus. ‚Alvarez fährt in den Urlaub', denkt Hoffmann.

Den Rücklichtern des Hammers von Alvarez folgend, gibt Hoffmann nun Gas. Er fährt nicht zu dicht heran, denn er weiß, wo Alvarez wohnt. Doch Alvarez fährt nicht gleich nach Hause, er hält vor einem Fast-Food-Restaurant. Hoffmann parkt auf dem großen Parkplatz, er steigt aus und beobachtet von Weitem die Tür des Restaurants, er ist völlig konzentriert und weiß genau, dass er heute keinen Fehler machen wird.

Nach einer kurzen Weile kommt Alvarez wieder heraus. Diesmal steuert er in Richtung seines Zuhauses.

Hoffmann fährt wie gewohnt in eine Seitenstraße, er parkt vor einem noch nicht bebauten Grundstück, erst zweihundert Meter weiter davon entfernt stehen die nächsten Häuser. Aus der Dunkelheit heraus kann ihn niemand von dieser Position beobachten, außer, es würde ein Passant vorbeilaufen. Schnell leert er seine Sporttasche, wirft deren Inhalt auf den Boden seines Autos. Dann holt er seine Waffe aus dem Versteck, schraubt den Schalldämpfer auf die Waffe, schaut nach, ob die Waffe geladen ist, dann legt er sie in die Sporttasche. Danach zieht er seine Baseballmütze tief in sein Gesicht und steigt mit der Sporttasche aus. Er läuft in die Richtung des Hauses von Alvarez, läuft an dem Haus vorbei in das dunkle Waldstück. Hoffmann ist dunkel gekleidet, keiner kann ihn diesmal sehen.

Er platziert sich hinter einem Baum und wartet. Hoffmann weiß ganz sicher, dass Alvarez' Hund noch nach draußen muss.

Er legt sich auf die Lauer. Einige Zeit später hört er Stimmen. Sie kommen aus dem Haus von Alvarez. Eine Tür wird zugeschlagen. Hoffmann hält seine Waffe fest in der Hand, er stoppt seinen Atem, hört Schritte auf der unbefestigten Straße. Dann sieht er den kleinen Hund, hinter dem Hund taucht aber nicht Alvarez auf, sondern seine fünfzehnjährige Tochter.

„Verdammt, was mache ich? Der Kerl muss heute erledigt sein, verdammt, was mache ich nur?"

Hoffmann überlegt kurz, dann zielt er genau und er drückt ab. Ein erstickter Knall jagt durch die Nacht.

Ein schriller Schrei folgt gleich darauf. „Bibi, Papa, Bibi ist tot, Paaapppaa, schnell ...!"

Alvarez kommt aus dem Haus gerannt, er findet seine schreiende Tochter vor, den Schuss hat er nicht gehört, er sieht seinen toten Hund und bevor er sieht, dass der Hund erschossen worden ist, zischt ein weiterer Schuss durch das Dunkel.

Alvarez sackt tödlich getroffen auf dem Waldweg in sich zusammen, seine Tochter schreit schrill.

Hoffmann hat nicht den Hauch einer Sekunde gezittert. Völlig ruhig und konzentriert hat er sein Opfer ermordet. Der erste Schuss hat gesessen.

Doch jetzt kommt die Panik zurück.

Hoffmann wirft seine Waffe in die Sporttasche, rennt durch den Wald zurück zu seinem Auto, er wirft die Sporttasche auf den Rücksitz und startet den Motor, mit Vollgas fährt er aus der Wohnsiedlung hinaus. Er fährt ein ganzes Stück der Landstraße entlang, da kommt schon die Polizei angerast, gleich mehrere Wagen, Hoffmann stellt sein Auto an der Straßenseite ab und schaut mit dem Fernglas das Spektakel an.

Er hat seinen Auftrag erfüllt und fährt mit immer noch sehr hohem Adrenalinspiegel in die Stadt, zu dem ihm bekannten Burgerladen und bestellt sich einen doppelten Cheeseburger mit Bacon. Danach fährt er zu seinem Alkoholshop und besorgt sich Bier und Schnaps. Auf dem Parkplatz genießt er seinen Burger und Bier. Noch nie hat Hoffmann ein derartiges Geschmackerlebnis so tief empfunden wie hier und heute. Er genießt jeden Bissen, die reichliche Sauce läuft ihm die Mundwinkel herunter, fast animalisch verschlingt er in kurzen, großen Bissen den Burger und spült mit seinem Bier nach. Kurze Zeit später vibriert sein Handy.

Er liest die kurze Nachricht von Eddie.

Eddie ist schon informiert, er weiß, dass Hoffmann seinen Auftrag erfüllt hat, und er gibt Hoffmann zu verstehen, dass er zufrieden mit seiner Arbeit ist. Verwundert überlegt Hoffmann, wie es sein kann, dass Eddie Bescheid weiß. Er war doch nicht dabei.

Dann wird ihm klar, dass Eddie Zugang zum Polizeifunk haben muss. Einige seiner Mitarbeiter waren früher einmal Cops.

Entspannt fährt Hoffmann zurück auf seine Farm, er weiß, für die nächsten Tage wird er Ruhe und Frieden haben, so schnell wird ein neuer Auftrag nicht kommen.

Doch als er auf sein Grundstück fährt, kann er von Weitem schon Marcos Auto erkennen. Hoffmann ist erschöpft und ausgelaugt, er hat keine Lust auf eine Konversation mit ihm.

Marco sitzt schon auf der Treppe und wartet.

Mit einem freundlichen Gesicht begrüßt er Hoffmann und klopft ihm auf die Schulter.

Seitlich am Haus steht ein alter Dodge Pick-up-Truck, Hoffmann hat dieses Auto noch nie gesehen und vermutet einen weiteren Gast.

Doch es kommt anders.

„Hey Alter, du bist wirklich ein Monster, knallst mal eben so ein hohes Tier ab. Gut gemacht. Ich habe Ricardo dabei, der fährt deine Kutsche weg, die kannst du jetzt nicht mehr gebrauchen."

„Nein, meine Corvette bleibt, das ist mein Auto, sag deinem beschissenen Kumpel, er soll seinen verrosteten Dodge wieder unter seinen Arsch klemmen und verschwinden."

Marco ist leicht verstört, hält einen Moment inne, ist das tatsächlich Hoffmann, der hier aufbegehrt? Das ist neu.

Im Bruchteil einer Sekunde schnappt Marco Hoffmann an der Kehle, Er drückt fest zu, Hoffmann kann nicht atmen, er zappelt, versucht sich aus dieser misslichen Lage zu befreien, doch Marcos unsagbarer Kraft kann er nicht entkommen.

„Du verdammtes Stück Scheiße, versuch bloß nicht, die Anweisungen Eddies zu unterlaufen, alles hier hat seinen Sinn."

Marco löst seinen festen Griff, steht nah vor Hoffmann: „Verstehst du denn nicht? Man hat dich gesehen, irgendeine Leuchte da oben in den Hills hat dich und dein verpisstes Auto gesehen, du kannst es dir nicht mehr leisten, mit diesem Auto weiter auf der Straße zu fahren, als ob nichts geschehen wäre. Du bist ein verdammter Killer, darauf steht die Todesstrafe. Du musst jetzt langsam auch denken wie ein Killer, sonst ist das süße Leben schnell vorbei."

Hoffmann wird ganz heiß. Er, der immer an alles denkt, der vorsichtig ist, besteht darauf, mit einem Auto zu fahren, mit dem er nach einem bestialischen Mord geflüchtet ist.

Er versteht nun, wie dumm und kurzsichtig er gedacht hat.

Nun gibt er Marco reumütig den Autoschlüssel.

Marco schnappt sich den Schlüssel, wirft ihn Ricardo zu, ebenfalls ein Bodyguard von Eddie. Der fährt grußlos das Auto von der Farm.

Marco spuckt seinen Kautabak nahe neben Hoffmann hin.

„Der Schlüssel und die Wagenpapiere sind im Truck."

Marco startet sein Auto, Hoffmann lehnt sich an die Fahrertür und fragt Marco: „Na los, wir beide trinken noch einen."

„Hau ab, ich kann dich nicht ausstehen, mit Arschlöchern wie dir hab ich nichts zu tun."

„Ach komm, Marco, jetzt musst du nicht so nachtragend sein, du weißt doch, die Corvette, ich hab das Auto echt geliebt."

Marco grinst Hoffmann an, dann gibt er ihm noch ein braunes Paket in die Hand. „Hier, für dich, von Eddie, du hast deinen Job gut gemacht und jetzt rück die Knarre raus, Eddie will sie zurück."

„Sie ist noch in der Sporttasche, in der Corvette."

Marco steigt aus und untersucht Hoffmann, die Waffe trägt er nicht bei sich, sie kann nur in der Corvette liegen.

Zufrieden steigt Marco wieder in sein Auto und fährt davon.

Hoffmann steckt sein Paket in seine Jackentasche und schaut sich den Truck an. Wie versprochen sind alle Papiere und der Versicherungsschein in dem Auto, alle auf seinen neuen Namen Rock Miller zugelassen. Der Autoschlüssel steckt. Hoffmann zieht den Schlüssel ab und schlurft in sein Farmhaus.

Er nimmt das braune Paket aus der Tasche und zählt sein Geld. Es ist ein großer Batzen. Er breitet das Geld auf dem Tisch aus. Vorher hat er noch alle Vorhänge zugezogen und nur Kerzen angezündet. Niemand soll sein Geld sehen.

Es sind Hunderter, zahllose Hundert-Dollar-Noten. Als Hoffmann fertig ist mit Zählen, glühen seine Wangen, in diesem braunen Bag, in dem normalerweise Hamburger transportiert werden, waren zwanzigtausend Dollar.

Hoffmann hat noch nie in seinem Leben eine derart hohe Summe Geld besessen. Es ist ein erhabenes und schönes Gefühl. Er denkt zu keiner Sekunde an Alvarez, dessen Leben diese Summe gekostet hat.

Hoffmann versteckt das Geld in drei Teilbeträgen. Er hat großes Misstrauen gegenüber allen Menschen.

Erst als das Geld verstaut ist, kann er entspannen, holt sich ein Bier aus dem Kühlschrank und macht seinen Fernseher an.

Die Nachrichten sind voll mit Meldungen über die Hinrichtung von Alvarez. Es wird bekannt, dass er eine führende Größe des mexikanischen Drogenkartells gewesen ist. Bekannt ist außerdem die Fehde zwischen den mexikanischen und chinesischen Kartellen, besonders in Austin und Waco. Sie beherrschen den kompletten Drogenmarkt, machen sich aber mit Qualitätsunterschieden und Preisdumping gegenseitig das Geschäft madig.

Die Chinesen versuchen, den Stoff, so gut es geht, zu strecken, behaupten aber, dass der mexikanische Stoff verunreinigt ist. So geht seit Jahren ein verbitterter Kampf der beiden Kartelle in immer grausamere Runden. In den letzten drei Jahren waren mehr als zwanzig Tote zu beklagen. Alle Todesfälle gingen auf Hinrichtungen zurück.

Hoffmann schaut sich mit glasigen Augen die präsentierten Informationen an.

Er sieht die vielen Cops, die den Tatort gesichert haben und nach Spuren suchen. Der Bericht gleicht einer Endlosschleife, es kommen in fast allen Kanälen immer wieder die gleichen Bilder, ein grimmig aussehender Alvarez, eine weinende und schreiende Frau, die am

Tatort interviewt wird, der tote Hund und die suchenden Cops.

Hoffmann schaut gedankenverloren auf die Flimmerkiste, er schaut nicht wirklich hin, seine Gedanken sind ganz woanders.

Er hat weder ein Empfinden für die Inhalte der Fernsehberichte, noch hat er Angst, in irgendeiner Weise erwischt zu werden.

Er stellt sich vor, bald sehr wohlhabend zu sein, ein Leben wie Eddie zu führen, mit Bodyguards und Bediensteten.

Er würde gerne viel Land besitzen und dann darum einen großen Zaun ziehen. Überall wären Markierungen, zum Beispiel Bullenschädel, die stolz verkünden, dass es sein Land ist, das Land von Rock Miller. Es ist das erste Mal, dass Hoffmann in seiner neuen Identität denkt. Mit seinem neuen Namen.

*

Schüler hat Urlaub eingereicht, den ersten längeren Urlaub seit vielen Jahren, nun hat ihn sein Chef Arthur Brause zu sich ins Büro gerufen.

Schüler fühlt ein leichtes Unbehagen im Magen, denn obwohl er seinen Chef sehr schätzt, können die beiden auch durchaus gegensätzlicher Auffassung sein und hitzige Debatten führen.

Vor der Bürotür seines Chefs streift Schüler seine Jacke noch einmal glatt, sie ist wie seine gesamte Wäsche meistens ziemlich zerknittert.

Schüler klopft zweimal kräftig an die Tür.

„Komm rein, Manfred." Arthur Brause klopft Manfred Schüler anerkennend auf die Schulter.

„Setz dich, schön, dich zu sehen, wie geht es dir, mein Lieber?"

„Um ehrlich zu sein, Arthur, ich habe ein Anliegen, du hast ja meinen Urlaubsantrag genehmigt und äh, ich dachte, dass du den Antrag ablehnen würdest."

„Drei Monate Urlaub ist schon ein starkes Stück, es grenzt an eine bodenlose Frechheit, aber bei dir kann ich diese Auszeit gut verstehen. Die Scheidung, die letzten Jahre ohne Freizeit, dann deine Schlaflosigkeit, ich denke, du hast alles Recht der Welt, eine solche Auszeit zu nehmen. Ich habe sogar schon Ersatz für dich. Ein junger Kollege aus Berlin kommt extra für dich, natürlich nur als Lückenfüller, einen richtigen Ersatz gibt es doch nicht. Ich muss dir sagen, Manfred, du bist mit Abstand mein bester Mann und ich weiß wirklich nicht, was ich tun werde, wenn du mal in Rente gehst."

Beide Männer stehen auf, lachen sich an und umarmen sich kumpelhaft.

„Ganz so, wie du es denkst, ist es nicht, Arthur. Es gibt einen Grund, warum ich die lange Zeit von drei Monaten gewählt habe. Ich möchte eigentlich keinen Urlaub haben, so wie du ihn denkst, vielmehr wollte ich eine Fernreise machen, nach Texas, da wollte ich schon immer hin."

„Manfred, verkaufe mich bitte nicht für dumm, du pfeifst doch auf Texas, du willst den Gutachter suchen, Mensch, bist du von allen Geistern verlassen. In Amerika ist der Fall abgeschlossen. Die Kooperation mit den Kollegen aus Dallas gibt es zurzeit nicht mehr. Was also willst du dort? Nadeln im Heuhaufen suchen, das ist doch schlicht gesagt sehr naiv, nein, es ist saudumm."

„Bist du fertig, Arthur? Kann sein, dass ich naiv bin, aber ich bin überzeugt, dass der Zeuge aus dem Chinarestaurant ein fantastischer Zeuge ist, und ich bin überzeugt, dass ich das Schwein finden kann. Hoffmann ist ein auffälliger Mann aus Deutschland. Er spricht einen Akzent und wird sicherlich ganz in der Nähe wieder in einem Restaurant arbeiten. Er muss Geld verdienen, um in Amerika überleben zu können."

„Ich verstehe deine Ansätze, aber du kannst tote Hunde nicht treten, wir haben keine Unterstützung für dich, du wärst auf dich allein gestellt, du weißt doch, dass ein einzelner Mann kein Mann ist."

„Ich habe vor, mit einem Privatermittler zusammenzuarbeiten. Es ist ein ehemaliger Cop, der an dem Fall interessiert ist."

„Ja, Manfred, er ist an deiner Kohle interessiert. Du, nach Amerika musst du auf jeden Fall viel, viel Geld mitbringen, bevor der Privatermittler auch nur einen einzigen Finger bewegt. Ich bitte dich, lass das sein. Ruhe dich aus, finde zu deiner Mitte zurück, wer weiß, welche Überraschung das Leben für dich noch hat. Es gibt viel wichtigere Aspekte als immer nur die Arbeit und die Aufklärung eines jeden Falles.

Du wirst die Welt nicht besser machen, mein Freund."

„Du verstehst das nicht, Arthur, und du wirst das nie verstehen, ich muss das machen, mit dir oder ohne dich."

Resignierend steht Arthur Brause vor seinem besten Mann, er weiß, er kann ihn nicht aufhalten.

Beide Männer geben sich die Hand.

Manfred Schüler verlässt den Raum.

Sein Urlaub beginnt in einer Woche. Er hat vor, heute noch mit Mr. Kayne Rondell, dem Privatermittler, zu sprechen.

Er hat Rondell kontaktiert, nachdem die Polizei in Dallas den Fall zu den Akten gelegt hatte.

Rondell hatte für die Polizei mit ermittelt und war sich wie Schüler ziemlich sicher, dass der einzige Zeuge aus Angst einen Rückzieher gemacht hat.

Rondell arbeitet auf Erfolgsbasis, für einen Bonus, das heißt, wenn der Täter aufgespürt wird, wird er bezahlt, und zwar fürstlich.

Diese Methode ist bei Privatermittlern nicht gerade häufig. Man kennt sie sonst eher von Anwälten.

Doch Rondell ist ein älterer Mann, er erhält eine sehr hohe Rente, lebt alleine und findet in seinen privaten Ermittlungen eine tiefe Befriedigung. Oft arbeitet er der Polizei in die Hand, und das mit großem Erfolg.

Bei einem Deutschen, der wegen eines Mordes in Deutschland hier in Dallas und Umgebung gesucht wird, ist das Interesse des Staates nicht allzu groß. Deswegen wurden die Ermittlungen auch so schnell eingestellt.

Per Skype möchte Schüler diesen Mann heute einmal näher kennen lernen. Die beiden Männer haben wegen der Ermittlungen schon ein paarmal zusammen telefoniert. Gesehen hat Schüler Rondell aber noch nicht.

Rondell ist ein großer Freund des Skypens, er liebt es, seine Enkel, die im fernen Connecticut leben, regelmäßig über Skype zu sehen.

Dann kann er wenigstens ab und zu ein Teil der Familie sein. Seit seine Frau Mary vor zehn Jahren gestorben ist, fällt ihm der Kontakt zunehmend schwerer. Es war immer seine Frau, die mit offenem Herzen und großer Liebe die Familie zusammenhielt, Familienfeiern plante und alle Probleme im Griff zu haben schien.

Er war und ist ein wenig der Brummbär, der gerne seine Ruhe hat und über seine vielen Fälle nachdenkt.

Und doch liebt er seine Familie über alles, er kann es nur nicht so zeigen, wie die Familie es gerne hätte.

Sein Schicksal erinnert ein wenig an das Schülers, nur dass dessen Frau noch lebt. Einzig ihre Liebe zu ihm ist gestorben.

„Hey, da bist du ja, mein deutscher Freund, bist jünger, als ich dachte", quäkt Rondell über seinen Lautsprecher.

„Nun dauert es nicht mehr lange und wir treffen uns persönlich."

„Ja, ich habe dir dein Hotel gebucht, brauchst nur noch zu kommen, du hast meinen Rentnerrabat bekommen und ein supergroßes Kingsize-Bett, da schläfst du wie ein Baby drin."

Rondell lacht schallend, über den Fall spricht er am Computer zu keiner Sekunde, dafür ist er zu sehr Profi. Schüler hätte gerne Neuigkeiten gehört, aber die wird er heute nicht mehr erfahren.

Doch er hat Rondell gesehen. Er ist stark übergewichtig, sein Gesicht aufgedunsen, aber seine Sprache und sein Ausdruck sind klar definiert.

Dieser Mann hat eine gute Ausbildung genossen.

Aber das Wichtigste ist, dass Rondell von den gleichen Instinkten getrieben wird wie Schüler.

Wenn er sieht, dass in einem Fall fehlerhaft ermittelt wurde, ist er besessen davon, ihn auf eigene Faust aufzuklären.

Der Staat bezahlt ihn mit hohen Prämien, denn eine Verurteilung, die später als fehlerhaft aufgeklärt wird, kostet den Staat Unmengen an Schadensersatz.

*

Hoffmann hat in den letzten Tagen seine Farm gründlich ausgemistet. Er hat sich ein paar neue Möbel geleistet. Endlich kann er auf einer sauberen Matratze schlafen, auf einer bequemen Couchgarnitur sitzen.

Außerdem hat er die Küche neu gestrichen und die Schubladen repariert.

Als Eddie ihn besucht, ist der sehr überrascht.

„Hey Rock, das sieht gut aus, gefällt mir, du machst was aus dir, verfällst nicht in Drogen. Du bist der richtige Mann für diesen Job.

Irgendwann kaufst du dir eine neue Farm, eine, die jeder kennt. Du wirst noch eine große Karriere bei mir machen.

Das mit Alvarez war gar nichts. Deine nächsten Aufgaben werden schwieriger, aber du hast gute Nerven gezeigt, eine Stärke, die man erst erkennt, wenn ein Job durchgeführt wird."

Hoffmann hört zu und erstarrt.

Er wird als Auftragskiller arbeiten müssen. Sein ganzes Leben wird von Unsicherheiten und Angst geprägt sein.

Er wird nie wieder zur Ruhe kommen. Zu der Angst, die Hinrichtungen nicht genau und richtig durchzuführen, kommt jetzt auch noch die Angst, von den Cops geschnappt zu werden.

Entweder von Eddie getötet oder im Gefängnis zum Tode verurteilt zu werden, sind die Optionen, die sein Leben von nun an bestimmen.

Bevor Eddie sich verabschiedet, gibt er Hoffmann eine Art Gehstock. Ein edler Stock, der spitz nach unten zuläuft.

Der Stock ist zweiteilig. Er besitzt am Handgriff eine edle Schlangenkopfverzierung, aus Metall gearbeitet. Der Rest des Stockes besteht aus hochwertigem Bambus und einem spitzen Metallende. An dem Handgriff ist eine Drehvorrichtung, die zu einem Innenleben führt. In dem Stock steckt ein hochgefährlicher, spitzer Dolch.

Als Hoffmann das Teil herausnimmt, wird ihm schwindelig. Der Dolch liegt schwer und gefährlich in der Hand, aber um dieses Werkzeug zu benutzen, muss man selber viel Kraft haben.

Hoffmann hat alles, aber keine körperliche Fitness und keine Kraft. Er sieht aus wie ein Hering und könnte einen Zweikampf mit diesem Dolch nie durchstehen. Er kann sich einen derartigen Kampf noch nicht einmal vorstellen.

„Damit kann ich nicht umgehen, Eddie, den kann ich niemals anwenden, mir fehlt dazu die Kraft, du weißt, dass ich körperlich nicht der Stärkste bin."

Eddies Augen verfinstern sich, böse blitzt er Hoffmann an.

„Du brauchst für dieses Teil keine körperliche Stärke, du brauchst nur mentale Stärke, Konzentration und Genauigkeit, behalte es in deiner Nähe, verstehst du?"

„Ja, Eddie, ich werde es gut aufbewahren."

„Rock, bewahre es nicht auf, sondern trainiere damit, freunde dich damit an, dieses Werkzeug ist wie Gold, du weißt es bloß noch nicht. Finde Wege, damit zu kämpfen, wenn du jeden Tag trainierst, wirst du diesen spitzen Stock lieben."

Hoffmann lächelt gequält. Er geleitet Eddie nach draußen zu seiner Limousine.

Marco ist heute nicht der Fahrer. Am Lenkrad sitzt ein neuer Mann, den Hoffmann noch nie gesehen hat. Er sieht mit seinen tiefen Gesichtsnarben furchterregend aus. Er wird wohl auch ein Bodyguard sein, denkt Hoffmann.

Als Eddie verschwunden ist, geht Hoffmann in sein Farmhaus. Auf seinem Wohnzimmertisch liegt der Stock mit dem schrecklichen Inhalt.

Hoffmann ist sich sicher, dass er mit dem Dolch seinen nächsten Mord begehen muss. Er versteht nicht, warum er nicht alle erschießen kann, so wie Alvarez. Das wäre unkompliziert, schnell und einfach.

Was steckt dahinter, dass Eddie ihm nun diesen Stock gebracht hat?

Hoffmann grübelt.

Er würde bei einem Kampf mit diesem Werkzeug ganz sicher sterben. Da gab es nicht den geringsten Zweifel.

Er ist kein Ringer, noch hat er überhaupt die Kraft, mit diesem schweren Material zu kämpfen. Heute greift er nach einem harten Tröster, dem Whiskey.

Zumindest heute Nacht soll der sein Begleiter sein.

*

Schüler kommt an den Flugschalter, er reicht seine Buchung und seinen Ausweis hin. Die Dame hinter dem Schalter hat lange Fingernägel und ein schönes Gesicht. Sie konzentriert sich auf die Unterlagen und schaut zu keiner Sekunde zu Schüler hin. Sie hat schon vorher gecheckt, dass dieser Kerl zu alt für einen Flirt wäre.

Doch Schüler schaut heute gerne hin, er mag gepflegte Frauen.

Mit seinen Papieren und ein wenig Schamesröte im Gesicht kommt er in den Abfertigungsbereich. Er fühlt sich sehr wohl und fast ein wenig beschwipst vor Aufregung. Er war lange Zeit nicht verreist und obwohl diese Reise kein Privatvergnügen sein wird, erregt es ihn auf abenteuerliche Weise.

Endlich kann er etwas Produktives tun. Er ist sich sicher, dass er Hoffmann schnappen wird.

Mit Hilfe Rondells wird es ihm gelingen, da hat er nicht den leisesten Zweifel.

*

Hoffmann wacht auf seiner Couch auf. Wie so oft ist er mal wieder vor dem Fernseher eingeschlafen. Der harte Alkohol wirkt wie ein Betäubungsmittel.

Er schwitzt stark. Das Farmhaus hat nur eine schwache Klimaanlage und jetzt kommt schon bald der brütend heiße Sommer. In Texas kein Vergnügen.

Bei seinem kargen Frühstück, einem starken Kaffee, hört Hoffmann ein Auto heranfahren.

Er sieht aus dem Fenster ein ihm unbekanntes Fahrzeug. Sein Herz fängt an zu rasen. Das Auto hat getönte Scheiben, er kann niemanden erkennen. Aber es sind definitiv keine Cops.

Nach einer kurzen Zeit öffnet sich die Autotür.

Eddies neuer Bodyguard steigt aus. Er trägt eine dunkle Pilotensonnenbrille und einen großen Cowboyhut. An den Seiten seines Gesichtes kann man seine tiefen Narben erkennen.

Hoffmann hegt für Marco keine Sympathie, aber er war lange nicht so angsteinflößend wie dieser Mann.

Hoffmann tritt vor die Tür, begrüßt den Mann mit Handschlag. Doch der erwidert die freundliche Geste nicht, er spuckt seinen Kautabak in die Ecke.

„Los, komm, Gringo, Eddie will dich sehen, du musst heute trainieren."

„Trainieren, ich verstehe nicht, wohin fahren wir?"

„Halts Maul und steig jetzt ein, Eddie wartet nicht gern, das müsstest du doch langsam mitbekommen haben."

Hoffmann schließt sein Haus ab und steigt zu dem düsteren Gesellen ins Auto.

Der fährt mit Vollgas los. Der unbefestigte Weg zur Straße staubt so stark, dass man draußen nichts mehr erkennen kann.

„Wie heißt du, bist du der neue Vertreter von Marco?"

„Ein bisschen viele Fragen, findest du nicht? Vergiss Marco einfach, den siehst du nie wieder!"

„Hat wohl einen neuen Job", antwortet Hoffmann ein wenig ängstlich.

Nun lacht der Fahrer laut auf, er lacht mit verrauchter Stimme, er hustet und prustet.

„Sein neuer Job heißt schnell verrotten und nach Scheiße stinken." Und wieder lacht der Mann sein grässliches Lachen.

Hoffmann wird schlecht, konnte es sein, dass Marco umgebracht worden ist? In diesem Geschäft sicher keine Seltenheit.

Doch Hoffmann stellt keine weiteren Fragen, er will es gar nicht mehr wissen.

Nach einer kurzen Fahrt hält das Auto vor einem leicht heruntergekommenen Gebäude an.

Es ist ein Sportclub, im Eingangsbereich hängt ein asiatisches Zeichen.

In dem alten Sportclub stinkt es schon in der Eingangstür nach Schimmel und alter, muffiger Kleidung.

In der Mitte des abgehalfterten Clubs steht eine kleine Ringkampfarena.

Der Boden, einst rot, zeigt sich nun zerschlissen. Der gefütterte Inhalt, eine Art Watte, schaut aus einigen Öffnungen hervor.

Hier kann man nur stolpern, aber nicht mehr kämpfen. Hoffmann kann sich ein leichtes Grinsen nicht verkneifen.

Aus einem rückwärtigen Raum kommt ein Asiate auf die Männer zu. Er trägt eine bestimmte Kampfkleidung. Für Hoffmann sieht das eher nach einer Windel aus, ähnlich wie bei Sumoringern.

Der Asiate verbeugt sich vor Hoffmann und dem grimmigen Bodyguard.

„Wenn der Wichser fertig ist, rufst du mich an, aber Cheng, ruf gleich an, kein Kaffee trinken mehr, Order von Eddie."

„Natürlich, Raul, ich rufe dich an, aber dieser alte Stock braucht bestimmt drei Jahre."

Beide Männer lachen, die anderen Männer im Club lachen mit. Es ist ein lautes Lachen, ein zynisches Lachen.

Hoffmann ist mal wieder die Witzfigur, er erstarrt in innerer Wut und Hilflosigkeit.

‚Eines Tages werden sie nicht mehr lachen', denkt Hoffmann, und diesmal ist er überzeugt, dass er seine Gedanken auch in die Tat umsetzen wird.

Raul verlässt den Club.

Cheng führt Hoffmann in die Umkleidekabinen. Dort sieht es noch schlimmer aus. Die Armaturen der Duschen sind völlig verkalkt, überall liegt Dreck in den Ecken.

Cheng wirft Hoffmann eine Art Lappen hin.

„Hier, das ziehst du an, sonst bist du kein Kämpfer."

Hoffmann hält den Lappen hoch und erkennt, dass es sich um eine Hose handelt, so wie Cheng eine anhat.

„Die ziehe ich nicht an, ich mach mich doch nicht zur Witzfigur."

„Du bist eine Witzfigur, aber wenn du nicht willst, rufe ich Eddie an."

„Nein, verdammt, dann ziehe ich die verfluchte Windel eben an."

„Es sind Sumo Kampfringerhosen, dieser Sport kommt aber aus Japan, nicht aus China. Ich bin Cheng, der Japaner."

„Mein Name ist Uli …, ich meine Rock Miller, ich weiß nicht genau, was ich hier lernen soll, ich weiß nur, dass ich nach der Schule nie wieder Sport betrieben habe und dass ein Training mit mir hier gar nichts bringt."

Cheng stellt sich sehr nahe vor Hoffmann, packt ihn an den Schultern und schaut ihm direkt in die Augen.

„Du hast schon verloren, bevor du anfängst, die innere Haltung lässt uns die gleiche Haltung nach außen tragen, du hast keine Spannung in deinem Körper, fühlst dich an, als ob du schon zwei Wochen tot bist.

Schämst du dich denn nicht, als Mann so schwach zu sein, niemals eine Chance bei einem Zweikampf zu haben. Keine Frau will so einen Mann.

Bist du verheiratet?"

„Ähh, nein, ich möchte nicht heiraten."

Cheng kommt noch näher an Hoffmann ran.

„Du willst keine Liebe machen?"

Cheng lacht schallend, Hoffmann lächelt gequält mit.

„Los, wir machen ein paar Übungen im Ring."

Hoffmann zieht sich schnell um, er schämt sich entsetzlich. Er hat eine schneeweiße Haut, Arme und Beine dünn wie die einer Spinne und zu allem Leid einen schmalen Brustkorb. Ein paar drahtige weiße Haare ragen aus seiner Brust empor.

Seinen Kopf nach unten gesenkt, geht er langsam in den Ring.

„Los, schau mich an, Rock."

Cheng gibt Hoffmann einen leichten Schubser, der fällt zu Boden.

„Aufstehen, Rock, los, aufstehen."

Im nächsten Moment findet sich Hoffmann wieder auf dem Boden.

So geht es eine Viertelstunde weiter. Hoffmann japst nach Luft. Doch Cheng lässt ihn nicht ruhen.

Er muss nun springen und dabei Boxbewegungen machen. Schweiß rinnt Hoffmann den ganzen Körper herunter.

Nach einer Stunde ist Schluss.

Wider Erwarten fühlt sich Hoffmann nach diesem fiesen Training und einer kalten Dusche wie neu geboren.

Minuten später steht der düstere Geselle Raul wieder an der Tür.

Hoffmann fühlt sich spritzig und fit, er steigt in Rauls Auto und lässt sich nach Hause kutschieren.

*

Der Himmel ist hellblau, als der Flieger am frühen Morgen in Dallas landet.

Schüler schaut aus dem kleinen Flugzeugfenster. Er fühlt sich steif und eingerostet. Ein großer kräftiger Mann wie er hat in den heutigen Flugzeugen ohne Upgrades keinen Platz mehr. Man verharrt in ein paar Positionen, und das über viele Stunden. Eine kurze Befreiung ist der Gang zur Toilette, bei dem ein schnelles Strecken und Stehen möglich ist.

Doch jetzt steht Schüler auf, seine Beine zittern, er holt sein Handgepäck aus dem Gepäckfach und drängt sich mit den anderen Reisenden zum Ausgang. Aber er ist kein Reisender, er ist ein Getriebener, ein Mann mit einer klaren Mission, die er erfüllen muss.

Draußen weht ein Wind, die Frauen ordnen schnell ihre Haare, doch als Schüler nach draußen gelangt, ist es so, als ob jemand einen heißen Föhn in sein Gesicht bläst.

Keine norddeutsche frische Brise.

Im Flughafengebäude hingegen herrscht ein wunderbar kühles Klima. Schüler schaut sich um. Er weiß, er sieht die gleichen Dinge, die Hoffmann vor ein paar Monaten gesehen haben muss.

Der Flughafen ist in seiner Anmutung sehr modern, gepflegt und voller geschäftiger Leute. Jeder geht schnell und hat seine Aufgabe zu erfüllen.

Im Ausgang schaut Schüler nach, ob er Rondell sieht. Er achtet auf einen Rollstuhl. Doch hier in Dallas ist alles voll mit Rollstuhlfahrern. Es scheint, als ob jeder Dritte in einem Rollstuhl sitzt.

Da erkennt er einen jungen Mann mit einem Plakat, auf dem »Detective Schueler« steht.

Peinlich berührt geht Schüler auf den jungen Mann zu und gibt sich zu erkennen.

Der junge Mann stellt sich als Paul vor und erzählt Schüler, dass er Rondells Assistent sei.

Er fährt ihn in sein Hotel in die Innenstadt von Dallas.

Dort kann er in Ruhe frühstücken, dann will Paul ihn am frühen Abend abholen und zu Rondell fahren.

Schüler hat keine Lust zu frühstücken, er möchte sofort zu Rondell, er möchte gleich mit der Arbeit beginnen. Er hat so lange darauf gewartet.

Doch er nickt nur müde und checkt im »Marriott-Hotel« ein.

*

Hoffmann fährt in die Stadt, er hat heute zum ersten Mal Lust, richtig einkaufen zu gehen. Er holt sich Steaks, Eier, Kuchen, Kartoffeln und Bier.

Er möchte sich nahrhaft und kalorienreich ernähren. Ihm ist klar, dass er nun hart trainieren muss, um in Form zu kommen, das gelingt nicht, wenn er nur noch harten Alkohol zu sich nimmt. Er möchte das jetzt ändern.

Am Abend erscheint Eddie, er überrascht Hoffmann beim Kochen.

„Hey Rock, das riecht ja verdammt gut hier, eigentlich sollte das ein Weib oder ein Koch machen, meinst du nicht?"

„Ist schon gut, Eddie, das macht mir nichts, ich komm damit klar, macht mir Spaß."

„Hörst du das, Raul? Es macht ihm Spaß, der Hurensohn hat Spaß am Kochen."

Beide Männer lachen. Hoffmann könnte heute gut darauf verzichten.

„Rock, du wirst jetzt sechs Wochen trainieren, dann hast du wieder einen Auftrag, aber dieser Auftrag ist nicht so ein verdammtes Kinderspiel!"

Hoffmann steht mit dem Rücken zu Eddie, diese Information lässt ihn erschaudern.

Er dreht sich zu Eddie um, doch der ist schon an der Tür, Raul lacht ihn zynisch an und spuckt seinen Kautabak in die Ecke.

Beide Männer verschwinden so schnell, wie sie gekommen sind. Zurück bleibt Uli Hoffmann. Er setzt sich auf seine Couch, bis er einen starken Geruch wahrnimmt. Seine Steaks sind verkohlt. Er nimmt die Pfanne von Herd, schmeißt sie mit einem lauten Knall in die Spüle.

Dann denkt er nach, Eddie hat recht. Warum sollte er kochen, wenn er sich Personal leisten kann.

Hoffmann schwelgt wieder einmal in Gedanken, dass er einmal sehr reich sein wird. Ein neuer Auftrag kann ihm doch nur recht sein. Das würde wieder einen Batzen Geld bringen. Dann wieder und wieder.

Jetzt lächelt Hoffmann, er geht zum Kühlschrank und haut sich zwei neue Steaks in die Pfanne.

Die Zeiten der andauernden Angst vor den Aufträgen sollen der Vergangenheit angehören. Hoffmann nimmt sich vor, vor nichts und niemanden jemals wieder Angst zu haben. Er stellt sich vor den Spiegel.

‚Ihr müsst Angst vor mir haben, denn ich bin ein Auftragskiller, jeder Auftrag wird erfüllt, jeder Auftrag wird erfolgreich erfüllt.‘

Hoffmann schaut finster in den Spiegel. Es hat sich in ihm etwas geändert. Er kann es fühlen.

*

Der Reisewecker klingelt, er ist auf die größte Lautstärke gestellt.
Schüler schreckt hoch. Wie immer weiß er im ersten Moment nicht, wo er sich befindet. Heute ist dieses Gefühl stärker denn je. Dieses Bett, diese Kommode, der Fernseher … aahh, jetzt erinnert sich Schüler, dass er im Hotel wohnt, sich ein wenig hingelegt und volle fünf Stunden geschlafen hat.

Ohne Schlafmittel war das Schüler seit Jahren nicht mehr gelungen.

Mit wahnsinnigen Kopfschmerzen begibt er sich unter die Dusche. In seinem Zimmer macht er sich danach einen starken Kaffee.

Paul, Rondells Assistent, klopft zweimal leise an die Tür.

Schüler öffnet ihm.

Gemeinsam fahren sie in ein Restaurant, es liegt ein wenig außerhalb von Dallas in einem Vorort, geprägt von Farmen und weitem Land. Schüler kann sich nicht sattsehen an der überwältigenden Natur und der Schönheit dieses Landes.

Paul spricht während der Fahrt mit ihm über belanglose Themen, Schüler nickt, doch er hört nicht zu. Er ist angespannt, denn es muss ihm mit Hilfe von Rondell einfach gelingen, diesen Gutachter Uli Hoffmann zu schnappen, und das in kürzester Zeit.

Nach einer halben Stunde kommen sie an einem abseits gelegenen, sehr attraktiven Restaurant an. Es hat die Anmutung einer gut situierten Farm, am Eingang über der Tür hängen die Hörner eines Büffels.

Das Inventar ist aus edlem Holz gearbeitet. Die Tische stehen weit auseinander. Jeder findet hier seine ungestörte Privatsphäre.

Ab und zu spielt hier eine Band, natürlich nur echte Countrysongs. Heute aber ist es ruhig und wenig besucht.

Im Restaurant kann Schüler Rondell gleich erkennen. Er sitzt weit hinten in seinem Rollstuhl.

Breit lachend begrüßen sich die Männer.

„Du bist viel größer, als ich das vermutet habe, ein stattlicher Mann." Rondell schaut zu Schüler auf.

Schüler setzt sich neben Rondell, Paul geht an den Tresen. Dort scheint er einige andere junge Männer zu kennen.

„Hier, mein Freund, kannst du das größte Steak essen und dabei das beste Bier trinken.

Hier wird selbst gebraut und die Tiere sind auf der Farm gezüchtet. Es sind Longhornrinder, bekannt durch ihre Leichtkalbbarkeit und die reichen Milch- und Fleischleistungen. Doch diese hohe Geschmacksqualität gibt es nicht oft, mein Freund."

Schüler freut sich auf ein phantastisches Essen.

Die beiden Männer sprechen während des Essens über familiäre Belange und alltägliche Dinge.

Doch beim Whiskey kommt das Thema Hoffmann auf den Tisch. Rondell beugt sich ein wenig vor, um nicht so laut sprechen zu müssen. „Dieser Bastard hat sich in den Monaten hier in Texas etabliert, er hat sich sein Leben aufgebaut. Er muss Freunde haben, die ihn unterstützen, denn alleine, ohne Sozialnummer, ohne amerikanischen Führerschein und ohne Job kommt er nicht weit.

Der erste Weg zu ihm ist der Zeuge, der sich damals gemeldet hat, weil er Hoffmann erkannt hatte.

Ich habe lange recherchiert, dieser Typ war nicht auffindbar, er war einfach untergetaucht, doch Paul hat ihn aufgetrieben. Er arbeitet wieder in einem chinesischen Restaurant. Ein anderes Restaurant hier in Dallas. Er ist von Arlington weggezogen. Paul hat das rausbekommen, weil er eine Putzfrau geschmiert hat.

Die hat auch beim »Dragonfly« in Arlington gearbeitet. Sie kennt ihn seit vielen Jahren. Sein Name ist Tian, den Nachnamen kannte sie nicht, aber das ist auch egal. Der Name liegt dem Polizeidepartment vor, doch die Akte des Zeugen ist verschwunden, scheinbar bestand kein weiteres Interesse mehr an diesem Fall.

Es hat uns ein kleines Stängelchen Geld gekostet, um überhaupt einige Informationen herauszubekommen."

„Ist diese Putzfrau noch im Gespräch, ich meine, kann ich mit ihr sprechen?"

„Nein, mein deutscher Freund, diese Frau ist außen vor. Sie möchte mit uns nie wieder in Kontakt treten. Die Chinesen verraten sich nicht oft, aber mit Kleingeld bekommst du eine Auskunft, aber nur eine. Sie würden niemals vor Gericht aussagen, diese Information ist nur für uns."

„Dann lass uns morgen hinfahren, wir werden uns diesen Mann mal vornehmen." Schüler ist voller Unternehmungslust.

„Nicht so schnell, so ein Interview muss gut vorbereitet sein, vergiss nicht, dass dieser Mann seine Aussage zurückgezogen hat. Warum sollte er uns heute sagen, dass das alles nur Quatsch gewesen ist und er diesen Hoffmann tatsächlich kennt?

Er würde sich wegen Falschaussage strafbar machen und käme sofort in den Knast.

Wir müssen mit ihm verhandeln, das wird eine teure Angelegenheit."

Schüler streicht sich über den Bart. Er ist sichtlich angespannt.

„Was glaubst du, wie viel uns solch eine Aussage kostet? Welchen Wert hat sie, wenn diese Leute vor Gericht niemals aussagen?"

„Manfred, wir werden dieses Aussagen nicht vor Gericht brauchen, wir brauchen sie lediglich für uns, als winziges Puzzlestück. Mit diesen Aussagen lernen wir den Täter jedes Mal ein bisschen näher kennen und können ihn dann fassen. Die Asiaten haben ein weitgestricktes Netzwerk. Wer einmal bei ihnen gearbeitet hat, wird sicherlich noch immer für sie arbeiten, denn dieser Gutachter ist abhängig von solchen Leuten.

Oft sind diese Chinarestaurants große Geldwäschegeschäfte, dahinter steckt eine riesige Drogenmafia.

Deswegen nehmen die gerne solche Kerle wie Hoffmann auf und lassen die für sich arbeiten. Dieser Mann ist abhängig von denen. Ohne Papiere lässt ihn niemand für sich arbeiten, auf keinen Fall ein legales Unternehmen. Diese armen Kreaturen müssen dann oft ganz andere Jobs erledigen, zum Beispiel Drogenlieferungen oder Schlimmeres."

„Kayne, dieser Hoffmann ist keine armselige Kreatur, er ist ein berechnender Mörder. Er hat nicht nur eine blutjunge Studentin in den Tod gehetzt, er hat seine Chefin brutal vergewaltigt und erstickt."

Kayne Rondell und Manfred Schüler schweigen, Rondell wirkt betroffen.

*

Nach drei Wochen Ausdauer- und Krafttraining beginnt eine neue Phase im Sportclub, das Dolchtraining.

Dazu benutzt Cheng ein dolchähnliches Instrument aus Metall. Es ist genauso schwer wie ein Dolch, aber es hat nicht die tödliche Spitze.

Hoffmann lernt bei diesen Trainingsstunden die Grundlagen des Dolchsports kennen.

Diese Grundlagen beruhen auf Stich, Fußarbeit, Fallschule und Mensur.

Schutzkleidung gibt es bei diesem Training nicht, da am Anfang nicht mit der scharfen Waffe geprobt wird.

Ganz zu Beginn stehen die Fußarbeit, die Bewegungen im Kampf und das Hinfallen.

Es ist ein sehr umfangreiches und hartes Training, das Hoffmann jedoch sehr viel Freude bereitet.

Hoffmann muss nun täglich für mehrere Stunden zu Cheng. Oft ist Eddie dabei, er liebt das Dolchtraining und möchte sehen, wie Hoffmann sich anstellt.

Eddie raucht dabei seine Zigarillos und ist sehr angetan von dem guten Trainingsergebnis. Cheng ist einer der besten Trainer, der schnell einen noch so ungeschickten Sportler zu einem guten Kämpfer ausbildet. Seine Beharrlichkeit und seine große Geduld lassen die Schüler sehr schnell lernen.

Mit großer Ruhe erklärt Cheng Bewegungen im Stand, die dann später im Kampf umgesetzt werden müssen.

Hoffmann hat sich nie besser und lebendiger gefühlt.

An diesem Tag nimmt Cheng Hoffmanns Hände, schaut ihm in die Augen und sagt zu ihm: „Kein totes Fleisch mehr, du bist jetzt voller Leben."

Hoffmann verbeugt sich, eine Geste des Dankes, so wie die Asiaten das handhaben.

*

Rondell hat Schüler ein amerikanisches Handy besorgt, so ist er immer erreichbar.

Schüler staunt nicht schlecht, als er am nächsten Tag bei Rondell zuhause ist. Sein Wohnzimmer gleicht einem Großraumbüro beim FBI.

Überall an den Wänden sind Täter und Opferfotos angebracht. Jedes Eck dieses Zimmers beinhaltet einen eigenen Fall.

Ganz vorne an der Wand hängt das Foto von Hoffmann, darunter ein Foto von Gabi von Wolf, jedoch ist das kein Tatortfoto, sondern eines, das sie noch zu Lebzeiten zeigt.

Schüler öffnet seine Ledertasche, ein ehemaliges Geschenk seiner Tochter, und holt sämtliche Tatortfotos heraus. Die tote, makaber platzierte Gabi von Wolf und die tote Nathalie Polska in ihrem Auto.

„Kayne, wir hatten der Polizei doch die Tatortfotos geschickt, ich wundere mich, warum du keine davon hast?"

„Nein, da waren keine Fotos vom Tatort, mein Freund, alles, was wir hatten, hängt hier an der Wand, entweder hat dein Chef nicht richtig kooperiert, oder wie gesagt, unsere Jungs hatten keine große Lust auf den Fall aus Deutschland."

„Ich weiß ganz sicher, dass Brause, so heißt mein Chef, alle Fotos geschickt hat, denn weißt du, diesen Fall haben mein Kollege und ich von Anfang an bearbeitet und ich war dabei. Ich habe persönlich alle Fotos ausgesucht, die mein Chef zu euch geschickt hat, erst per Fax, dann per Postexpress."

„Shit happens, da können wir uns jetzt nicht dran aufhängen.

Wir starten damit, dass wir den Chef des Chinarestaurants »Dragonfly« observieren. Sein Name ist Fing Gu, bekannt bei allen unter dem Spitznamen Eddie. Er könnte die mögliche Verbindung zu Hoffmann sein. Ich denke, nur über ihn kommen wir zu deinem Gutachter, gesetzt den Fall, dass der noch für ihn arbeitet. Dieser Eddie ist bei der Polizei kein Unbekannter, er saß schon mal als ganz junger Mann wegen Rauschgiftschmuggel und schwerer Körperverletzung."

Schüler überlegt, dass eine solche Observation sehr gefährlich sein kann.

„Was ist, wenn dieser Chef ein gefährlicher Mann ist, du erwähntest ja, dass sich da eine große Mafia dahinter verbergen könnte, ich meine, wir sind nur zwei Männer und du sitzt im Rollstuhl, wir haben kein sicheres Team hinter uns."

„Keine Sorge, Manfred, vergiss nicht, wir haben Paul auf unserer Seite und wir wollen keine gefährlichen Aktionen durchführen, ich werde weder dein Leben noch das anderer gefährden. Wir wollen nur ein wenig herumschnüffeln, darin bin ich Meister. Ich habe das festeste Sitzfleisch in ganz Texas. Wenn es sein muss, kann ich zwei volle Tage observieren."

„Kayne, ich hoffe, dass wir erfolgreich sein werden und ich am Ende dieses Schwein nach Deutschland mitnehmen kann."

„Besser wäre Texas, dann würde er eine schöne Giftspritze erhalten. Allerdings ist das ein viel zu guter Tod für Mörder, der elektrische Stuhl ist mir da schon lieber. Da haben die Mörder noch richtig gelitten."

Schüler ist erschrocken über diese Aussage, so sehr er Hoffmann auf der Spur ist und sich nichts sehnlicher wünscht, als ihn festnehmen zu können, so sehr ist er gegen die Todesstrafe. Er kann keinen Sinn darin finden, einem Menschen das Leben zu nehmen. Das kann nicht die richtige Sühne sein, egal welches Verbrechen ein Mensch begangen hat. Diese Überzeugung trägt Schüler in seinem Herzen.

Doch das hier ist nicht sein Land, es ist das Land von Kayne Rondell, der ab jetzt viele Entscheidungen treffen wird, so wie man Dinge eben in Amerika regelt.

„Ich hole dich morgen gegen Mittag in deinem Hotel ab, vielleicht können wir den Zeugen gemeinsam befragen, aber nur, wenn er bereit ist, mit uns zu sprechen.

Und da ist noch was Wichtiges, es ist mir sehr unangenehm, deswegen spucke ich es gleich aus. Wir brauchen Geld für das Schmieren von Leuten, und glaube mir, für hundert Dollar gibt heute niemand mehr eine Auskunft. Das war früher ganz anders, da haben die Leute noch für viel weniger Kohle eine Menge Details verraten. Das waren noch wirklich gute Zeiten. Aber vergiss es, die Menschen sind gierig geworden, heute will jeder seinen Vorteil voll auskosten.

Da wir beide als Privatermittler arbeiten, können wir uns das Geld teilen. Wir werden eine Kasse anlegen, die jeder mit Geld befüllt, und damit können wir unsere Ausgaben hinterlegen."

Schüler beschleicht ein ungutes Gefühl, Schmiergeld, so etwas hatte man in Deutschland nicht. Hat sein Chef Arthur Brause am Ende recht, dass er nur Unmengen an Geld zu zahlen hätte und am Ende nichts dabei herauskäme?

„An wie viel hast du denn gedacht, Kayne?"

„Oh, ich denke, jeder hinterlegt erstmal ein paar schlappe Hunderter, dann wird es eine gewisse Zeit reichen. Wir haben im Moment noch nicht so viele Leute, die wir schmieren können, denn es darf nicht auffallen. Übrigens, Paul hat dir ein Auto besorgt, einen Leihwagen, eigentlich ist es der Privatwagen seiner Mutter, die liegt aber im Krankenhaus und kann die nächsten Wochen nicht fahren. Am besten gibst du Paul dafür ein wenig Trinkgeld, das ist aber auf jeden Fall billiger und unauffälliger, als wenn du dir ein Auto bei einer Firma mietest."

Schüler freut sich, dass er nun mobil ist und selber mit dem Auto die Gegend erkunden und einige Kosten sparen kann, besonders angesichts der genannten Extraausgaben.

Die beiden Männer verabschieden sich und Paul bringt Schüler zu seinem Auto.

Es ist ein älterer weißer Buick, ein unauffälliges Auto. Schüler lässt sich die Instrumentenbedienung kurz erklären und drückt Paul einen Geldschein in die Hand.

Befreit und bester Laune fährt Schüler los, das Auto hat sogar ein Navi.

*

Ein lautes Klopfen dröhnt an der Tür, Hoffmann erschreckt sich. Er springt aus seinem Bett und geht leise in sein Wohnzimmer, die Gardinen sind fest geschlossen. Er legt sich auf den Boden und kriecht ein Stück nach vorne, so kann er am Vorhangrand vorbei etwas sehen.

Er sieht ein Fahrzeug stehen, das er nicht kennt, einen Chevi mit schwarzgetönten Scheiben.

Hoffmann bleibt auf dem Boden liegen und verharrt ein paar Minuten in der Position. Die Person an der Tür geht an sein Auto. Hoffmann kann einen Mann erkennen, er trägt einen Cowboyhut und eine Sonnenbrille, doch diesen Mann hat er noch nie gesehen. Normalerweise informiert ihn Eddie, wenn jemand zu ihm kommt. Könnte das die Polizei sein?

Hoffmann richtet sich ein wenig auf, vorsichtig lugt er aus dem Fenster. Der Unbekannte schreibt etwas auf einen Zettel, dann kommt er wieder zur Tür. Hoffmann wirft sich in Windeseile auf den Boden.

Der geheimnisvolle Mann steckt den Zettel in die Türritze. Dann geht er an sein Auto und fährt davon.

Hoffmanns Herz donnert wild in seiner Brust. Er wartet noch eine Weile, dann öffnet er die Tür und der Zettel fällt ihm in die Hände.

Die Schrift ist unklar, Hoffmann setzt sich seine Brille auf und versucht den Brief zu entziffern.

Darauf steht:

Rock, viele die für Eddie gearbeitet haben, sind jetzt tot, du wirst bald der Nächste sein.

Marco ist tot.

Ruf mich an, John.

Darunter steht seine Mobilnummer.

Hoffmann weiß nicht, was er von dieser Nachricht halten soll. Vielleicht ist es eine Falle, eine Art

Loyalitätsprüfung von Eddie. Er hat zuvor nie von einem John gehört.

Hoffmann schreibt die Nummer ab und versteckt sie in seinem Schrank, die Nachricht verbrennt er sofort.

Er hofft, dass dieser Kerl nie wieder zu ihm kommt.

Schnell schlägt er sich ein paar Eier in die Pfanne und frühstückt. Heute hat er wieder doppeltes Training. Erst um 10, dann um 16 Uhr.

Aber für Hoffmann ist dieses Training der Schlüssel zur Lösung all seiner Probleme. Körperliche Anstrengung setzen Hormone frei, die Hoffmann gar nicht kannte und nicht wusste, dass sie existieren.

Sie bewirken bei ihm, dass er nicht mehr über alles nachdenkt, sich keine Sorgen mehr macht. Das Training und gutes Essen sind alles, was in dieser Zeit zählt.

Cheng ist längst zu einem guten Vertrauten geworden. Er hat zwar am Anfang gelacht, aber er spricht Hoffmann viel Mut zu und lobt seine Fortschritte. Damit mobilisiert er Hoffmann und setzt Kräfte in ihm frei, die niemand je in ihm vermutet hat.

Heute trainiert Hoffmann mit echten Dolchen.

Deswegen trägt er Schutzkleidung.

Er erhält von Cheng eine Gesichtsmaske mit Hinterkopfschutz, einen Ganzkörperschutzanzug und entsprechende Handschuhe.

Cheng wendet alle Kampftaktiken an, die Hoffmann in den letzten Tagen gelernt hat.

Doch Hoffmann ist unsicher, er kann in dieser Maskerade nicht atmen, sich nicht mehr so frei und schnell bewegen. Er kann den Stichen von Cheng nicht entkommen. Und obwohl er die Schutzkleidung trägt, empfindet er Schmerzen bei Chengs Angriffen.

Völlig erschöpft reißt sich Hoffmann die Kopfmaske runter. Seine Haare kleben schweißnass an der Kopfhaut. Er schüttelt seinen Kopf und setzt sich fluchend auf eine Bank.

Cheng steht vor ihm.

„Du hast Angst, Rock, wir haben alles trainiert, ich habe dir die Fußarbeit und die Verteidigung genau gezeigt, aber du stehst im Ring und wartest, dass ich dich töte.

Du hast nur Angst und die Angst lähmt dich. Wenn du keine Angst hast, denkst du niemals nach, was passieren könnte, oder denkst nach, dass diese Schutzkleidung dich stört. Du kämpfst.

Du gehst jetzt nach Hause und morgen wirst du kämpfen!“

Hoffmann verlässt seine Kampfarena und beschließt, heute den restlichen Tag zu genießen.

Am Abend fährt er mal wieder in einen Gentleman Club. Er hat sich extra schick gemacht und freut sich auf ein paar unbeschwerte Stunden.

Die Frauen umzingeln ihn, eine Tatsache, die Hoffmann sehr genießt. Er weiß, solange er genug Geld hat, würde es keine Rolle spielen, wer er war oder woher er kommt. In diesem Land gewinnt immer der, der das nötige Kleingeld hat. Und obwohl Hoffmann kein Draufgänger ist, lässt er es in dieser Nacht ordentlich krachen.

Er übernachtet im nahegelegenen Stundenhotel, seine Begleitung kennt er am nächsten Morgen nicht einmal mehr bei ihrem Namen. Es ist ihm auch nicht wichtig.

*

Schüler fährt mit seinem Wagen durch die Stadt, er hat im Navi schon eine Adresse eingegeben. Es ist die Adresse des Chinarestaurants »Dragonfly« in Arlington. Er möchte den Stadtteil dort kennen lernen und unbemerkt an dem Restaurant vorbeifahren.

Er möchte die Gegend erkunden, in der vermutlich Hoffmann lebt.

Schüler weiß, dass er nicht mehr im »Dragonfly« arbeitet, aber es könnte möglich sein, dass er ihn plötzlich irgendwo entdeckt.

Während seiner Fahrt genießt er die wunderschönen Eindrücke der Natur. Auch wenn Dallas eine wirklich sehr pompöse und gepflegte Stadt ist, so liebt Schüler die Ruhe und den Platz, wenn er auf dem Highway fährt und die Natur auf allen Seiten genießen kann. Er lässt die Klimaanlage aus und hat alle Fenster offen, die Luft duftet frisch und würzig.

In Arlington gibt es wieder viel zu sehen, sehr schöne Wohngegenden und die billigen und schäbigen Häuser am Ende der Stadt. Dort befindet sich das »Dragonfly«.

Schüler setzt sich seine Sonnenbrille auf, er fährt langsam an dem Restaurant vorbei. Es wirkt auf ihn schmuddelig und in die Jahre gekommen. Als er in den Eingang sieht, nachdem eine große Familie die Tür aufgestoßen hat, sieht er, dass dieser Laden voll ist. Dieses Geschäft scheint gut zu laufen. Schüler selber würde dort niemals essen gehen. Allein die Lage ist furchterregend, besonders bei Dunkelheit.

Schüler fährt weiter, fährt beinahe jede Straße in diesem Viertel ab. Er schaut in die Eingänge der Häuser, dort halten sich meistens mexikanische Familien, mit einem niedrigen Bildungsgrad auf. Das ist eine Gegend, die sich auch Schlechtverdienende leisten können.

Schüler überlegt, ob Hoffmann hier wohnen könnte. Vielleicht hat er inzwischen eine Freundin oder einen Kollegen, bei dem er ein Zuhause hat.

In Schülers Kopf spielen sich viele Szenarien ab, wie Hoffmann jetzt hier leben könnte, aber nach vier Stunden erfolgloser Suche hat er genug gesehen und fährt zurück nach Dallas.

Er ist mit Rondell verabredet. Die beiden Männer planen am nächsten Morgen mit dem Zeugen Tian zu sprechen. Paul sollte dieses Interview in die Wege leiten und ein Treffen organisieren.

Erschöpft klingelt Schüler bei Rondell, der Jetlag hat ihn fest im Griff. Paul öffnet die Tür, wie immer freundlich lachend. Rondell sitzt an einem gedeckten Tisch und lädt Schüler ein, mit ihm zu speisen, eine weit bessere Option als das »Dragonfly«.

Rondell ist kein Mann, der mit der Tür ins Haus fällt, eher wirkt er zurückhaltend und mit großer Geduld ausgestattet. Er geht in seinen Ermittlungen routiniert und mit großer Sorgfalt vor. Schüler, der Getriebene, möchte schnelle Erfolge, er möchte starten, am liebsten schon jetzt sofort den Zeugen aufsuchen. Doch die Uhren ticken hier für ihn ungewohnt anders. Es fällt ihm schwer, dieses Schneckentempo einzuhalten.

Rondell spürt diese Ungeduld, doch er ändert seine Taktik nicht, er bleibt ruhig und gelassen.

Erstaunt stellt Schüler fest, dass Rondell eine Köchin hat. Es ist die wohlbeleibte Martha. Sie hat heute einen wunderbaren Braten gezaubert, dazu Kartoffelbrei und Erbsen. Zum Nachtisch gibt es den berühmten gedeckten Apfelkuchen mit knusprigem Boden und frischer Schlagsahne.

Schüler hatte schon lange nicht mehr ein solches Geschmackserlebnis. Jeder Bissen ist ein Gaumenschmaus. Rondell ist sichtlich vergnügt über das köstliche Mahl und den Besuch. Schüler wirkt auf Rondell ein wenig wie ein Jungbrunnen. Es macht ihm Spaß, mit einem Partner zu arbeiten, zusammen eventuell einen Fall zu lösen, einen Fall, der sehr schwierig erscheint.

Später sitzen die beiden Männer im Herrenzimmer, einer Art Bibliothek. Viele große, lederüberzogene Bücher finden sich in den Regalen. Schüler fragt sich insgeheim, ob Rondell all diese Bücher gelesen hat.

Martha serviert noch einen kühlen Drink. Rondell tätschelt ihre Hand. Man könnte meinen, Martha und Rondell wären ein Paar, doch Schüler fragt nicht danach. Sein Interesse dient nur einem Menschen: Uli Hoffmann.

„Manfred, wir werden den Zeugen morgen gegen Mittag treffen. Wir sind in der Lobby des Hotels »Streetview« verabredet. Dort können wir ungestört reden.

Der einzige Haken daran ist, dass Tian zweitausend Dollar fordert. Er hat Frau und Kinder und kann eine Geldspritze vertragen. Bei den schlechten Gehältern in diesen China-Schuppen ist das kein Wunder."

„Wow, das ist nicht gerade ein Klecks, ich hoffe, Kayne, dass solche Forderungen nicht zur Regel werden, dann kann ich nämlich abreisen, ich habe solche Summen einfach nicht eingeplant."

„Dieser Zeuge ist der wichtigste Mensch für uns, ich erhoffe mir sehr viel von unserem Treffen. Wir können wahrscheinlich weit mehr über den jetzigen Verbleib dieses Gutachters erfahren. Manfred, dieses Gespräch könnte unser Durchbruch sein."

„Okay, Kayne, dann lass uns das machen, ich hoffe nur wirklich, dass dieser Typ ein guter Zeuge ist."

„Ja, keine Sorge, Manfred, Paul macht seine Arbeit ganz ausgezeichnet."

In Schüler brodelt es ganz gewaltig, am liebsten würde er sofort die Arbeit mit Rondell beenden.

Er würde jetzt gerne seinen Kollegen Deckert hier in Amerika haben. Aber das sind nur Wunschgedanken. Die

Realität holt ihn schnell ein. Er war und ist auf Rondell angewiesen. Er muss ihm entweder vertrauen oder die Suche nach Hoffmann abbrechen.

„Mein Freund, bitte denke jetzt nicht an das Geld.

Wenn wir das Schwein erwischen, erhalte ich vom Staat ein hübsches Sümmchen. Bedenke, Manfred, die Hälfte davon ist für dich.

So, wie wir unsere Kosten teilen, teilen wir uns natürlich den Erfolg.

Glaube mir, wir werden ihn finden. In Deutschland wirst du dann als Held gefeiert."

Schüler blinzelt zu Rondell, der ihm freundschaftlich die Hand hinhält. Er schlägt ein, er macht mit und möchte das Ganze erfolgreich beenden.

Beide Männer trinken und fachsimpeln bis spät in die Nacht.

Schüler schläft bei Rondell auf der Couch.

*

Erschöpft und mit einem riesigen Kater geht Hoffmann frühstücken. Er bestellt Kaffee und Rühreier.

Sein Training beginnt in einer Stunde, er muss fit sein. Cheng erwartet an diesem Tag ein gutes Training.

Hoffmann weiß nicht, ob er heute körperlich die Fitness hat, er weiß nur ganz sicher, dass er mental nie stärker war. Angst wird es heute nicht mehr geben. Das spürt er in jeder Faser seines Körpers.

Im Club wartet Cheng schon.

Freundlich wie immer begrüßt er Hoffmann. Eddie ist auch schon gekommen. Hoffmann läuft ein kalter Schauer über den Rücken. Er mag nicht, wenn ihm Eddie über die Schultern schaut, er mag seine Anwesenheit nicht.

Eddie ist nicht der gute Gönner und Förderer, er ist ein brutaler und moderner Sklaventreiber, für den ein Menschenleben nichts wert ist.

Im Grunde bedeuten auch Hoffmann die Menschen wenig, aber er hat nicht solch eine gesellschaftliche Position und verfügt nicht über das riesige Vermögen wie sein Kontrahent.

Da er weiß, dass er sein Leben gefährdet, wenn er sich Eddie widersetzt, macht er stets gute Miene zu diesem grausamen und makabren Spiel.

Heute kämpft Hoffmann, so wie er es erwartet hat, ohne die geringste Angst. Er schwitzt nicht einmal in seiner Schutzkleidung.

Eddie scheint sehr zufrieden.

Er ruft Cheng zu sich und flüstert ihm etwas ins Ohr. Cheng wirkt ernst und befremdet.

Was hat Eddie nun wieder für neue Ideen?

Hoffmann ahnt nichts Gutes.

Eddie winkt Hoffmann zu sich und flüstert in sein Ohr.

„Morgen, Rock, wirst du einen Sparringpartner haben und du wirst ohne Schutzkleidung kämpfen und du weißt, du musst gewinnen, sonst gewinnt dein Gegner und du bist tot."

Eddies Atem klebt Hoffmann noch lange in der Nase. Er riecht nach seinem Zigarillo mit einer schrecklichen sauren Note.

Am liebsten würde Hoffmann Eddie sofort eliminieren, er könnte ihm auf der Stelle den Schädel einschlagen, mit seinem eigenen verfluchten Stock.

Hoffmann kann seine aufkeimende Aggression gegen Eddie kaum unterdrücken.

Eddie kann diese Gefühle sofort spüren. Er beugt sich zu Hoffmann, ganz nah.

„Denk daran, Rock, immer schön befolgen, was ich dir sage, dann wirst du ein reicher Mann, wenn nicht, mein Lieber, wirst du bald verfault auf irgendeiner Müllkippe liegen und es wird dich niemand vermissen, denn du existierst nicht einmal, du bist nur ein verdammter Name, ein ausgedachter Name." Eddie lacht hell auf, es ist ein verzerrtes, heiseres Lachen wie das einer alten Hexe.

Der Hass auf Eddie nimmt jetzt bei Hoffmann Konturen an, er ist nahe daran, Eddie an seine dünne Kehle zu fassen und sie zuzudrücken.

Hoffmann malt sich aus, dass dieser fragile alte Mann sicherlich sehr schnell zu erledigen wäre.

*

„Los aufstehen, mein Freund, heute ist unser großer Tag!" Beschwingt wirft Rondell ein Handtuch auf den schlafenden Schüler.

Obwohl die Couch, auf der er die letzte Nacht verbracht hat, nicht die größte und bequemste war, hat Schüler erneut exzellent geschlafen.

Dieses Land wirkt förmlich wie ein Tranquilizer auf Schüler, und das ganz ohne jegliche Einnahme von Schlaftabletten.

„Oh, wir haben schon fast Mittag, das Gespräch mit Tian ist in einer Stunde. Ich wasch mich ein wenig, dann bin ich fertig zum Gehen."

„Nicht so hektisch, mein Freund, du musst erst mal richtig gut frühstücken. Martha hat dir schon alles in die Küche gestellt, es gibt Eier, Pfannkuchen und Speck und den besten Maplesirup, den je ein Mensch zu sich genommen hat."

Schüler hat nicht im Entferntesten ein Hungergefühl. Er pflegt üblicherweise sein Frühstück auf einen starken Kaffee zu beschränken.

Vor dem frühen Nachmittag nimmt er keine feste Nahrung zu sich. Er hat außerdem erst am Vortag ausgesprochen opulent diniert.

Er ist davon noch satt. Nun aber möchte er nicht unhöflich sein und beschließt, zumindest eine Kleinigkeit zu probieren.

Wenigstens dampft ein heißer Kaffee auf dem reich gedeckten Frühstückstisch.

„Isst du nicht mit, Kayne?", wendet Schüler sich an Rondell.

„Lieber deutscher Freund, ich esse jeden Morgen um 9 Uhr mein Frühstück, egal wann ich zu Bett gehe.

Es sind chronische Schmerzen, die mich in der Nacht wachhalten, man nennt es Phantomschmerzen. Weißt du, eigentlich spüre ich meine Beine kein bisschen mehr, aber nachts habe ich derart starke Schmerzen und Krämpfe, dass ich mir diese verfluchten Dinger gerne abhacken möchte."

„Es tut mir sehr leid, Kayne, ich wusste nicht, dass du solche Schwierigkeiten hast."

„Ich habe keine Schwierigkeiten, es sind eigentlich Kleinigkeiten, nur habe ich die mal mehr, mal weniger im Griff.

Man wird nicht jünger, Manfred, man altert jeden Tag, immer neue kleine Kinkerlitzchen kommen und quälen einen, machen die Nacht zum Tag."

Kayne Rondell lacht auf, aber Schüler bemerkt, wie sehr die chronischen Schmerzen seinem amerikanischen Freund zusetzen.

Nach dem Frühstück machen sich Rondell, Schüler und Paul zu dem abgesprochenen Treffpunkt auf.

Als sie vor dem Hotel stehen, hält Rondell Schüler am Arm zurück.

„Wir warten hier ein wenig, wir sollten niemals zu früh auftauchen, Tian soll ein bisschen Spannung fühlen."

In der Lobby schaut sich Schüler um, er kann auf den ersten Blick keinen asiatisch aussehenden Mann erkennen.

Rondell bleibt wie immer sehr gelassen und rollt sich an einen der attraktiven Lobbytische.

Paul und Schüler nehmen auch Platz.

Schüler dreht sich ständig um, er versucht unauffällig zu wirken, aber Rondell ermahnt ihn, gelassen zu bleiben.

Etwa nach einer viertel Stunde kommt ein sehr zarter Mann, ein Asiate aus der Menge heraus an den Tisch. Er muss schon länger in diesem Hotel gewesen sein, denn den Eingang hat Schüler fest im Blick gehabt.

Der Asiate fragt leise, ob ein Herr Rondell am Tisch sitzt.

„Setzen Sie sich bitte zu uns, Tian." Rondell macht eine freundliche und einladende Geste.

Tian setzt sich neben Rondell.

Er schaut sich unsicher um, befürchtet, die Polizei zu entdecken.

Rondell bestellt für alle etwas zu trinken, damit die Anspannungen etwas weichen.

„Ich möchte nicht trinken, ich möchte mein Geld sehen."

Tian gibt seine Position klar zu verstehen.

Rondell holt einen braunen Briefumschlag heraus.

„Ganz ruhig, mein Freund, hier in diesem Umschlag sind für Sie zweitausend Dollar deponiert, aber Sie müssen sich das Geld erst verdienen.

Wir haben ausgemacht, dass Sie ausgiebig über den Deutschen berichten, der im »Dragonfly« gearbeitet hat, sowie uns darüber informieren, wer Ihr Chef war und was er nebenbei alles so macht.

Zweitausend Dollar sind eine Menge Geld, dafür erwarten wir allerbeste Qualität."

Rondell öffnet den Umschlag an einer Stelle und hält sie in Tians Richtung, so dass er, aber kein anderer die Dollarnoten erkennen kann. Den Umschlag hält Rondell jedoch fest in seiner Hand.

Tian lehnt sich zurück und fängt an, sich zu entspannen.

„Dieser deutsche alte Sack kam vor ein paar Monaten zu uns. Ein Mexikaner, den ich nicht kenne, hat ihn angeschleppt. Wir haben alle so gelacht, der Kerl war ein magerer, blasser Typ. Er sah auf jeden Fall nicht gerade so aus, als ob er wirklich viel arbeiten kann. Eddie, mein damaliger Chef, nimmt nur junge Männer und Frauen für den Küchendienst auf. So einen alten Typen hatte ich in der Zeit, die ich im »Dragonfly« war, noch nie gesehen."

„Was waren die Aufgaben des Deutschen, musste er kochen?" Rondell schaut Tian direkt in die Augen.

„Nein, wir haben nur asiatische Köche, einen weißen habe ich in meinem ganzen Leben noch nicht als Koch in der asiatischen Küche gesehen. Ein weißer Koch begreift die Würzung doch gar nicht, es ist eine besondere Kultur, die man nicht lernen kann, mit der muss man geboren worden sein.

Der Deutsche war ein Spüler, am Anfang war er sehr langsam, dann hatte er Ärger mit dem Küchenchef.

Mit der Zeit wurde er aber besser. Er hat uns gut verstanden und konnte sehr gut Englisch sprechen.

Die meisten Immigranten sprechen noch gar kein Englisch, das hat mich gewundert."

„Hatte dein Chef, also dieser Typ, den alle Eddie nennen, ein sehr gutes Verhältnis zu dem Mann?"

„Nein, er mochte ihn nicht, das hat er ihm deutlich gezeigt, er hat öfter vor ihm ausgespuckt."

„Nun, Tian, ist dein Chef, dieser Eddie, ein wohlhabender Mann?"

Tians Augen leuchten auf einmal auf. „Oh ja, er ist sehr reich, er hat immer eine riesige Limousine und einen Fahrer.

Außerdem weiß ich, dass er Bodyguards hat. Da muss einer ja sehr reich sein."

„Aber Tian", Rondell beugt sich ganz nahe an Tian heran, „von diesem Schmuddelrestaurant kann man doch nicht so reich werden, oder?"

Tian schmunzelt. „Ich weiß auch nicht, was Eddie sonst noch für Geschäfte macht."

„Tian, ich habe mir allerbeste Qualität erbeten, das Geld hat einen Wert, den Wert der Wahrheit und Ihrer Aussagen, also geben Sie sich mehr Mühe."

Tian blickt sich um, er schaut angespannt zur Eingangstür und sucht mit den Augen ängstlich die Lobby ab.

„Ich glaube, da läuft was mit Drogen, das hat mir ein Kollege berichtet, denn der musste mal einem Kunden eine Lieferung bringen. Diesen Kollegen habe ich nie wiedergesehen, ich glaube, er lebt nicht mehr. - Jetzt reicht es, Sie wissen jetzt alles, was ich weiß.

Eddie ist ein sehr gefährlicher Mann, ich möchte nichts mehr damit zu tun haben."

„Glaubst du, dass der Deutsche nun in der Obhut deines ehemaligen Chefs ist, dass er weiter für ihn arbeitet?"

„Bevor die Bullen, ich meine das verdammte SWAT Team, im »Dragonfly« waren und alles aufgemischt haben, habe ich gesehen, dass Eddie den Deutschen mit seiner Limousine abgeholt hat. Ich habe den Typen dann nie mehr gesehen."

„Kannst du dir vorstellen, dass der Deutsche für Eddie einen Nutzen bringen könnte?"

„Ja, sonst hätte er ihn nicht abgeholt, er hätte ihn einfach auf die Straße geschmissen."

„Hast du den Deutschen außerhalb des »Dragonfly« jemals wiedergetroffen?"

„Nein, nie wieder."

Rondell schiebt Tian den Umschlag zu. Dieser steckt ihn sorgsam in seine Tasche und verschwindet so schnell und unauffällig, wie er gekommen ist.

„Wir haben nun absolute Gewissheit, dass Hoffmann weiter bei Eddie arbeitet. Der deutsche Mann stellt für Eddie einen großen Nutzen dar, denn alle haben die Nachrichten und das Fahndungsfoto von Hoffmann gesehen. Das bedeutete für Eddie, dass er ein großes Risiko eingeht, mit einem polizeilich gesuchten Mörder zu arbeiten. Nun haben wir eigentlich ein einfaches Spiel. Alles, was wir tun müssen, ist, diesen Eddie zu observieren. Wir müssen uns an ihn dranhängen. Er wird uns schon bald zu deinem Gutachter führen, mein deutscher Freund."

Rondell schaut lächelnd zu Schüler auf.

„Das war wirklich großartig, ich hätte nicht gedacht, dass Tian so umfangreich aussagt … Und er ist für mich hundertprozentig glaubwürdig.

Dieser Hoffmann scheint irgendetwas sehr gut zu können, vielleicht macht er die Buchhaltung von Eddie, das könnte ich mir wirklich gut vorstellen."

Schüler wirkt sehr zufrieden. Seine anfängliche Skepsis weicht der Genugtuung über den Ausgang dieses Treffens.

Es hätte auch sein können, dass die Aussagen von Tian nur schwammig und unsicher gewesen wären, aber das hier war heute ein Freudentag für die zwei Ermittler.

„Kommt, ich lade euch zum Italiener ein, wir nehmen heute einen üppigen Lunch zu uns", sagt ein gutgelaunter Kayne Rondell.

Fröhlich und beschwingt schiebt Schüler seinen amerikanischen Kollegen nach draußen.

*

Hoffmann fährt in die Innenstadt nach Dallas. Er hat vor, sich einen Revolver zu kaufen. Nicht legal, sondern unter der Theke.

Marco hat ihm kurz vor seinem Verschwinden berichtet, dass es einen Waffenladen in der Stadt gibt. Dort könne man alle Arten von Schusswaffen und Munition erwerben.

Der Laden liegt östlich der Stadt, nahe der alten Raffinerien. Eine üble Gegend. Hier findet man dunkle Gestalten und schäbige Häuser. Man sagt, es sei das Methamphetaminviertel der Stadt. Kleine Dealer und verlorene Seelen versuchen hier ihr Leben zu bestreiten.

Hoffmann ist viele Runden gefahren, um sich ganz sicher zu sein, dass ihm niemand gefolgt ist. Als er seinen Wagen geparkt hat, wartet er eine halbe Stunde und kontrolliert, ob noch ein anderer Wagen in der Nähe parkt.

Erst als er Gewissheit hat, dass ihm niemand gefolgt ist, steigt er aus.

Eine steile Treppe führt in den schäbig anmutenden Kellerladen.

Durch einen dicken, schmutzigen Vorhang gelangt Hoffmann in das Ladeninnere. Auf staubigen Regalen hinter Glas kann man gefährliche Stich-, Schlag- und Schusswaffen erkennen.

Im kratzigen Radio läuft der Hard Rock Channel, von einem Verkäufer ist nichts zu sehen.

Hoffmann schaut sich interessiert alles an, obwohl er ein flaues und beunruhigendes Gefühl im Magen hat.

Wenn Marco gelogen hätte und es hier keine illegalen Waffen zu kaufen gäbe, wäre er in einer überaus misslichen Lage.

Hinter einem Kettenvorhang kommt ein schmieriger Typ hervor. Er könnte indianischen oder mexikanischen Ursprungs sein. Er trägt seine langen Haare offen, die fettig auf seinem mit Löchern durchsetzten Unterhemd liegen. Eine unangenehme Schweißnote erfüllt schnell den Raum.

Er stellt sich hinter die Theke und schaut zu Hoffmann, ohne ein Wort zu sagen.

„Guten Tag, Sir, äh, ähm, ich suche eine Handfeuerwaffe."

„Klar, welche Marke wollen Sie? Eine griffige Smith & Wesson, eine Ruger, eine Ruger Super Redhawk oder eine Dan Wesson?"

„Eine Smith & Wesson, Sir."

Der schmierige Verkäufer geht in einen rückwärtigen Raum.

Hoffmann beginnt zu schwitzen, sein Herz schlägt schneller.

Was wäre, wenn der Typ die Cops ruft.

Hoffmann beißt sich auf die Unterlippe, nervös reißt er an seinen Fingern herum, verdreht die Kuppen schmerzhaft.

Nach einer gefühlten Ewigkeit kommt der Verkäufer mit einigen kleineren Kartons zurück.

Er fragt Hoffmann nach seinem Waffenschein und seiner ID.

Hoffmann schluckt ein paar Mal, dann erklärt er kleinlaut, dass er gehört habe, hier ohne große Schwierigkeiten Waffen kaufen zu können.

Der schmierige Verkäufer schaut Hoffmann tief in die Augen, dann wirft er seine fettigen Haare mit einer Kopfbewegung nach hinten und verlässt den Raum.

Hoffmann möchte instinktiv sofort den Laden verlassen, einfach schnell abhauen, rausrennen. Aber er hat einen triftigen Grund, nicht wegzurennen. Er hat eine klare Vision, nur wenn er diese Vision in die Realität umsetzt, kann er weiterleben.

Er muss Eddie töten.

Wenige Minuten später kommt ein anderer Mann aus den schmutzigen Räumlichkeiten.

Er sieht in einer Art gefährlich aus, trägt eine große Sonnenbrille und hat dünne, ungepflegte Rastazöpfe.

Sein Gesicht ist schweißüberströmt und schmutzig. Er ist ein drahtig anmutender Bursche.

„Hast du Geld dabei? Eine Waffe, wie du sie verlangst, ist besonders teuer, sie ist schwierig zu besorgen, kostet dich zweieinhalb Riesen."

„Was, so teuer, ich dachte …"

„Was dachtest du? Los, hau ab, sonst schieß ich dir ein Loch in deinen dürren Arsch!"

Hoffmann muss den Verkäufer schnell beschwichtigen, er hat schnell gelernt, dass man bei derartigen Geschäften nicht den Preis verhandeln sollte.

„Jaja, ist schon gut, ich habe das Geld."

„Nicht hier, Buddy, los, komm in mein Büro."

In seinem Auto verstaut Hoffmann die Tüte mit der Waffe und der Munition unter seinem Beifahrersitz.

Wieder schaut er sich unruhig um, ob jemand zu sehen ist, ob Eddies Männer schon wissen, was er da in seiner Tüte hat.

Der Schweiß steht ihm auf der Stirn, eine Panikattacke befällt ihn.

Seine Gedanken kreisen nur um Eddie, seinen widerlichen Bodyguard und die Brutalität, die von ihm ausgeht.

Noch nie hatte ein Mensch Hoffmanns Leben derart im Griff wie Eddie.

Täglich wächst in ihm der Hass auf Eddie. Hoffmann hat das Gefühl, nicht einen Tag länger ertragen zu können, wie sein Kontrahent ihn demütigt und erpresst.

Seine ständige Angst, von Eddie ermordet zu werden, ist in unermesslichen Hass umgeschlagen.

Hoffmann sieht in den Rückspiegel, er sieht seine Augen, sie haben denselben Ausdruck wie damals, als er seine Chefin eliminiert hat.

*

„Heute wird observiert, schau, Manfred, ich habe einigen Proviant bei mir im Auto."

Rondell zeigt Schüler Chipstüten, mehrere Colaflaschen und Schokoriegel.

„Welche Waffe hast du dabei, Kayne? Du weißt, diese Leute sind sehr gefährlich."

„Ich werde nur in der Nähe der Farm von diesem Eddie sein, ich stehe in einer Nebenstraße und kann genau sehen, wer von seinem Grundstück kommt. Erst einmal notiere ich alle Nummernschilder. Paul wertet diese aus, dann kommt der nächste Schritt. Es ist nicht vorstellbar, dass dieser Gutachter noch seinen eigenen Namen besitzt. Er wird schließlich international gesucht. Aber ich werde mir die Leute hinter dem Steuer genau ansehen, wenn Paul ihre Identität herausbekommen hat.

Wir müssen im Prinzip nur auf einen Mitte Fünfzigjährigen schauen, das wird so schwierig nicht sein.

Und noch was." Rondell zeigt Schüler seine Tasche. Darin befindet sich ein kleinkalibriger Revolver.

„Du siehst, wir sind gut vorbereitet."

„Wie kann ich dir helfen, Kayne, ich wäre gerne dabei?"

„Nein, Manfred, dass wäre unklug, ein alter fetter Sack wie ich fällt nicht so auf, als wenn wir zu zweit die Observierung durchführen würden … und außerdem hast du ein Bullengesicht."

Rondell und Schüler lachen, doch Schüler ist sehr besorgt um seinen Kollegen und wäre sehr gerne dabei gewesen.

„Hör mal, Manfred, wenn wir die einzelnen Aktionen, die die Mitarbeiter von Eddie den ganzen Tag so treiben, observieren, dann bist du auch mit dabei, dann werden wir ein größeres Team brauchen."

Schüler ist zufrieden, denn er versteht jetzt, dass diese Observation nur ein kleiner Teil des ganzen Puzzles sein wird.

Kayne fährt los. Er benutzt dafür einen unauffälligen Pick-up-Truck. Dieses Auto steht sonst nur in seiner Garage.

Aufkleber auf dem Auto lassen vermuten, dass Rondell zu einer Landschaftsgärtnerfirma gehört.

Er stellt sich in eine kleine Nebenstraße, wo gerade ein Haus gebaut wird. So fällt das Auto nicht auf. Rondell hat einen genauen Blick auf die kleine Kreuzung und kann exakt sehen, wer von Eddie kommt und wer zu Eddie fährt.

Rondell nutzt für die Erkennung der Nummernschilder ein spezielles Fernglas.

Nicht lange nach seiner Ankunft kommen die ersten Autos auf die Baustelle.

Rondell fährt ein wenig zur Seite, damit die Handwerker mit ihren Autos auf das Grundstück gelangen können.

Ein großer Truck hält neben Rondell und der Fahrer lässt sein Fenster runter.

Rondell öffnet ebenfalls sein Fenster.

„Hat der Eigentümer jetzt schon die Landschaftsgärtner bestellt?"

„Ja, Sir, ich schaue mir hier alles an und danach wird geplant."

Der Truckfahrer schaut ernst in die Augen von Rondell, dann fährt er an ihm vorbei.

Rondell weiß nun, dass er hier nicht mehr allzu lange stehen kann, seine Lüge würde auffliegen.

Nach einer kurzen Zeit beschließt Rondell, seine Observierung zu beenden.

Zuhause angekommen, besprechen Schüler und Rondell, dass Paul als Nächster observieren wird.

Er wird in den nächsten zwei Tagen mit einem anderen PKW in der Siedlung stehen. Diesmal vor einem leeren Grundstück, das auf einer Anhöhe liegt. Paul kann mit einem Fernglas die Kreuzung einsehen, ohne dass ihn jemand sehen kann. Der Blick ist nicht ganz so frei wie vom vorherigen Grundstück aus, aber hier wird ihn niemand stören.

Die Parzelle ist nicht gerodet und von einigen Kiefern umgeben.

Paul kann an diesen zwei Tagen wertvolle Informationen sammeln. Rondell wertet die genannten Autokennzeichen in seinem Büro gleich aus.

Er kann den Halter auf dem Computer sehen. Da er für das Police Department Dallas und den Staat arbeitet, hat er in seinem polizeilichen Computerprogramm dieselben Zugriffsmöglichkeiten bei der Personensuche wie das Department selber.

Schüler sitzt bei Rondell und kommt aus dem Staunen nicht heraus.

Die meisten Mitarbeiter oder Besucher von Eddie sind polizeibekannt, entweder durch Drogendelikte, schweren Raub oder andere Verbrechen.

Eddie hat nur Kriminelle um sich, aber Hoffmann ist nicht dabei. Aber er würde zu Eddie passen. Scheinbar sind viele Menschen von ihm abhängig und würden auf dem normalen Arbeitsmarkt mit ihrem Background keine Chance mehr erhalten. Wer in Amerika einmal aufgefallen ist, hat es schwer.

„Dieser Eddie hat mit Sicherheit treue Angestellte, die lässt er bestimmt nicht mehr gehen, wenn sie einmal für ihn gearbeitet haben."

„Was meinst du damit, Kayne?" Schüler schaut erwartungsvoll zu Rondell hin.

„Ich denke, wenn einer so richtig kriminelle Sachen für diesen Eddie macht, wird er nicht einfach ein neues Leben beginnen können. Er lässt doch potentielle Zeugen nicht aus seinen Fängen. Der will alles kontrollieren und steuern.

*

Als Hoffmann seine Haustür aufschließt, zittert er so stark, dass der Schlüssel zu Boden fällt.

Zuhause schaut er erst einmal alle Zimmer durch, dann geht er an seinen alten Truck und holt seine Waffe mit der Munition aus dem Boden des Beifahrersitzes. Dabei schaut er sich in alle Richtungen um.

Er hat eigens dafür das Lüftungsgitter der neu eingebauten Klimaanlage aufgeschraubt und kann hier die Waffe samt Munition verstauen.

Eilig verschraubt er das Gitter wieder.

Als er die letzte Schraube festgezogen hat, klingelt sein Telefon.

Vor Schreck springt Hoffmann in die Höhe.

Eddie flüstert ihm ins Ohr:

„Hör mal, Rock, ich habe einen neuen Auftrag für dich, etwas sehr Eiliges. Wir treffen uns bei Cheng, sofort." Eddie legt auf.

Am liebsten würde Hoffmann seine Waffe herausholen und Eddie sofort umbringen. Aber er muss noch viel Geduld aufbringen, denn Eddie ist fast nie alleine anzutreffen.

Eine Stunde später stehen sich Eddie und Hoffmann gegenüber.

„Komm, Rock, wir gehen ins Büro, Cheng ist auch schon dort."

Der klamme Griff von Eddies Hand an Hoffmanns Schulter fühlt sich an wie eine starre und kalte Totenhand.

Widerwillig geht er mit Eddie in den Büroteil des Gebäudes. Cheng sitzt ernst hinter seinem Schreibtisch. Er hat etwas zu berichten.

„Rock, wir haben ernstzunehmende Sorgen. Wir werden observiert. Der Observierer ist kein unbeschriebenes Blatt. Sein Name ist Kayne Rondell, ein ehemaliger FBI-Agent, jetzt ein Privatermittler, der für den Staat arbeitet.

Mein Freund Andros Rodriges hat ihn bei der Baustelle einer unserer neuen Subdivisionen gesehen. Er hat behauptet, der hiesige Landschaftsgärtner zu sein. Rodriges hat aber gleich gewittert, dass mit diesem Typen etwas nicht stimmt, dann hat er ein Fernglas gesehen. Der fette Sack stand auf der Baustelle und beobachtete mit allerhöchster Wahrscheinlichkeit, wer alles von Eddie kommt oder zu Eddie fährt.

Rodriges hat uns daraufhin gleich Bescheid gegeben. Das Auto ist auf eine Martha Smith gemeldet, nun rate mal, wo die arbeitet?

Sie ist die Haushälterin von unserem Ermittler Rondell.

Er muss vom Staat einen Auftrag erhalten haben. Es könnte mit dir in Zusammenhang stehen, da die deutschen Behörden dich in den Staaten suchen.

Es ist äußerst wichtig, dass du zurzeit nicht viel rumfährst und dich nicht in der Stadt aufhältst. Du musst ab jetzt stets einen Hut und eine Zahnschiene tragen, wir können einfach kein Risiko eingehen."

Eddie greift in das Gespräch ein.

„Richtig, Cheng, aber wir werden diesen Rondell selber observieren, um seine Gewohnheiten zu erfahren, das dürfte ziemlich einfach sein, er ist nur ein alter Mann. Wenn wir damit fertig sind, bekommt ihn Rock auf dem Präsentierteller geliefert und muss nur noch zuschlagen.

Denn kein anderer wird ihn fertigmachen, das erledigt Rock. Und er erledigt es in der chinesischen Sprache mit dem Dolch, und jeder in dieser verdammten Stadt wird wissen, wer hier regiert."

Eddie hackt seinen spitzen Stock in den Boden und sieht Hoffmann mit kalten Augen an.

*

Schüler wertet mit Rondell alle Nummernschilder aus. Sie gehen jedem Link nach. Doch von Hoffmann keine Spur. Schüler fragt sich, ob Hoffmann überhaupt noch lebt oder ob er längst in eine andere Stadt oder gar einen anderen Staat gereist ist.

Es beschleicht ihn das Gefühl, in diesem großen Land nicht viel ausrichten zu können und dass die ganze Mühe völlig umsonst gewesen sein könnte.

Er denkt darüber nach, wie irrsinnig sein Plan eigentlich ist, diesen Mann hier in Amerika finden zu wollen. Wie hat er annehmen können, hier erfolgreich zu sein? Was hat er sich dabei gedacht, seinen ganzen Urlaub und sehr viel Geld für ein unsicheres dummes Unterfangen mit einem übergewichtigen und langsamen Privatermittler zu verschwenden, der auch noch derart gehandicapt ist?

Schüler verabschiedet sich bei Rondell, gibt vor, Kopfschmerzen zu haben. In Wirklichkeit möchte er einfach nur heraus aus diesem Laden, er hat das Gefühl, zu ersticken.

Er fährt mit seinem Buick durch die Stadt und hält an einer Bar. Es ist früher Nachmittag, aber wen stört das?

Schüler bestellt sich einen doppelten Whiskey mit viel Eis. Der erste Schluck schmeckt köstlich, das Eis macht ein leicht klirrendes Geräusch, als er das Glas an seinen Mund führt.

Wie schön wäre es jetzt, wenn seine Familie bei ihm sein könnte, seine Eindrücke von diesem großen und schönen Land teilen könnte. Man würde im Hotelpool schwimmen und herumalbern, sich nassspritzen und ausgelassen schreien.

Mit einem Schlag kommt Schüler die schwarze Erinnerung, dass er keine Familie mehr hat. Er hat sein verdammtes Leben nur in den Dienst der Verbrecherjagd gestellt.

Er sucht sein Leben lang kranke, psychopathische, pädophile und brutale Mörder, dabei hat er das Wichtigste aus den Augen verloren. Er fragt sich nun, warum er die traurigen Augen seiner Frau, die immer wiederkehrende Enttäuschung seiner Kinder nicht ernst genommen hat.

Alle Freunde, Kollegen, selbst sein Chef haben ihm prophezeit, dass er an diesem Lebensmuster einmal zugrunde gehen werde, weil er ein Besessener und ein Getriebener ist und am Ende nichts mehr bleibt. Er fühlt, dass er den Punkt erreicht hat, an dem es zu spät ist, das Ruder herumzureißen. Er ist für die Familie ein Fremder geworden, er ist sich selber fremd geworden.

Schüler kann eine kleine Träne, die die Wange hinunterzurollen droht, noch unauffällig wegwischen.

Eine Frau setzt sich neben ihn. Sie ist nicht besonders attraktiv, aber sie scheint sich für ihn zu interessieren.

„Hi Cowboy, mein Name ist Sally, bist du alleine hier in der Stadt?"

*

Hoffmann sitzt wieder in seinem Farmhaus. Er ist von Eddie verdonnert worden, nicht mehr in die Stadt zu fahren und erst einmal unterzutauchen, bis sich die Situation ein wenig entspannt hat.

Ab und zu kommt ein neuer Bodyguard zu ihm, der einkauft und ihm Gesellschaft leistet. Sein Name ist Rocco.

Er ist der erste etwas nettere Kerl, Hoffmann kann seine Gesellschaft sogar genießen.

Die beiden Männer sprechen über Belanglosigkeiten, wie zum Beispiel über das große Geld, wie man es verdient. Dabei wirkt Rocco immer sehr freundlich und lustig entspannt. Er ist keiner, der Druck oder Angst in Hoffmann auslöst.

Er wirkt beinahe ein wenig naiv und kindlich. Nur wenn er Geräusche hört, spitzt er die Ohren wie ein deutscher Schäferhund. Er ist ganz sicher auf der Hut. Auf der Hut vor den Cops.

Hoffmann kann das nur recht sein.

Eines Abends erzählt Rocco seine Lebensgeschichte. Er berichtet von seiner Frau Magaritha und seinen beiden Töchtern. Die Familie lebte auf dem Lande, etwa dreißig

Meilen von El Paso, in einer kleinen mexikanischen Kolonie.

Rocco war ein lausiger Ehemann und konnte nie treu sein, so dass seine Frau ihn zu verlassen drohte. Aber das war für Rocco keine Option.

Niemals hätte er Magaritha erlaubt, vor den Augen seiner Familie und seiner Freunde einfach zu gehen. Damit wäre er geächtet gewesen. Die Menschen in seinem Umfeld hätten allen Respekt vor ihm verloren. Dieser Respekt war ohnehin nicht gerade groß, da Rocco in seinem Leben nicht viel geschaffen hat. Er lebte in einem sehr kleinen, alten und bescheidenen Haus, das er von seinem Großvater geerbt hatte. Es fehlte der Familie oft am Nötigsten. Seinen Lohn brachte Rocco mit anderen Frauen oder Prostituierten durch. Das blieb seiner Frau nicht lange verborgen, deshalb entschied sie sich letztlich zu gehen. Sie wollte zu ihrer Mutter ziehen und später in die Stadt, um dort zu arbeiten.

Da beschloss Rocco, sie umzubringen.

Hoffmann lauscht gespannt den Erzählungen, er kann sich Rocco in dieser Position gar nicht vorstellen, vor allem nicht als Mörder.

„Ich habe ihr aufgelauert, als sie zu ihrer Mutter wollte. Die beiden sind immer am Abend zusammen gewesen. Ich bin also an einer dunklen Straßenstelle hinter sie getreten, habe ihr mit dem linken Arm den Hals zugedrückt und wollte ein Messer in sie rammen. Das Messer fiel bei dem Kampf auf den Boden und als ich mich bückte, um es aufzuheben, hat mir meine Alte ihr Knie ins Gesicht geschleudert. Junge, hab ich Sterne gesehen! Aber ich konnte das Messer greifen und habe es in ihren Rücken gerammt. Sie hat mich dabei angeschaut. Dieser Blick wird mich mein Leben lang verfolgen. Auf einmal habe ich mich an all die guten Dinge in unserer Ehe erinnert. Mein Leben lief wie in einem Film vor mir ab. Sie fiel zu Boden, war ganz blass und stöhnte. Ich rannte, so schnell ich konnte, fort. Ich versteckte mich bei Freunden und dann erfuhr ich, dass Magaritha gelähmt ist. Sie war nicht gestorben, das hieß natürlich, dass sie mich verraten konnte. Mir war klar, dass ich abhauen musste. Ich konnte mich unmöglich in der Nähe meines Wohnortes aufhalten. Ein Bekannter brachte mich ins »Dragonfly« zu Eddie. Dort konnte ich erst mal arbeiten. Aber Eddie meinte, dass ich ganz andere Talente habe. Er war es, der mir eine neue Identität verschafft hat. Ich heiße nämlich gar nicht Rocco, so nennt man eigentlich einen Hund, aber Eddie meinte, der Name passe zu mir. Und er meinte, dass ich jetzt das ganz große Geld verdiene.

Ich muss mir absolut keine Sorgen mehr machen, ich habe hier viel Arbeit, Eddie mag mich, er hat große Pläne mit mir. Und dann mein Freund, wenn ich genug Kohle gemacht habe, hole ich meine Mädchen, meine Töchter, zu mir."

Am Ende dieses Satzes zittert Roccos Kinn, denn er weiß, dass er seine Töchter aller Wahrscheinlichkeit nie wieder sehen wird.

„Rock, wir haben es doch verdammt gut, nicht wahr?" Rocco grinst erwartungsvoll.

„Oh ja, Rocco, das haben wir."

Hoffmann dreht sich zur Seite. Er kann nicht glauben, dass dieser Tölpel so naiv sein konnte zu glauben, dass es Eddie je wichtig wäre, was mit seinen Sklaven passiert.

*

„Sehr nett, Sie kennen zu lernen, Sally, mein Name ist Manfred. Leben Sie hier in Dallas?"

„Nein, ich bin nur auf der Durchreise, ich muss nach Saint Louis, Missouri, ich komme aus Mexiko, dort habe ich in Ciudad Juarez Verwandte besucht.

Mein Großvater lebt in dieser mexikanischen Kleinstadt in einem Altenheim. Dort ist es günstig und er fühlt sich sehr wohl. Aber die Fahrten dorthin sind schon sehr anstrengend, deswegen wollte ich mir jetzt noch einen schönen Abend machen. Morgen fliege ich heim."

„Bei uns in Deutschland sind Altenheime und Pflegeeinrichtungen auch nicht besonders beliebt. Einige Leute gehen nach Bulgarien, Polen oder nach Thailand in ein Altenheim. Es ist schon verrückt, wenn man sein eigenes Land verlassen muss, um einigermaßen gepflegt werden zu können, besonders bei so reichen Ländern wie den unseren."

„Oh ja, ich wünschte, Großvater wäre in unserer Nähe in Missouri.

Aber dort hat er sich nie wohlgefühlt. Sein Rheuma wurde immer schlimmer, deshalb zog er um nach Texas. Dort lernte er Freunde kennen, die ihm dieses Heim vorschlugen. Nun ist er schon zweiundneunzig Jahre alt, ich kann es gar nicht glauben.

Sie haben einen sehr starken Akzent, aus welchem Land kommen Sie?"

„Good old Germany, ich mache hier ein paar Wochen Urlaub."

„In Dallas macht man doch keinen Urlaub, da fährt man doch ans Meer, nach Corpus Christi oder Galveston bei Houston. Hier ist es doch nur brechend heiß!"

„Naja, sagen wir mal so, ich habe auch etwas Berufliches zu erledigen, so verbinde ich Berufliches und Privates auf angenehme Weise.

Ich muss hier etwas sehr Wichtiges zu Ende bringen, aber es sieht so aus, als ob mir das nicht so ganz gelingen will."

„Das klingt ja sehr geheimnisvoll, ich meine die Sache mit dem ‚zu Ende bringen'. Sie sind doch kein Cop, oder?"

Schüler bestellt seinen dritten Whiskey, er schwenkt sein Glas, und schaut in die Menschenmenge. Ein unbehagliches Gefühl macht sich in ihm breit.

Er trinkt sein Glas in einem Zug leer, dann verabschiedet er sich von seiner kurzen Bekanntschaft und läuft zu seinem Auto.

Als er sich hineinsetzt, steht wie aus dem Nichts auf einmal Sally neben ihm. Schüler erschreckt sich ein wenig, er hat keine Lust auf weitere Gespräche mit dieser Frau. Er startet seinen Wagen und gibt Gas.

Sally ruft ihm nach: „Goodbye, Cowboy!"

Als er wegfährt, sieht er sie noch lange im Rückspiegel am Straßenrand stehen. Ihn beschleicht wieder dieses merkwürdige Gefühl, er kann es aber nicht genau deuten. Er weiß nur, dass er seinem Bauchgefühl immer trauen kann, und dieses Gefühl übermittelt heute nichts Gutes. In Zukunft muss er auf der Hut sein, denn er arbeitet an einem sehr gefährlichen Unterfangen.

Deckert macht sich währenddessen in Deutschland große Sorgen um seinen geschätzten Kollegen. Schüler hat versprochen, sich regelmäßig zu melden, aber bis jetzt hat er noch kein einziges Mal angerufen. Und es sind schon einige Wochen seit seiner Abreise vergangen.

Er fragt sich nun, ob es Schüler gutgeht und wie weit seine Ermittlungen fortgeschritten sein mochten.

Deckert entscheidet sich, selber einmal anzurufen. Schülers Handy ist jedoch ausgestellt, er hat keine Möglichkeit, eine Nachricht zu hinterlassen. Sein Chef Arthur Brause ist der Meinung, dass man einen Mitarbeiter im Urlaub nicht stören solle. Seine Ermittlungen seien rein privater Natur und eigentlich streng genommen nicht erlaubt.

Aus diesem Grund möchte Brause zu dem Thema auch nichts mehr sagen.

Doch Deckert hat keine Ruhe. Ihm liegt viel an seinem Kollegen, den er auch als Freund ansieht. Auch wenn Schüler bei der Arbeit ein Pedant ist, hat er doch immer ein großes Herz für sein Umfeld.

Er kramt die Akten der amerikanischen Behörden durch und findet dort auch den Namen des Privatermittlers Kayne Rondell.

Diesen Namen hatte Schüler immer mal erwähnt. Die gesamte Akte des Ermittlers war samt Adresse und allen Nummern vollständig eingetragen.

Deckert überlegt nicht lange. Er rechnet aus, dass es in Dallas nun etwa 10 Uhr morgens sein muss.

Er wählt die Nummer und hat ein wenig Herzklopfen, da erstens seine Englischkenntnisse eher bescheiden sind und er zweitens zutiefst hofft, dass mit Schüler alles in Ordnung ist.

Am anderen Ende meldete sich Martha, Deckert fragt gleich nach Manfred Schüler.

Der Hörer wird weitergereicht und am anderen Ende hört Deckert nach längerer Pause endlich wieder die vertraute Stimme seines Kollegen.

„Mensch Manfred, ich bin so froh, dich zu hören, ich habe mir wirklich große Sorgen gemacht. Du hast mir versprochen, dich regelmäßig zu melden. Da war keine Rede davon, dass du dich sechs Wochen gar nicht meldest."

„Du alte Socke, das gibt's doch nicht, hab nicht gedacht, dass mich irgendeine Menschenseele vermissen könnte. Das ist ja eine Überraschung."

„Wie läuft es bei dir, Manfred, habt ihr schon eine heiße Spur?"

„Wir haben nicht nur eine Spur, wir sind sogar ziemlich nah dran, aber du brauchst jede Menge Zeit und Geduld, die Uhren ticken hier anders, jedoch ich bin ganz zufrieden. Aber letztendlich haben wir den Typen noch nicht, auch noch nicht gesehen. Aber die Mittelsmänner, die zu ihm führen könnten, werden gerade observiert. Das Eisen ist ziemlich heiß hier, eine ganz andere Klientel als in Deutschland. Das hier sind ganz schwere Jungs. Aber die Arbeit ist verdammt mühevoll und teuer. Ich hoffe, dass sich der ganze Mist hier lohnt. Ich vermisse mein kühles Blondes und ich vermisse die norddeutsche Brise. Hier ist es verdammt heiß.

Du, ich muss Schluss machen. Ich verspreche dir, dass ich von nun an jede Woche anrufen werde."

„Okay, das hört sich gut an, pass bitte gut auf dich auf und gehe kein Risiko ein."

Schüler legt auf und ein wenig Wehmut beschleicht ihn.

*

Das Telefon schrillt laut und holt Hoffmann aus seiner Lethargie.

Eddie kündigt seinen Besuch für den frühen Abend an, er wünscht sich, dass Hoffmann ein Bier kaltstellt und sich für anstehende Aufgaben bereithält.

Hoffmann weiß, dass ein neuer Auftrag ansteht. Ein kalter Schauer läuft ihm über den Rücken. Wie gerne würde er Eddie sofort eliminieren. Doch er muss den richtigen Zeitpunkt abwarten. Eddie ist ständig umgeben von zahlreichen Bodyguards.

Gezwungenermaßen muss Hoffmann den neuen Auftrag abwarten und annehmen. Er hofft, dass es nicht zu schwierig sein wird.

Gegen Abend trifft Eddie mit vier neuen Bodyguards ein. Rocco muss draußen Wache halten, währenddessen Eddie mit Hoffmann spricht, Zwei der Bodyguards setzen sich auf die Couch und legen die Füße auf den kleinen Tisch. Für Hoffmann ein Dorn im Auge. Er hasst einfaches und unverschämtes Verhalten.

Doch er wagt es nicht, sich zu widersetzen, zu groß ist der Druck, Eddie zu verärgern.

„Rock, hör mal zu, ich habe wieder mal neue Feinde, einer ist ein gelähmter alter Mann, der andere ist ein Deutscher so wie du.

Es sind widerliche Schnüffler, die nach dir suchen. Also musst du dich diesen Bastards vorstellen.

Sie werden dein Gesicht sehen, aber das wird auch das letzte sein, was sie sehen, bevor sie das Zeitliche segnen.

Dein Auftrag muss schnell erledigt sein und er muss erfolgreich sein. Aber ich kann mir einfach keinen Besseren vorstellen als dich.

Wegen dir habe ich meinen Kopf riskiert, nun, Rock, ist es an dir, das zurückzuzahlen. Dieser Auftrag dient deiner eigenen Selbstverteidigung, dafür gibt es keine Entlohnung. Ich denke, Rock, das versteht sich von selbst, nicht wahr?"

Hoffmann nickt missmutig, ihm bleibt nichts anderes übrig.

„Du wirst den Alten mit dem Dolch erledigen, den Deutschen kannst du mit der Schusswaffe niederstrecken. Genaue Instruktionen gebe ich dir, wenn die Zeit gekommen ist.

Du bekommst den Standort und die Uhrzeit in den nächsten Tagen geliefert.

Hoffmann steht der Schrecken im Gesicht, als er erfahren hat, dass er zwei Menschen ermorden muss. Er möchte mehr wissen.

„Der Deutsche, wer ist das, hast du erfahren, woher er kommt?"

„Er kommt aus deiner Gegend und er muss seine Arbeit hier in Amerika zu Ende bringen, er ist offenbar seit längerer Zeit hinter dir her. Wohl schon in Deutschland. Ein Mann, der eine Art Detektiv in seinem Land ist. Seinen Nachnamen haben wir noch nicht recherchieren können, sein Vorname lautet Manfred. Er ist ein gebrochener Mann. Es dürfte nicht schwer sein, ihn zu killen."

Eddie steht auf und geht auf Hoffmann zu:

„Du wirst morgen zu Cheng fahren, da werden finale Übungen stattfinden, glaube mir, die Sache wird einfach für dich, du darfst und wirst nicht scheitern, nicht wahr, Rock. Scheitern ist und war nie eine Option."

Hoffmann zittert, er fühlt sich niedergeschlagen und krank. Wieder ist sein Leben in Gefahr. Würde er scheitern, bedeutete das seinen sicheren Tod.

Eddie zieht an seiner Zigarre und hinterlässt eine dicke Dampfwolke in Hoffmanns Wohnzimmer, als er endlich mit seinen dunklen Kumpanen verschwindet.

Rocco setzt sich auf die Treppe und raucht seinen Zigarillo und schaut fragend zu Hoffmann hin.

„Und, hast du einen guten Job erhalten, regnet es bald Geld?"

Er grinst Hoffmann breit an und nickt ihm verschwörerisch zu.

„Jaja, Rocco, es regnet bald."

Genervt geht Hoffmann in sein Haus, die leeren Bierdosen stehen noch auf seinem Tisch. Er schnappt sich eine Dose und wirft sie angewidert an die Wand.

*

Schüler hat nach dem Gespräch mit seinem Kollegen einen positiven Schub erhalten. Als wäre Deckert ein Antrieb für ihn gewesen. Keine Frage, das Telefongespräch hat ihn gestärkt.

Die Sorge seines Kollegen hat ihm Kraft und Hoffnung gegeben. Es ist doch noch jemand da, der an ihn denkt und an ihn glaubt.

Schüler möchte unbedingt mit Paul observieren und selber aktiv mitwirken. Rondell ist von dieser Idee wenig begeistert, aber erkennt, dass Schüler nicht von diesem Wunsch ablässt.

Also beschließt Rondell, dass Schüler noch am gleichen Tag mit Paul mitfahren kann.

Schüler ist aufgeregt. Endlich darf er mal wieder aktiv eine Sache angehen.

In Deutschland ist und war er immer der leitende Ermittler, der alle Entscheidungen und Aktionen leitet.

Hier nun kommt er sich mehr und mehr wie ein Zuschauer vor, der nur aus der zweiten Reihe zusehen darf.

Entsprechend euphorisch ist Schüler, als er mit Paul losfährt.

Auf dem Observierungsgrundstück klettert Schüler ein Stück auf eine ausladende Kiefer. Von dort kann er ungehindert Fahrzeuge sichten. Er macht es sich auf einem dickeren Ast gemütlich. In einer Hand hält er sein Fernglas, in der anderen seinen Block.

Er wundert sich, wie viele Menschen zu Eddie fahren oder von ihm kommen. Dieser Mann muss ein hochkrimineller Drogenbaron sein. So wie in Deutschland sind auch in Amerika die Strippenzieher meistens nicht die, die man schnappt. Aber das zählt für Schüler im Moment nicht. Alles, was er begehrt, ist Hoffmann, ein brutaler deutscher Mörder, den er zur Strecke bringen möchte. Sein größter Wunsch ist, ihn persönlich zu schnappen und dass dann einer Auslieferung nach Deutschland nichts mehr im Wege stehen würde.

Doch auch dieser Tag vergeht fruchtlos. Bei den Auswertungen in Rondells Haus wiederholen sich die Namen derer nun laufend, die zu Eddie fahren oder von ihm kommen. Von Hoffmann nicht die geringste Spur.

Schüler hat nun auch noch den zusätzlichen Druck, dass sich sein Urlaub bald dem Ende nähert. Er hat nur noch drei Wochen, dann ist die Zeit schon vorbei, er muss dann zurück nach Deutschland.

Rondell spürt die Schwermut, die Schüler seit einiger Zeit befallen hat, doch auch er kann ihm nicht helfen.

Für Rondell wäre die Observierung, dieser Job, mit Schülers Weggang ebenfalls beendet.

Das ist für beide Männer sehr frustrierend, denn sie haben sich in ihrer Arbeit auf der Suche nach Hoffmann sehr engagiert. Doch Rondell versteht sich darin, wieder einmal für gute Stimmung zu sorgen. Er lädt Schüler ein, mit ihm essen zu gehen.

„Mein deutscher Freund, gehen wir in die »Bahia Bar«? Das ist ein sehr cooler Ort mit hawaiianischem Flair und hübschen Frauen und riesigen Steaks."

Schüler lächelt müde. Er hat in Texas unzählige fantastische Steaks gegessen, aber weiter gebracht hat ihn das zu seinem Leidwesen nicht.

Seine Hoffnung, den Gutachter noch zu finden, solange er in Amerika ist, schwindet mit jeder Stunde ein wenig mehr.

Und doch nickt Schüler Rondell zu, dass er mitkommt. Er müsse sich nur noch frisch machen.

*

Das Telefon schrillt laut, es ist immer auf den lautesten Ton gestellt.

Hoffmann schrickt hoch, er war kurz auf seiner Couch eingeschlafen.

Als er noch schlaftrunken nach seinem Handy greifen will, rutscht es auf den Boden und zerbricht in seine Einzelteile.

Hoffmann springt von der Couch auf den Boden und sucht nach allen Teilen. Er tastet mit seinen langen schmalen Fingern nach der wichtigen Speicherkarte unter der schmalen Couch. Er bewegt sich hektisch, wird langsam panisch. Er weiß genau, er muss immer erreichbar sein. Dieser Anruf ist mit Sicherheit von Eddie.

Hoffmann legt sich auf den Boden und streckt seinen ganzen Arm unter die Couch. Außer einer riesigen Portion Staub findet er nichts. Er flucht laut vor sich hin, kickt die Couch beiseite, wirft die Stühle auf die Seite.

Wie ein Wahnsinniger sucht er nun die ganze Wohnung ab.

„Dieses verfluchte Scheißding muss doch hier irgendwo sein."

Hoffmann schaut in alle Ecken und tatsächlich, in der Küche liegt das begehrte Teil.

Schnell steckt er die Speicherkarte zurück in sein Handy, kaum ist sie eingeklinkt, klingelt es schon wieder.

„Verdammt, Rock, was geht hier vor, du warst auf einmal nicht mehr zu erreichen."

„Es tut mir leid, mein Handy …" Eddie fällt ihm ins Wort.

„Hör gut zu, Rock, erzähl mir hier keine Märchen, sonst bist du der nächste auf meiner Liste. Hast du Affenarsch das verstanden?"

„Ja, Eddie, es tut mir leid." Hoffmann beißt sich auf die Unterlippe, noch nie hat er einen derart großen Hass gespürt, aber er behält die Fassung und schluckt seinen Ärger runter.

Eddie beendet das Gespräch.

Fünf Minuten später steht er in Hoffmanns Wohnzimmer.

„Rock, heute ist es soweit, es ist alles geplant, wir müssen diese Schweine hinrichten.

Wenn du das schaffst, stehen dir alle Türen offen, dann bist du frei. Du bist die schlimmen Zecken los, die nach dir suchen, verstehst du das?" Eddie kommt Hoffmann sehr nahe und blickt ihm direkt in die Augen.

Hoffmann hasst diese Distanzlosigkeit, die Eddie gerne einsetzt, um sein Gegenüber einzuschüchtern.

„Wo werde ich erwartet?"

„Der Kerl wohnt in der Summer Avenue, 21453 in Dallas. Er hat ein großes Haus, das er alleine bewohnt, jeden Tag zwischen 7.30 Uhr und 20 Uhr kommt sein Dienstmädchen oder sagen wir Dienstbesen, die ist schon älter. Rondell nimmt sein Abendessen oft zuhause ein, aber er geht auch gerne mal essen. Die deutsche Schwuchtel kommt jeden Tag, meistens gegen 9 Uhr morgens. Er bleibt den ganzen Tag bei Rondell. Rocco hat ihn zwei Wochen lang observiert, die Abläufe sind immer gleich.

Wenn er zuhause ist, wird das ein einfaches Spiel.

Du wartest, bis sein verdammter deutscher Freund das Haus verlässt, dann steigst du in dein Auto. Bei der nächstbesten Ampel streckst du ihn nieder, denn bis zu seinem Hotel gibt es viele Ampeln. Du hast also viele

Chancen. Er wird nicht darauf gefasst sein, also brauchst du keine Gegenwehr zu fürchten. Einfach den Revolver in sein Schweinegesicht halten und abdrücken.

Dann, Rock, gehst du zurück in das Haus von Rondell, du checkst ab, ob die Haushälterin noch da ist.

Das ist nicht so einfach, aber sollte sie in der späten Nacht noch da sein, knallst du sie einfach ab. Du hast den Schalldämpfer drauf, also merkt keiner was.

Aber vielleicht ist die Alte schon weg.

Wenn der Weg frei ist, nimmst du den verdammten Dolch und stichst dem fetten Sack Rondell von hinten sauber in den Hals. Du weißt doch noch die Stelle? Lass den Dolch dort stecken. Die Presse soll den Tathergang ruhig veröffentlichen.

Alles startet vor dem Haus von Rondell.

Du wirst in der Nähe sein und aufpassen. Wenn Bewegung zu sehen ist, fährst du einfach hinterher. Und denke daran, dass man dich nicht erkennt, denn dein deutscher Freund wird deine Hackfresse gut studiert haben."

Eddie legt seine Hand auf Hoffmanns Schulter: „Rock, ich verlasse mich auf dich.

Ich kann dir da nicht raushelfen, wenn du es vergeigst.

In etwa einer Stunde kommt Jerry und bringt dir den Dolch und die Knarre.

Ich erwarte allerhöchste Präzision bei deiner Arbeit, denn mein Ruf steht auf dem Spiel."

„Geht klar, Eddie, ich werde das schon schaffen."

„Gut, Rock, das will ich hören und vergiss nicht, noch was zu essen, du weißt, auf ganz leeren Magen wird das nichts."

Eddie verschwindet. Hoffmann eilt zu seinem Küchenschrank, in dem seine Waffe und Munition versteckt liegt. Heute wird er seine eigene Waffe mitnehmen, denn heute ist Freitag. Hoffmann weiß, dass Eddie Freitagnacht die Gehälter seiner Sklaven im »Dragonfly« auszahlen wird. Meistens ist dann nur ein Bodyguard anwesend. Ein perfekter Zeitpunkt, um endlich abzurechnen.

*

„Oh, meine Güte, Kayne, du hast dich ja richtig schick gemacht.

Das Hawaiihemd leuchtet wie ein Tannenbaum."

„Hey Manfred, du musst auch ein Hawaiihemd tragen, so kannst du da nicht hin, du siehst viel zu konservativ aus."

Rondell zeigt auf Schülers langweiliges dunkelblaues Polohemd.

Er wirft Schüler ein kunterbuntes Hemd hin, das ihn eher an eine Faschingsverkleidung erinnert. Die norddeutsche Zurückhaltung bei seinem Kleiderstil lässt nie ein Abenteuer zu, aber heute ist er bereit, eine Ausnahme zu machen. Schließlich würde er sich nicht alleine blamieren.

Beide Männer gehen frohgelaunt zu Rondells Auto.

In der Bar angekommen, stellt Schüler fest, dass tatsächlich alle Gäste diese bunten Hemden tragen.

Das wiederum macht ihm dann schon wieder Spaß. Die Kellnerinnen sind mit knappen Shorts, bauchfrei und mit einem Bikinioberteil ausgestattet.

Das ist für Schüler ein prächtiger Appetithappen, aber nicht nur für ihn. Rondell war es schließlich, der diese Bar empfohlen hat, auch er kann seine Augen vor diesen Schönheiten und Freizügigkeiten in dem sonst so prüden Land nicht verschließen.

Beide Männer bestellen sich die für diese Bar typischen tropischen Longdrinks, die mit prächtigen Früchten und Wunderkerzen und einer guten Portion Rum serviert werden.

Der starke Alkohol zeigt schnell seine Wirkung.

Schüler fühlt sich frei und entspannt. Seit langer Zeit.

*

Hoffmann sitzt in seinem Truck auf dem einladenden Parkplatz der Bar, in der sich Schüler und Rondell im Augenblick vergnügen.

Er hat seine Waffe und den Dolch erhalten, alles ist in feinen Samtkästen verstaut.

Angespannt öffnet er beide Kästen, um noch einmal zu überprüfen, ob die Waffe geladen ist und ob der Dolch scharf genug ist.

Alles scheint in Ordnung zu sein. Hoffmann weiß genau, dass irgendwelche Jungs von Eddie nun ganz in seiner Nähe sind.

Er wird beobachtet, solange er die Waffen hat, das ist ihm klar. Eddie würde nie ein Risiko eingehen.

Hoffmann muss seinen Auftrag erledigen, er muss warten, bis kurz nach den Morden die Waffen abgeholt werden, und dann, dann ist er frei für seinen wirklichen Auftrag, den Auftrag, den er sich heute selbst erteilt hat.

In den nächsten vierundzwanzig Stunden wird er frei sein, es wird niemanden mehr geben, der ihm sagt, was er zu tun hat.

Bei dem Gedanken muss Hoffmann grinsen. Er wird es genießen, Eddies erschreckten Blick zu sehen, wenn er mit geladener Waffe vor ihm steht.

Er hat bereits alles vorbereitet, er steht in den Startlöchern. Der Kampf kann beginnen, Hoffmann ist bereit.

*

Das Essen schmeckt wie erwartet vorzüglich. Süffisant grinst Rondell die junge Bedienung an, als sie den dritten Drink für die Männer serviert. Schüler streift seine dichten Haare aus der Stirn. Auch seine Augen funkeln interessiert und bleiben an dem üppigen Ausschnitt der schönen jungen Frau hängen.

„Kayne, das ist schon ein wunderbarer Happen."

Rondell lacht schallend, er lacht laut und aufdringlich. Mit seiner fetten Hand klatscht er sich auf seinen Schenkel.

„Wen meinst du, mein Freund, das Steak oder die auffallend hübsche Bedienung?"

„Ich meinte natürlich das saftige Steak, aber wenn du mich so fragst, ich meine, eure Frauen hier sind wirklich etwas ganz Besonderes, so was sieht man nicht alle Tage."

„Ja, das sind sie, aber es sind leider nur kleine Appetithappen, mehr wollen die von uns alten Säcken bestimmt nicht."

Beide Männer lachen nun ausgiebig. Es ist so ein zwangloser und unschuldig schöner Abend. Keine Observierung, keine angespannte Auswertung von Nummernschildern, kein Uli Hoffmann.

Später am Abend telefoniert Rondell. Er bestellt ein Taxi. Fahren kann er in diesem Zustand nicht mehr. Er hat nicht geglaubt, dass der Abend so amüsant und der Alkohol so reichlich fließen würde. Aber da macht der Ermittler keinen Kompromiss. Wenn er nur ein Glas zu viel trinkt, lässt er sein Auto stehen.

Schüler ist auch angetrunken, aber er möchte nach einem starken Kaffee bei Rondell mit seinem Auto zum Hotel fahren. Er kennt sich genau, diese Menge an Alkohol verträgt er noch, obwohl es nicht wenig war.

Der Taxifahrer kommt in die Bar, als Rondell bezahlt. Er übernimmt heute die gesamte Rechnung.

Es ist eine Geste von stillem Dank für die großartige Zeit mit Schüler.

Er hat seinen deutschen Freund in vollen Zügen genossen, fühlte sich inspiriert und wieder ein paar Jahre jünger.

Dieser Mann hat ihm einfach gutgetan.

Fröhlich steigen die Männer in das einladende Behindertentaxi. Rondell kann direkt auf einer Ladeklappe in das Taxi hineinsteuern. Es ist modern und komfortabel.

*

Hoffmann schreckt aus seiner Lethargie auf, die langen Stunden des Wartens haben ihn müde gemacht. Doch jetzt fängt sein Herz an zu rasen.

Er beobachtet das Geschehen aus der dritten Reihe.

Er lässt seinen Motor an und folgt dem Taxi in großem Abstand.

Nach einer Viertelstunde hält das Taxi vor Rondells Haus.

Hoffmanns Plan würde nicht funktionieren, wenn der deutsche Kriminalist bei Rondell übernachten würde.

Er hängt sich hinter das Lenkrad und beobachtet das Geschehen. Der Taxifahrer verschwindet wieder und beide Männer gehen in das Haus.

Hoffmann will nicht daran denken, dass die Nacht eine andere Wendung nehmen könnte. Er beschließt, noch zu warten.

*

„Kayne, das war ein wirklich toller Abend mit wunderbaren Aussichten."

Beide Männer lachen schallend

„Es war wie in den Bergen, heute waren wir den Rocky Mountains sehr nahe."

Rondell kocht den gewünschten starken Kaffee, obwohl er lieber gesehen hätte, dass Schüler bei ihm übernachtet. Schüler jedoch braucht diese Stunden für sich allein, er ist es seit Jahren nicht anders gewohnt.

„Du hast ihn stark bestellt und Junge, der ist wirklich stark."

Schüler genießt den kräftigen frisch gebrühten Kaffee.

Nach weiteren zehn Minuten des Small Talks beschließt Schüler, zurück zu seinem Hotel zu fahren.

„Ich danke dir für den schönen Abend und die Einladung, morgen früh werden wir dein Auto abholen."

Rondell steht lächelnd an der Tür und winkt Schüler zum Abschied hinterher.

Als die Tür von Rondells Haus sich öffnet, rutscht Hoffmann im Sitz seines Trucks hinunter.

Sein Herz hämmert. Die Zeit ist gekommen. Der deutsche Kommissar fährt jetzt in sein Hotel.

Die Erledigung des Auftrags steht nun unmittelbar bevor.

*

Schüler schnallt sich an, winkt Rondell zu und fährt in Richtung Stadtmitte.

Hoffmann folgt ihm dicht. Er trägt eine Baseballkappe, die er tief ins Gesicht gezogen hat.

Als die erste Ampel auf Rot springt, bleibt Hoffmann noch hinter Schüler stehen. Schüler schaut in seinen Rückspiegel. Er sieht einen Truckfahrer, aber er vermutet darin nicht Hoffmann.

Richtung Stadtmitte kommen weitere Spuren hinzu, nun kann man auf drei Spuren nebeneinander fahren. Hoffmann wechselt die Spur, um neben Schüler weiterzufahren. Auf dem Beifahrersitz liegt die entblößte Waffe, der Schalldämpfer ist bereits montiert.

Vor ihm kommt in zweihundert Metern Entfernung eine Ampel. Sie zeigt Rot. Hoffmann nimmt die Waffe in die rechte Hand und entsichert sie. Als der Wagen steht, lässt er langsam sein Fenster runter. Er richtet die Waffe auf Schüler. Der nimmt gerade noch den Lauf war, doch bevor Schüler die leiseste Chance hat zu reagieren, zischt ein Projektil in sein Gesicht.

Schülers Körper fällt auf den Beifahrersitz. Hoffmann kann nicht erkennen, ob der Schuss tödlich war. Er sieht nur, dass er Schüler getroffen hat. Da von hinten Autos angefahren kommen, drückt Hoffmann auf sein Gaspedal.

Er sieht in seinem Rückspiegel, dass ein Auto neben Schülers Wagen anhält.

Unzufrieden und unsicher, ob der Anschlag wirklich geglückt ist, macht sich Hoffmann auf den Weg zu dem gelähmten Ermittler.

Bei Rondell hält er diesmal direkt vor dem Haus. Dort brennt noch Licht.

Rondell liest gerade von einem aufregenden Kriminalfall, der sich vor ein paar Wochen in Dallas ereignet hat.

Dort wurde ein weiblicher Teenager entführt. Alles hatte mit einem Internetkontakt angefangen. Eine Kriminalität, die immer weitere Kreise zieht.

Da klingelt es plötzlich. Rondell schaut auf seine Uhr, es ist kurz vor 1 Uhr nachts, wer sollte das sein? Seine natürliche Neugier und die Sehnsucht, vielleicht an einem neuen Fall partizipieren zu können, treibt ihn an die Tür.

Die Tür hält er noch geschlossen, er fragt, wer da so spät in der Nacht sei.

Hoffmann antwortet in perfektem Englisch, dass er ein Bote sei, da sein deutscher Freund einen schweren Unfall erlitten habe und nun im Krankenhaus liege. „Er bat darum, dass ich Ihnen Bescheid sage, damit Sie ihm helfen."

Rondell überlegt ein paar Sekunden, dann öffnet er die Tür.

„Großer Gott, was ist mit meinem Freund geschehen?"

Hoffmann hält seinen Kopf weit nach unten gebeugt und berichtet wieder von einem Unfall. Seine Hände, die in Handschuhen stecken, hält er tief in der Hosentasche.

Rondell entgeht diese merkwürde Haltung nicht. Er wittert sofort, dass etwas faul ist.

Er lenkt seinen Rollstuhl in die Diele, dort in einem kleinen Schrank hat er eine Waffe liegen.

Er schaut über seine Schulter und sieht, wie Hoffmann auf ihn springt, schreiend fällt Rondell aus seinem

Rollstuhl. Er versucht sich zu wehren, schlägt Hoffmann den Dolch aus der Hand.

Hoffmann versucht den Dolch zu greifen, da schlägt ihm der am Boden liegende Rondell seine Faust ins Gesicht. Hoffmann sieht rot. Ihm wurde weh getan, er wurde verletzt. Wie viele Male wurde er schon verletzt, jetzt reicht es ihm. Wie von Sinnen tritt er auf den gelähmten und wehrlosen Mann ein. Der schreit und windet sich, er will und kann nicht kampflos aufgeben.

Als Hoffmann sich bückt, kann Rondell sein Gesicht sehen.

Er erkennt, dass es sich hier um Hoffmann handelt, den Mann, den er schon lange gesucht hat, gemeinsam mit Schüler.

„Du bist der Deutsche, ich erkenne dich, du bist ein Mörder!"

Hoffmann kann den Dolch greifen. Er springt vom Boden auf, wischt sich seine blutende Nase ab und schaut mit einem irren Blick zu Rondell.

Der schreit um Hilfe, so laut er kann. Da springt Hoffmann auf sein Opfer und rammt ihm das Messer seitlich in den Hals.

Rondell hat die Augen weit aufgerissen. Er will sprechen, aber es kommt nur ein gurgelndes Röcheln aus seinem Mund. Das Blut strömt aus seiner Halsschlagader.

Hoffmann kniet neben ihm auf dem Boden.

„Ja, ich bin der Deutsche, ein Killer, wie du ihn noch nie gesehen hast. Ich habe Qualitäten, mein Freund, von denen hättest du noch was lernen können."

Doch Rondell hört die Worte nicht mehr. Er ist tot.

Hoffmanns Hände zittern, die Handschuhe sind voller Blut. Er lässt den Dolch, wie von Eddie angeordnet, in seinem Opfer stecken.

In der Küche wäscht er sich. Er ist darauf bedacht, nichts zu berühren. Mit seinem Taschentuch öffnet er die Tür und verschwindet in die Nacht.

Das erste Kapitel hat Hoffmann erledigt. Nun kommt das wirklich wichtige Vorhaben.

Er fährt nach Hause zu seiner Farm und wartet, bis einer von Eddies Leuten die Waffe abholt.

*

„Hallo Sir, hören Sie mich, wenn Sie mich hören können, blinzeln Sie kurz mit dem Auge."

Das Licht ist grell und schmerzt Schüler, auch hat er ganz scheußliche Schmerzen an seinem Kopf, doch er kann den Mann, der ihn so laut anspricht, nicht zuordnen, aber er blinzelt mit seinem Auge.

Dann rennen die Männer neben ihm, Schüler ist beinahe belustigt, er weiß gar nicht, wo er ist.

Er hat nicht mitbekommen, dass ein Krankenwagen ihn in ein Hospital nach Dallas eingeliefert hat. Er hat seinen immensen Blutverlust und seine Schusswunde ebenfalls nicht realisiert.

Die Männer, die da neben ihm rennen, sind Rettungssanitäter und fahren ihn auf einer Rettungsliege in den OP. Er muss sofort notoperiert werden. Die Kugel hat seinen oberen Kieferbereich getroffen. Es handelt sich hier um einen Steckschuss. Das Projektil steckt noch im Kieferknochen. Nervenbahnen und Muskeln wurden schwer verletzt.

In seinem Gesicht sieht man eine große, klaffende Wunde.

Man sieht seine Zähne durch das Loch in seiner Wange. Ein makabrer und schrecklicher Anblick.

Schüler ahnt nichts von der Schwere seiner Verletzung. Er weiß in diesem Moment noch nicht einmal, dass er in Amerika ist.

*

Nur eine Stunde nach der Tat kommt ein Auto auf Hoffmanns Farm.

Diesmal ist es kein Bodyguard. Es ist Eddie mit einem seiner Männer.

Hoffmann schreckt von seinem Fenster zurück, als er Eddie erkennt. Er rennt an seine Tasche und holt seine Waffe. Er steckt sie tief in das Rückenteil seiner Jeans.

Eddies Waffe liegt sauber verpackt in der Box auf dem Wohnzimmertisch.

Die Männer klopfen nicht wie üblich an der Tür, der brutale, grobschlächtig wirkende Bodyguard tritt mit einem lauten Knall die Tür von Hoffmann ein.

Die Tür fliegt mit den Zargen nach innen. Hoffmann springt vor Schreck zur Seite.

Der neue Bodyguard schnappt Hoffmann am Hals und drückt ihn an die Wand.

„Du verdammter Idiot, hast deinen Auftrag nicht erfüllt.

Der Deutsche lebt noch, er kam ins Krankenhaus. Mach mal die Nachrichten an, du verdammter Loser.

Du willst ein Killer sein? Du könntest doch noch nicht einmal meine fünfundneunzigjährige Urgroßmutter kaltmachen."

Eddie kommt dazu und herrscht den brutalen Bodyguard, den Hoffmann noch nicht kennt, an, ihn loszulassen.

„Rock, du weißt doch, was passiert, wenn man nicht ordentlich arbeitet, oder? Es gibt unangenehme Zeugen, die uns zur Strecke bringen können. Also, du hast die Aufgabe und letztendlich noch die Chance, die Sache ordentlich zu Ende zu bringen, verstehst du.

Du musst den Typen endgültig kalt machen, und zwar im Krankenhaus. Aber bedenke, dass die Bullen dort rumlungern, mach es diesmal richtig.

Eddie kommt wieder sehr nahe an Hoffmanns Gesicht heran:

„Ich bin sehr enttäuscht, Rock, das habe ich von dir nicht erwartet. Los, Christos, nimm die Waffe mit, Rock muss ein anderes Mordwerkzeug finden. Vielleicht zur Abwechslung ja mal die eigenen Hände.

Ach, und noch was, Rock, beende deine Arbeit in den nächsten achtundvierzig Stunden.

Und Rock, reparier mal deine Tür, sieht beschissen aus."

Beide Männer lachen.

Christos kontrolliert, ob die Waffe in der Schachtel ist. Er verschließt sie und nimmt sie unter den Arm. Als die Männer auf der Terrasse stehen, um in ihr Auto zu gehen, sieht sich Hoffmann im Spiegel an. Er sieht eine hässlich grinsende Fratze.

Er greift nach seinem Revolver und geht langsam auf die Terrasse zu. Er fühlt sich, als ob sein Leben in Zeitlupe vorangeht. Jede noch so kleinste Bewegung nimmt er intensiver als sonst wahr. Wie in Watte gehend, nähert er sich den Männern. Er sieht den Bodyguard Christo, der sich nach ihm umdreht. Er greift in seine Tasche, da löst sich der erste Schuss. Der Bodyguard bricht zusammen. Hoffmann sieht nur noch Eddie. Der versucht schnell eine Waffe zu ziehen, muss aber feststellen, dass es dafür zu spät ist.

„Rock, was soll das, warum hast du eine Waffe, wer hat sie dir gegeben?

Mach keine Dummheiten, du weißt, dass es ich war, der dir geholfen hat. Ich habe dich trainiert."

Eddie hält seine Hände zitternd in die Höhe. Hoffmann tritt nahe an ihn heran.

„Rock, wir sind eine Familie, du kommst ganz groß raus, du wirst viel reicher als ich. Wir können über Gelder sprechen, ich habe im Ausland unzählige Konten. Du kannst alles haben. Ich brauche nichts. Ich bin alt und weißt du, ich habe Lust, mich zur Ruhe zu setzen. Ich werde weggehen, du wirst mich nie wiedersehen, verstehst du?"

„Du kleiner, stinkender Bastard, erzähle mir hier keinen Scheiß, du bist der größte menschliche Abschaum, den ich je getroffen habe. Du quälst Menschen und du tötest Menschen, so wie es dir in den Kram passt.

Du wirst jetzt und hier sterben, und zwar ganz langsam."

Eddie fällt vor Hoffmann auf die Knie und bettelt um sein Leben.

Hoffmann schaut in Eddies Augen. Er hat wieder seinen irren Blick. Er hält die Waffe an Eddies Kopf. Der schließt die Augen. Hoffmann drückt ab. Schreiend fällt Eddie auf die Seite. Hoffmann hat ihn in den Oberschenkel geschossen, Er windet sich in schrecklichen Schmerzen, da fällt ein weiterer Schuss. Eddie schreit erneut vor Schmerz. Sein zweites Bein ist getroffen. Eddie robbt im Staub entlang. Er blutet stark, denn Hoffmann hat die Hauptschlagader getroffen.

„Rock, ich brauch einen Arzt, bitte hol einen Arzt."

Hoffmann kniet neben Eddie.

„Weißt du, Eddie, meine Großmutter stammt von einem Bauernhof.

Sie hat den Gänsen vor Weihnachten immer ganz human die Kehle durchgeschnitten.

Dann hat sie gezählt, zehn Sekunden, so schnell geht das Sterben, du hast es auch gleich geschafft."

Eddie stöhnt noch dreimal beim Ausatmen, dann ist er tot.

Hoffmann schaut sich Eddie sehr genau an. Von ihm geht nun nichts Gefährliches mehr aus. Er sieht beinahe freundlich aus, so friedlich. Sein sonst so zorniges Gesicht ist nun ganz entspannt.

Hoffmann steht auf und schaut sich den Bodyguard an. Dessen Brustkorb bewegt sich noch. Hoffmann zielt und gibt einen finalen Schuss ab. Danach nimmt er die Waffe des Mannes an sich.

Er öffnet den Kofferraum von Eddies Limousine. Dort möchte er beide Leichen platzieren.

Eddie ist ein kleiner Mann, sein Körper macht Hoffmann keine Schwierigkeiten. Aber der wuchtige Bodyguard hat sicherlich noch fünfzig Kilo mehr drauf als Hoffmann. Den kann er kaum bewegen.

Er versucht mühsam, den schweren Leichnam an den Füßen zu ziehen. Dann packt er ihn an den Schultern und zieht ihn mit aller Kraft ein Stück nach oben. Mit einem lauten Schrei wuchtet er den klobigen Körper schließlich in den Kofferraum.

Hoffmann hat es geschafft. Er sucht den ganzen Platz nach Patronenhülsen ab, er findet sie und steckt sie in seine Tasche.

Er durchsucht Eddies Wagen und findet eine braune Tüte. Dort sind die Einnahmen vom »Dragonfly« verpackt. Hoffmann grinst zufrieden.

Dann steigt er in das Auto.

Er fährt zu einer entlegenen Kiesgrube. Dort kann er sicher sein, dass um diese Zeit keine Arbeiter in der Nähe sind.

Er stellt fest, dass er mit dem Auto bis an das Ufer fahren kann. Er steigt aus und geht an den Rand. Er zieht Schuhe und Hose aus und prüft, wie tief die Abbruchkante ist.

Gleich zu Anfang ist sie abschüssig und tief.

Hoffmann zieht sich wieder an, nimmt den Gang raus und schiebt den Wagen in das Wasser.

Es ist ganz einfach. Der Wagen schwimmt eine Weile an der Oberfläche, dann geht er glucksend und prustend unter.

Hoffmann kaut aufgeregt auf einem Zahnstocher. Man sieht nichts mehr außer der dunklen, glatten Wasseroberfläche.

Hoffmann macht sich auf den Heimweg. Er muss sich beeilen, denn es wird auffallen, wenn Eddie nicht zu gewohnter Zeit wieder zuhause erscheint.

Drei Stunden später.

Die Farm ist hell erleuchtet. Es parken ca. acht Autos davor. Man kann von außen durch die Fenster sehen, dass schwere Jungs Schubladen aus den Schränken werfen und jedes Möbelstück aufschlitzen.

Kein noch so kleines Eck wird aufgespart. Man sucht Indizien, die verraten, wo Hoffmann und deren Chef Eddie verblieben sind.

Es sieht so aus, als ob nichts gefunden worden ist.

*

Zwei Wochen später.

Deckert klopft an die Tür des Krankenhauszimmers mit der Nummer 9 c in Dallas, Texas.

Niemand sagt herein, doch Deckert öffnet die Tür.

Er sieht drei Männer im Zimmer, alle schlafen und haben Kopfverbände um, er kann nicht erkennen, wer davon sein Kollege und guter Freund ist.

Ganz nahe geht er an den Betten vorbei und schaut die drei ganz genau an.

Da erkennt er Schülers Hand, er sieht die kleine Narbe am Daumen, die ein Stück den Handrücken entlangläuft. Eine frühere Verletzung durch einen Streifschuss.

Deckert setzt sich an auf den Bettrand von Schüler, er sieht, dass der die Augen geöffnet hat, Tränen laufen über sein Gesicht.

Deckert nimmt ihn freundschaftlich in die Arme, auch er kann seine Tränen nicht mehr zurückhalten.

Schüler versucht zu sprechen, es fällt ihm sehr schwer. Deckert beugt sich ganz nah mit seinem Ohr an Schülers Mund. Er hört ein Flüstern: „Rondell."

Deckert schüttelt den Kopf, Schüler begreift sofort, dass sein wunderbarer Begleiter ermordet worden ist.

Er zittert stark, Deckert versucht ihn zu beruhigen, doch es will ihm nicht gelingen …

*

„Wie gefällt Ihnen das Appartement, Mister Miller?"

„Oh, es ist genau richtig für mich, vor allem der offene Kamin beeindruckt mich sehr."

„Ja, hier bei uns in Wyoming sind die Winter bitterkalt, da braucht man einen Kamin.

Wenn Sie wünschen, können wir den Vertrag gleich hier ausfüllen.

Was sagten Sie noch, machen Sie beruflich?"

„Ich bin selbstständiger Geschäftsmann und habe viel mit dem Tod zu tun."

„Ach richtig, Sie führen ein Beerdigungsinstitut, ich hoffe, ich habe sobald keinen Termin bei Ihnen."

Die Männer lachen, Hoffmann schaut in den Flurspiegel, es gefällt ihm, was er darin sieht.

Bibliografische Information der Deutschen Nationalbibliothek:
Die Deutsche Nationalbibliothek verzeichnet diese Publikation
in der Deutschen Nationalbibliografie; detaillierte bibliografische
Daten sind im Internet über dnb.dnb.de abrufbar.

© 2018 Bettina Feige

Herstellung und Verlag: BoD – Books on Demand, Norderstedt

ISBN 978-3-7481-3728-3